举手之牢

[美] 达西·贝尔 著　郭国玺 译

A
SIMPLE
FAVOR

Darcey Bell

中信出版集团 · 北京

图书在版编目（CIP）数据

举手之牢 /（美）达西·贝尔著；郭国玺译. -- 北
京：中信出版社，2018.10
书名原文：A Simple Favor
ISBN 978-7-5086-9010-0

Ⅰ.①举… Ⅱ.①达… ②郭… Ⅲ.①长篇小说－美
国－现代 Ⅳ.①I712.45

中国版本图书馆CIP数据核字 (2018) 第 113658 号

举手之牢

著　　者：［美］达西·贝尔
译　　者：郭国玺
出版发行：中信出版集团股份有限公司
　　　　　（北京市朝阳区惠新东街甲 4 号富盛大厦 2 座　邮编　100029）
承　印　者：北京诚信伟业印刷有限公司

开　　本：880mm×1230mm　1/32　　　印　　张：10.75　　　字　　数：237 千字
版　　次：2018 年 10 月第 1 版　　　　印　　次：2018 年 10 月第 1 次印刷
京权图字：01-2016-9089　　　　　　　广告经营许可证：京朝工商广字第 8087 号
书　　号：ISBN 978-7-5086-9010-0
定　　价：48.00 元

版权所有·侵权必究
如有印刷、装订问题，本公司负责调换。
服务热线：400-600-8099
投稿邮箱：author@citicpub.com

PART 1

第　一　部　分

妈妈常说：每个人都有秘密。所以，你不可能真正了解别人、真正信任别人。因为，你永远无法了解你自己。有时候，我们甚至要对自己保守秘密。

　　长大以后，我觉得这是一个很好的意见，尽管我还没有真正地理解这一点。或许我理解了，但只是一点点。小孩也有秘密，可能是想象中的朋友，也可能是让他们陷入麻烦的事情。

　　后来，我发现这是妈妈的个人经验之谈。我在想，她是否不只是要我做好准备，同时也想把我培养成一个充满秘密和疑心的人？她是不是早已预感到，当我渐渐长大，我会有比别人更黑暗、更羞于启齿的秘密，那些我竭尽全力对外人、甚至对我自己严格保守的秘密？

1_

斯蒂芬妮的博客

紧急!

各位妈咪好!

这将是迄今为止与往常最不同的帖子。当然,我们孩子身上发生的一切,他们的一颦一笑,他们迈出的第一步和说出的第一句话,才是世界上最重要的事。

这么说吧,这个帖子……比较**紧急**,或者说是**非常**紧急。

我最好的朋友失踪了,已经失踪两天了。她的名字叫艾米丽·尼尔森。你们也知道我从来不在博客上透露朋友的真名,但这一次,我(暂时)放弃了我那严格的匿名原则,而缘由马上揭晓。

我的儿子迈尔斯和艾米丽的儿子尼基是好朋友。他们5岁了,都是4月出生,所以入学时间都晚了几个月,比同班其他孩子的年龄大一点儿。我的意思是,他们更加成熟。迈尔斯和尼基都是家长最想要的那种小孩,彬彬有礼、诚实懂事、善良友好,这些品质在普通男孩身上并不常见(如果有对此话介意者,那我要说声抱歉)。

这两个孩子在公立学校相识。我和艾米丽在接孩子放学回家时第一次相遇。对于孩子来说,能与妈妈朋友的孩子成为朋友,或者妈妈与自己朋友的妈妈成为朋友，这种事并不多见。但这一次，偏偏发生了如此巧合的事。我和艾米丽是幸运的。我们还有一个共同点——都是不那么年轻的妈妈。我们都是在三十五岁上下才有了孩子，而那时已经过了最佳生育年龄。

有时，迈尔斯和尼基会自编自演一些故事，我会让他们用我的手机录下来。通常我对孩子使用电子设备的时间控制得非常严格，因为这已成为现代父母面临的巨大挑战。他们导演的一出滑稽短剧是名为《迪克·尤尼克历险记》的侦探故事。尼基扮演侦探，迈尔斯扮演罪犯。

尼基的台词是："我是迪克·尤尼克，世界上最聪明的侦探。"

迈尔斯的台词是："我是迈尔斯·曼迪伯，世界上最邪恶的罪犯。"迈尔斯就像维多利亚时代音乐剧里的一个反派，台词里有很多邪恶大笑的表演。他们在我家院子里相互追逐，用手假装枪向对方射击（不是真枪！）。真是好玩极了。

我真希望迈尔斯的爸爸——我的亡夫戴维斯——能亲眼看到这一幕。

有时我会想，迈尔斯到底从哪里遗传来的表演天分呢？我猜，或许是从他爸爸身上吧。我曾经看过戴维斯向潜在客户做产品介绍，他那优秀的表达能力和令人印象深刻的语言天赋让我惊讶。他本可能成为一名魅力十足、引人注目且拥有一头柔软闪亮秀发的年轻演员。在我面前，他有些不一样，他更像他自己。安静、亲切、幽默、体贴，尽管有时他会固执己见，而这大部分是跟家具有关。但这似乎是天性如此，因为他是一名成功的建筑设计师。

戴维斯就像一位完美的天使，当然仅有一两次除外。

尼基说，他妈妈帮他们想出了侦探迪克·尤尼克的故事。艾米丽喜欢悬疑推理故事。她常常在乘火车去曼哈顿上班的路上读这些小说，只有这时，她才不用忙着准备开会或做报告。

在迈尔斯出生之前，我也经常看书。我常常会随手拿起弗吉尼亚·伍尔夫的小说读上几页，以此回想起曾经的自己。我希望现在的我还是曾经的那个我。在小朋友聚会、学校午餐和早早就寝的缝隙间，我能找回那个曾经居住于纽约、在一家杂志社上班的年轻女孩。她有不少朋友，周末都要出去吃早午餐，而这些朋友都没有孩子，也没人搬到郊区住。我和他们现在已经失去了联系。

艾米丽最喜欢的作家是派翠西亚·海史密斯[1]。我看得出来她喜欢这位作家的原因，她的作品引人入胜，但我觉得它们令人不舒服。小说的主人公通常是一个杀手、跟踪狂或是一个试图自保的无辜者。我读的那本小说讲述的是两个男人在火车上相遇的故事[2]，他们约定互相帮助，为对方杀一个人。

我很想去喜欢这部小说，但没有读完就放弃了。尽管之后艾米丽问我时，我却告诉她，我爱死这部小说了。

后来去她家的时候，我们一起看了改编自这部小说、由希区柯克导演的电影。起初，我有这样的担心：假如艾米丽想跟

1　派翠西亚·海史密斯（Patricia Highsmith，1921—1995），擅长心理惊悚犯罪小说的美国作家，作品有《天才雷普利》等。——编者注

2　这个故事出自小说《火车怪客》（*Strangers on a Train*）。——编者注

我讨论电影与小说的区别，我该怎么说？但是，电影的剧情让我很着迷。其中一个场景是失控的旋转木马，更是让我害怕到不敢细看。

我和艾米丽坐在她家客厅的长沙发上，两人各坐一端，伸展着双腿，一瓶上好的白葡萄酒摆在咖啡桌上。看到我正在透过指缝看旋转木马那一幕时，她笑了笑，然后向我竖了一下大拇指。她喜欢看到我被吓成那个样子。

我忍不住想：如果迈尔斯在那个旋转木马上，我该怎么办？

电影结束后，我问艾米丽："你觉得生活中会有这样的事情发生吗？"

艾米丽大笑起来，说："天真的斯蒂芬妮，人们总会做出一些令人吃惊的事。这是他们永远不会对任何人承认的——即使对他们自己。"

我想说，我没有她想象的那么天真。我也做过一些不好的事，但她的这番话还是把我惊得哑口无言，因为她说话的语气跟我的母亲如此相像。

当了妈妈的人都知道，我们很难不去胡思乱想一些吓人的事，然后还能一夜安眠。我不止一次答应过艾米丽会多读些海史密斯的小说，但现在我希望自己从未读过那本小说，因为其中一个人要谋杀的正是另一个人的妻子。

当闺密失踪时，你可不希望发生小说中那样的事。我并不觉得艾米丽的丈夫肖恩会伤害她。他们之间显然是有一些问题，但谁的婚姻又是完美无瑕的呢？虽然肖恩不是我喜欢的那种类型，但是（我觉得）他基本上是个正派的人。

迈尔斯和尼基在同一家公立学校上幼儿园，我曾在博客里多次提起过它。不是我们小镇的那所学校——它因为当地（老年）居民投票要求减少学校的预算拨款而存在资金问题，而是邻镇更好的一所学校，离纽约州与康涅狄格州的边界不远。

由于分区的规定，我们的孩子不能乘校车上学。于是，我和艾米丽只能每天早上开车送他们。我会每天接迈尔斯放学。每逢周五，艾米丽都只工作半天，所以她可以去学校接尼基回家。周五下午，我们的孩子经常在一起做一些好玩的事，比如吃汉堡或打迷你高尔夫。从我家开车去她家只要十分钟，我们其实算是邻居。

我喜欢到艾米丽家消磨时光，坐在她家的沙发上聊天、喝酒，其中一人会起身去看看孩子们在干什么。我喜欢她说话时的手势，以及她那漂亮的闪着淡淡光泽的蓝宝石钻戒。我们聊的主要是育儿话题，总是有说不完的话。能有一个真正的朋友，我感到非常兴奋。这让我有时都忘了在认识她之前，我是多么孤独。

其他时间里，艾米丽家的兼职保姆艾莉森会去幼儿园接尼基放学。艾米丽的丈夫肖恩在华尔街工作，每天都工作到很晚。如果哪天肖恩能按时回家吃晚饭，就像艾米丽和尼基交了好运似的。在艾莉森偶尔生病的时候，艾米丽会发短信给我，由我来接尼基回家。两个男孩先会被接到我家，然后等着艾米丽下班后再来接尼基。

艾米丽一个月大概会有一天加班到很晚，有时还会有两三次通宵加班。

就像这次这样。只是，她没有如期归来。

艾米丽在曼哈顿一位**非常**知名的时尚设计师的公司从事公关工作，我一直避免说出这位设计师的名字。事实上，艾米丽是这位知名设计师御用的公关主管。我尽量不在博客里提及品牌的名字，因为这关系到诚信度的问题，而且高攀名人是件令人厌烦的事。也正因为如此，我拒绝接受广告赞助。

即便是在加班或正在开会，艾米丽也会每隔几个小时就给我发个短信。只要有一分钟的空闲时间，她都会打电话给我。她就是这样一个妈妈，但不是直升机式父母[1]，也不是一切都要插手的妈妈，更不是社会舆论用负面词汇来评价和批判他们爱孩子的方式的那类妈妈。

从城里往回赶时，艾米丽常常从火车站直奔我家来接尼基。我不得不提醒她，开车要保持安全车速。当她乘坐的火车晚点时，她会立即发短信告诉我。她会把当时的位置、还需多久到达等信息告诉我，而我会回短信告诉她：**不要担心，孩子很好，你到站后来我家，注意安全。**

整整两天过去了，她仍然没有出现，没有跟我联系，也没有回复我的短信和电话。糟糕的事发生了。她消失了。我不知道她在哪里。

1　直升机父母（Helicopter Parents），指那种望子成龙、望女成凤的父母，他们就像直升机一样盘旋在孩子的上空，时时刻刻监控孩子的一举一动。——译者注

艾米丽像是那种把孩子扔下不管，然后消失整整两天且不回短信、不接电话的母亲吗？她是不是出事了？是**真的吗**？

好了，我得下线了。我闻到了巧克力饼干在烤箱里烤糊的味道。稍后详聊。

爱你们的斯蒂芬妮

2_

斯蒂芬妮的博客

我们的现居地

各位妈咪好!

目前为止,我都没有提到我们所在的小镇的名字。隐私是非常重要的。而现在,却很难保有隐私了。我不是有意说这些偏执的话,但即使是在我们这样的小镇,也会有隐藏摄像头偷拍到你买的番茄罐头是什么品牌。或许应该说,尤其是在我们这样的小镇,人们以为这是一个富庶的小镇,因为它是康涅狄格州的一部分,但它其实并不那么富有。艾米丽和肖恩有钱,而丈夫留给我的遗产也足够我和孩子生活,这也是我可以依自己的心情去写博客而不必把它当作生意来经营的原因。

但是,因为艾米丽的失踪已经改变了这一切,因为我们附近的邻居或许看到过她,因为我已经接近发疯,所以我觉得必须说出它的名字了,这里是康涅狄格州的沃菲尔德镇。从曼哈顿乘坐火车到这里,大约需要两个小时。

人们说这里是郊区,但我是一个在郊区长大、在城里生活的人,所以,我常常觉得这里就是乡下。我在前面的博客里已经写过,从城里搬到这里时,我大喊大闹,以至于戴维斯不得不把我拖到这里，毕竟我花了好多年想要离开郊区。我在博客里也写过我是怎样爱上乡村生活的。每天早上，当我醒来，阳光倾泻在地板上，感觉有多么不可思议。更何况戴维斯在重建这栋房子时完美地恢复了它曾经的样子。我喜欢在宽敞明亮的厨房里喝茶，彩虹仪（放在窗户上的一种棱镜装置）使厨房里光彩熠熠。它是我哥哥克里斯送给我们的结婚礼物。

我和迈尔斯都喜欢这里。至少，我曾经很喜欢这里。

可是今天，我对艾米丽的失踪感到焦虑，每个人看起来都好邪恶，不管是学校的那些母亲、在邮局工作为人和气的莫琳，还是那位把蔬菜装袋的小伙子，他们都一样，就像恐怖电影里那样，仿佛镇上的每一个人都是邪教成员或僵尸。我有意无意地问了几位邻居是否看到艾米丽，他们都摇头说没有。难道他们脸上那古怪的神情只是我想象出来的吗？现在，各位妈咪，你们能明白这是一件多么令我抓狂的事了吧？

请原谅我，又跑题了，刚才只是胡言乱语，跟以前一样。

我应该早一点儿公布这些信息的！

艾米丽身高约一米七，她有着一头金发，但其中夹杂着几缕深色发丝（我从未问过她是不是染过）。她有一双深棕色的眼睛，体重大约是54公斤。但这只是我的猜测。谁都不会问自己的朋友：你的身高、体重是多少？她今年41岁，但看起最多35岁。尽管我知道，有些男人认为，女性从来不会谈论身高和体重之外的话题。

她的右眼下方有一颗黑痣。有一次，她问我是否应该把这颗黑痣点掉，我这才注意到它的存在。我当时对她说不用，这颗黑痣看上去并不难看，况且法国宫廷的仕女（我从书上看到的）还特意在脸上画上这样的"美人痣"呢。

艾米丽经常在身上喷一种香水，这是她个人独有的香味。她说，这款香水是意大利修女用丁香和百合制成的，订购于佛罗伦萨。我喜欢艾米丽这一点，她所知道的这些优雅而精致的东西，我从来都没了解过。

我从不用香水。我总觉得，女人身上散发出花朵或香料的味道时，会让人产生厌恶感。她们在隐藏什么？她们在传递出什么样的信息？但我喜欢艾米丽的香水。我喜欢它的味道，因为我常常从这种味道中判断出来，她就在附近，或者她就在某个房间里。我可以从尼基的头发里闻出她的香水味，因为她总是把尼基紧紧地搂在怀里。她曾大方地让我用她的香水，但我觉得这有些奇怪，太过亲密。如果我们两个身上的味道一样，那该多么诡异啊！

她常常戴着订婚时肖恩送她的那枚蓝宝石钻戒，而且她在说话时总是带有很多手势，让我觉得那戒指仿佛是有了生命的精灵，就像在彼得·潘和迷失少年们面前飞舞的奇妙仙子。

艾米丽有一处文身：她的右腕上有一个精致的荆棘王冠图案的链式文身。我第一次看到时非常惊讶，因为她不像是那种会在自己身上文身的人，而且她必须穿上长袖衬衫才能遮得住这个文身。起初，我以为她是为了时尚才文上去的，后来等到我们熟了后我问她，她的回答却是："哦，那个啊！那是我年少轻狂时做的蠢事。"

我说："我们**都曾**年少轻狂。"

这些话以前我从未对丈夫开口，现在能说出来感觉好多了。如果他问我，**年少轻狂**是什么意思，我会跟他说，就是那种我们知道终究会结束的人生。当然，那种生活已经结束了。真相终将大白于天下。

等等，电话响了！或许是艾米丽。稍后再聊。

爱你们的斯蒂芬妮

3_

斯蒂芬妮的博客

举手之劳

各位妈咪好！

电话不是艾米丽打来的，而是一个录音电话，通知我获得了一次去加勒比海免费旅游的机会。

我上次说到哪儿了？哦，对了！

去年夏天，我们在社区泳池旁晒太阳，孩子们则在儿童泳池里戏水，艾米丽说："斯蒂芬妮，感谢你一直以来对我的帮助。不过，能请你再帮我一次吗？你能照顾一下尼基吗？这个周末是肖恩的生日，我和肖恩想去我家的小木屋过周末。"艾米丽总是把这个地方叫作"小木屋"，但在我的想象中，她家这座位于密歇根北部湖畔的度假住宅比一个"小木屋"要豪华多了。"我很惊讶肖恩居然同意了，我想把这件事确定下来，免得他又改变主意。"

我当然答应了她。我知道，要想说服肖恩离开他的办公室，对艾米丽来说并非易事。

"我有一个条件。"我说。

"任何条件我都答应，"她说，"尽管说吧。"

"你能帮我把防晒油涂到背上我够不着的地方吗？"

"非常乐意。"艾米丽大笑着说。当我感到她那双小巧而有力的手把防晒油涂到我的皮肤上时,我想起了高中时与朋友们一起到海边戏水的美好时光。

那个周末,艾米丽和肖恩出门了,我和迈尔斯、尼基玩得非常开心。去游泳、逛公园、看电影,还吃了三明治和蔬菜沙拉。

自从我们的儿子在幼儿园相识,我与艾米丽成为好朋友已经一年了。这是今年夏天在六面旗主题公园我拍的照片,只是你们可能看不清楚她的样子。它本来是我们四个人的自拍照,但我把两个孩子修掉了,因为我对人们在网络上贴出自己孩子照片的做法非常反感。

我不知道她失踪那天穿的什么衣服。她送尼基去幼儿园的时候,到得有点晚,我没有碰到她。通常校车一到学校就会让孩子们马上下车。老师们有很多事情要做,他们要迎接孩子们,然后把他们带进校门。那天艾米丽穿的是什么衣服,或者她当时是否与平时一样开心,还是心事重重,老师们没有注意到也无可指摘。

或许,艾米丽在去上班时还和往常一样,与时尚圈每个高管(她可以以极低的折扣购买设计师服饰)早上匆忙赶往办公室的样子并无二致。

这天一大早,她就给我打了个电话。"斯蒂芬妮,我需要你的帮助。**又要**麻烦你了。我工作上有个紧急情况要处理,我得加班,艾莉森又有课,你能去学校接尼基吗?我晚上会去接他的,最晚九点。"

我记得自己当时还有些疑惑:在时尚行业,什么事算得上"紧急情况"呢？衣服上的扣眼太小了？有人把拉链缝到后面去了？

我说："当然，很乐意帮忙。"

这不过是举手之劳，就像我们这些妈妈一直以来互相帮助彼此那样。孩子们也会很开心。我非常清楚地记得，我当时还问艾米丽，是否要让尼基在我家过夜，我也非常确定她说不用。她希望在一天辛苦的工作之后看到他，即使他已入睡也没关系。

放学后，我接上尼基和迈尔斯，他俩真是乐翻了。他们都很喜欢和对方在一起，甚至比亲兄弟还要亲，因为亲兄弟还会打架呢。

他们在我儿子的房间开心地玩，然后又去荡秋千，我随时可以透过窗户看到他们。我给他们做了晚餐，随后三人一起吃了一顿健康的晚餐。我是个素食主义者，但尼基只愿意吃三明治，所以我就做了三明治。我在博客上无数次地写过，自己多么努力地在有营养的食物与孩子们实际爱吃的食物之间保持平衡。孩子们讨论了学校发生的一件事情：有个男生被送到了园长办公室，因为他在被请出教室一次之后仍然不听老师讲课。

天色已晚，艾米丽还是没有打电话来，这似乎有些奇怪。我发了个短信给她，她也没回。这让人感觉更加奇怪了。

好吧，她说过，也许有个**紧急情况**。或许他们在某个国家的服装厂出事了；或许衣服是由**奴工**缝制的，但这不能公之于众；或许她的老板丹尼斯又陷入了什么丑闻，他曾经滥用药物，这已是广为人知的事。艾米丽不得不施展浑身解数来处理这场公关危机。或许她正在开会，脱不开身；或许她所在的地方没有手机信号；

又或许她的手机充电器丢了。如果你了解艾米丽，你就知道手机充电器丢了是最不可能发生的情况。或者她找不到任何办法打来电话确认尼基没事。

妈妈之间都习惯保持联系。你们知道，当你需要联系一个人时，那会是什么感觉。你会是一副失魂落魄的样子。你会不停地拨打电话、发短信，并努力克制自己这样做，**因为上一秒才刚刚这么做。**

我的电话每次都被转到语音信箱，然后听到艾米丽"职业化"的声音——开朗活泼、干脆利索、公事公办的口吻。"你好！我是艾米丽·尼尔森。有事请留言，我会尽快回电。再见！"

"艾米丽，是我！斯蒂芬妮！快点儿回我电话！"

都已经到了孩子们睡觉的时间，艾米丽仍然没有打来电话，这种情况**从未发生过**。我心里开始忐忑不安，事实上是惶恐不安。但我不想让孩子们知道，尤其是尼基……

我不能再往下写了，各位妈咪。我真的好心烦，我写不下去了。

爱你们的斯蒂芬妮

4_

斯蒂芬妮的博客

悲伤往事

各位妈咪们好！

你们都记得吧，当戴维斯和我哥哥克里斯在同一起事故中丧生的时候，我经常在博客上写如何不让儿子看到我被悲伤击垮的模样。那是一个美好夏日的周六午后，戴维斯驾驶的老式卡玛洛汽车失去了控制，撞上了一棵树。我的世界在一分钟之内就此被改变了。

我失去了那个除我爸爸之外对我最重要的两个男人，爸爸去世时，我只有十八岁。而迈尔斯失去了他的父亲和他挚爱的舅舅。

迈尔斯只有两岁，但他能感觉到我的悲伤。为了他，我必须坚强起来，在他入睡之前，我不能情绪崩溃。你可以说，我有充分的准备（如果你将其称为"充分"的话），不会让孩子们察觉到我有多担心艾米丽。

等安顿好孩子们上床睡觉，我又喝了一杯酒，让自己平静。第二天早上醒来时，我头疼欲裂，但仍装出一切都好的样子，让孩子们穿好衣服。尼基经常在我家过夜，所以这没什么好奇怪的，尼基和迈尔斯的身高相近，所以他可以穿迈尔斯的衣服。这也证明了艾米丽本打算在前一晚接尼基回家的，因为如果尼基要在我家过夜，她通常会送来换洗衣服。

艾米丽还是没有打来电话，我几近崩溃。当我给孩子们准备健康麦片时，双手不住地颤抖，麦片撒落到餐桌和地板上。我从来没这么想念戴维斯，我需要一个可以帮助我、给我建议、让我冷静下来的人。

我决定把孩子们送到学校后，自己想想办法，但我不知道该给谁打电话。我知道艾米丽的丈夫、尼基的爸爸肖恩，正在欧洲的某个地方，但我没有他的手机号码。

我知道所有的妈咪看到这里都认为我破坏了自己的原则：**绝对不能让一个没有紧急联系人信息的孩子来家里玩！！！** 必须要有孩子父母的家庭电话、工作电话和手机号码，要有一位直系亲属或有权决定是否让孩子就医的联系人，以及孩子的医疗保险公司的电话。

我有保姆艾莉森的电话号码。她是一个有责任感的人，我信任她，可是我对保姆带孩子这件事仍心存顾虑。艾莉森说，艾米丽告诉过她，尼基会跟迈尔斯一起过夜。但我没有接着问她艾米丽是否说过要让尼基在我家住多久。我担心这么问显得我……不那么礼貌，你们知道，我们妈妈对胜任力问题有多么敏感。

当我告诉你们，我没有尼基爸爸的手机号码时，你们可能会认为，我不仅没有责任感，还头脑不清楚。我没有任何借口，只能求你们不要就此评判我。

当我把孩子们送到学校后，我跟他们的幼儿园老师克丽夫人说，尼基在我家过的夜。我有种奇怪的感觉，告诉克丽夫人，艾米丽昨晚没有回来，而且也没有打电话给我，**会让艾米丽惹上麻烦**，就好像……好像我在告她状似的。这会让她没面子，成为别人眼中的坏妈妈。

我只说，我联系不上艾米丽……但我确信一切都正常，我们一定是没有沟通好尼基会在我家待多久。但万一出现了意外，学校会把他爸爸肖恩的手机号码告诉我吗？克丽夫人说，艾米丽曾提起过，她丈夫正在伦敦出差，几天后才能回来。

迈尔斯的老师一直很喜欢我，他们很感谢我在博客里对她们学校的肯定。我经常为老师们对孩子所做的那些很棒的工作而表达我对他们的爱与支持。

克丽夫人把肖恩的手机号给了我。但我（从我的手机屏上方）看得出来，她正在用一种怀疑的表情看着我。我再次对自己说，是我想太多了，她只是对此有些关心，但并不担心。尽量不要去评判他人。

拿到了肖恩的手机号后，我感觉好多了。我本应该立即给他打电话，但不知为何，我并未这么做。

我拨打了艾米丽公司的电话。

丹尼斯·尼龙公司对于我和许多妈咪来说，就像是**我们**心中的迪奥或香奈儿。高高在上，昂贵奢侈，全能的时尚之神。

我请那位接电话的年轻人（除了艾米丽，那里的每一个员工几乎都是小孩）把我的电话转到艾米丽·尼尔森的办公室。她的助理瓦莱丽不厌其烦地问我到底是谁。好，我理解。瓦莱丽从未见过我。但艾米丽的生活中有很多叫斯蒂芬妮的人吗？也有这么多的艾米丽吗？

我说我是尼基好朋友的妈妈。瓦莱丽说，不好意思，但艾米丽刚刚离开办公室。我说，**我**才不好意思，尼基昨夜是在我家过的夜，艾米丽没有来接他。有谁能来接一下我的电话吗？我在想，每个妈咪都该有一个瓦莱丽这样的助理。我们每天要做的事太多了！所以，我们需要人帮忙。

戴维斯有两个助理：埃文和安妮塔。他们都是很有才能的年轻设计师。有时，我觉得我是世界上唯一一个没有助理的人。当然，我只是开玩笑。我们拥有着比大多数人都多的东西，但仍然……

我能感觉到，有些事情不太对劲。瓦莱丽说，会有人马上给我回电话的，但始终没人打给我。

我曾在博客里写过，职场妈妈和全职妈妈之间那种愚蠢而又让人受伤的差别。虽然我一直没有表现出来，但我常常对艾米丽的职业有着小小的嫉妒。她的职业不仅看起来光鲜，又令人兴奋，还有完全免费的时装福利！名人的私人电话号码、T台秀……艾米丽做着很酷的事情，而我却待在家里做黄油花生三明治，收拾洒出来的苹果汁，然后写写博客。当然，能够与全世界上千位妈咪（截至目前）建立联系，我也是万分开心和感激的。我知道，艾米丽也错过了很多事，比如我和迈尔斯每天下午做的那些有趣的日常。

现在，艾米丽的公司没人在意她的失踪。她大学一毕业就一直在这家公司工作，丹尼斯应该把这个消息告诉媒体，然后请大家找到她。

　　放松，斯蒂芬妮。冷静，事情还没那么糟糕。

　　感谢各位妈咪，知道你们在读我的博客，我就感到安慰多了。

爱你们的斯蒂芬妮

5_

斯蒂芬妮的博客

都是我的错？

各位妈咪好！

我是个很典型的妈妈！到现在为止，我几乎已经说服了自己，这场误会都是我的错。艾米丽一定是请我帮她照顾尼基几天，而不是一夜。那么，我为什么记得她说过尼基**不会**在我家过夜，她会在九点之前来接他呢？

许多人都在我的博客里分享过，妈咪们很难有那种自己已经掌控现实的笃定感，包括今天是星期几，我们有什么事情要做，别人说了什么，还是我们记错了。没有比让一个妈妈相信她做错了事还简单的事了，即便她什么也没做错，**尤其**真的不是她的错。

到了下午，我心神不宁，总觉得有可能看到艾米丽在学校入口处的大橡树下等待着孩子。她每个星期五都会出现在那儿。我很肯定她一定会在那里，有那么一瞬间，我想象着已经看到了她。

但是，那不可能是她。首先，那天是星期三。我有一种不祥的感觉——就好像那种怎样都找不到孩子，必须花上一辈子的时间来寻找，内心就要爆炸的感觉一样。曾有一段时间，迈尔斯喜欢藏起来让我找，我每一次都会抓狂……

等一下，我有个好主意。稍后再聊。

爱你们的斯蒂芬妮

6_

斯蒂芬妮的博客

探访艾米丽的家

各位妈咪好!

通常,在没有提前打电话的情况下,我不会贸然去艾米丽家。我试着打过她家的电话,但没人接。艾米丽给过我她家的钥匙,同时也向我要了我家的钥匙。我对此印象深刻,因为似乎只有一个明智而成熟的妈妈才会做这样的事,而且这意味着我们是真正的朋友。我们可以在紧急情况下拿出钥匙打开对方的家门。此外,两个孩子要一起玩儿,而提前到达对方的家,对方却不在的时候,也可以用这把钥匙开门。现在就是紧急情况。我不想侵犯艾米丽的隐私,但我必须确定她是否在家跌倒、受伤、生病或者需要我的帮助。

我不能带着孩子们过去,万一我发现了可怕的事怎么办?我漫无边际地想象着。我想象着她的家里到处是血,就像臭名昭著的连环杀手查尔斯·曼森[1]留下的犯罪现场。我想象着她躺在血红的浴缸里的样子。

---

[1] 查尔斯·曼森(Charles Manson,1934—2017),美国历史上最疯狂的连环杀人犯,他所控制的邪教组织丧心病狂、杀人如麻。——编者注

我决定在去接孩子们的路上，先去一趟艾米丽的家。

刚刚把车开到她家门口，我就有一种危险和毛骨悚然的感觉。天正下着小雨，狂风摇晃着大树，我觉得那些树仿佛在说：**别去那里，别去那里**。开个玩笑。我是个精神正常的妈妈，不会听到树在说话。

看到艾米丽家的保洁阿姨玛丽塞拉的车停在路边时，我的心情顿时好多了。玛丽塞拉告诉我，她刚打扫好，这真叫人欣慰。如果艾米丽已经死了，或无助地躺在家里的某个地方，玛丽塞拉肯定会发现的。

玛丽塞拉真是个天使，我多希望她也能到我家来工作啊，可是我和迈尔斯付不起她的工资。

她说："太太说，她会出门四天。她要我照常来打扫，然后看看家里的花草是否需要浇水。"

四天！真是让人松了口气！

"你有她的消息吗？"

"没有，为什么要有？"玛丽塞拉亲切地问道，"太太，您还好吧？要不要喝点儿什么？或者吃点儿东西？太太在冰箱里放了一些新鲜的水果。"

新鲜的水果，这是一个好征兆。艾米丽是打算回来的。我要了一杯水，玛丽塞拉走过去给我倒水。

坐在曾与艾米丽共同度过许多时光的这个沙发上，感觉怪怪的。她这个舒适的大沙发忽然变得凹凸不平和诡异，仿佛你坐下去之后就再也起不来似的，就像一株捕蝇草。我考虑着要不要在房子里找找线索。

艾米丽为什么没跟我说她要出门四天呢？她为什么没回我的电话？我了解我的朋友，一定是发生了什么可怕的事。

待在艾米丽家中，更让我担惊受怕、惶恐不安。我一直期待着她忽然走进来，问我在她家干什么。那样的话，我会觉得松了一口气，看到她，会让我欣喜若狂。然后，我或许会觉得内疚，尽管她给了我顺便来访的充分理由。

她在哪里？我觉得自己快像小孩一样呜咽了。

我看着壁炉台上那张双胞胎的摄影作品。艾米丽的家里有这么多华丽的东西，如波斯地毯、中国花瓶、享有盛名的设计作品和现代家具名品。戴维斯如果还活着一定会喜欢她的家。但是，艾米丽特意让我看了这张有两个女孩的黑白照片，她们穿着宴会礼服，戴着漂亮的发带。她们的美丽如此令人难忘，脸上带着神秘的微笑。

艾米丽说："那张照片花了我不少钱，在我家所有的照片中，它是我最喜欢的。如果我告诉你我们是怎么得到它的，我那位拍卖行的朋友会杀了我。你觉得，这对双胞胎中哪个孩子是主导者？"

那是一种似曾相识的感觉，或者说，是另一段人生的记忆，**我的**另一段人生——住在城里，在杂志社工作的那段日子。那是一本可以在超市收银台买到的家居装潢杂志，但也只是一本有封面、纸页、文字和照片的杂志而已。我曾经过着那样的生活，常常能见到这一类人：他们发表新奇的观点，提出有趣的问题，家里有一些漂亮但令人意想不到的物品；他们不只会谈论孩子上什么课外班，判断西红柿是否真的有机等话题，而是一些真正懂得乐趣的人！

"不知道。"我说，"你觉得会是哪一个？"

她说："有时我觉得是这个，有时又觉得是另一个。"

"或许两个都不是。"我说。

"那不可能。"她说，"总会有一个人处于主导地位，在友谊中也是这样。"

艾米丽是我们友谊中的那个主导者吗？我钦佩她，我知道……

现在，我的朋友不见了。而这对双胞胎，仍然在用她们那谜一样的温柔眼神看着我。

客厅里井井有条。当然了，玛丽塞拉整理过。茶几上有一本平装书——派翠西亚·海史密斯的小说《离家出走者》[1]。如果戴维斯还活着，他一定知道是哪个现代主义天才设计了这样的茶几，书页中露出一张本地书店的书签。我突然灵光一闪：艾米丽可能是离家出走了。她把儿子留给我，然后自己走了。人离家出走，这种事时有发生，而朋友、邻居和家人却会说，他们**从未**起疑。

我决定读一读海史密斯的小说，来找一下我可能忽略的信息——关于艾米丽的信息。我不能拿走她的小说，她回来后会生气。如果图书馆没有这本小说，我可以买一本。如果我可以保持冷静和理性，那么总会水落石出的。这一切可能只是一场噩梦、一个错误、

---

1 《离家出走者》（*Those Who Walk Away*），《离家出走者》是暂译书名，小说主要讲了一个新婚太太在蜜月期间自杀，岳父怀疑凶手是女婿，进而报复女婿的故事。——编者注

一次误会，而我和艾米丽以后也会对这件事一笑置之。

玛丽塞拉用一个带圆点花纹的复古玻璃杯给我倒了一杯水，玻璃杯很漂亮，连它都有艾米丽的风格！

"喝点儿水吧。"玛丽塞拉说，"你会感觉好些。"

我喝下了那杯冰凉的水，但并没有感到舒服一点。

我向玛丽塞拉道了谢，然后离开了艾米丽的家，看了一眼手机，没有新信息或邮件。我确定，艾米丽不是那种离家出走的人，她一定是出了什么大事。

我本应打电话报警，但还不愿相信她真的失踪，只是怪自己对现实做出了错误的判断，居然以为朋友说了一些她其实并未说过的话。

同时，我的想象力也发挥到了极致，想到了恐怖电影里的情节。比如：劫车，绑架，谋杀，水沟里的尸体，头部受到致命撞击以致艾米丽失忆并找不到回家的路等。或许有人已经找到了她，或许有人会把她送回家。

这就是我发布这篇博客的原因。我们都听说过通过互联网创造的奇迹，这也是社交网络和博客最有价值的一方面。所以，我请求各位妈咪，请睁大你们敏锐的眼睛，如果看到一个长得像艾米丽的女人，请问她是否安好。如果你看到一个长得像艾米丽的女人，且是一副受伤或惊慌失措的样子，请立即给下方的这个手机号发短信。

谢谢各位亲爱的妈咪！

爱你们的斯蒂芬妮

7_

斯蒂芬妮的博客（次日）

再三考虑后，给肖恩打电话

各位妈咪好！

一整夜我都在半梦半醒中度过，做了各种奇奇怪怪的梦。六点醒来时，我一时不知道发生了什么事。然后，我想起来了，艾米丽失踪了，接着又想起了其余的细节，我越来越怕看手机。我把自己的私人电话都公布了，请读者随时向我提供她们看到的任何线索，但说真的，艾米丽看起来就像大多数金发碧眼、身材苗条、长相漂亮的辣妈一样，虽然她的文身和手上的戒指会把识别范围缩小很多，但很多妈咪都有刺青，谁知道她有没有戴戒指呢？如果她被抢劫了，又该怎么办？

谢天谢地，妈咪社群的成员都这么理智，我只收到了两条信息。两个目击到艾米丽的地方，一个来自阿拉斯加，另一个来自北苏格兰（我这个小博客竟然能传播到如此遥远的地方，这真让我吃惊），但这两个地方都太远了，我不觉得艾米丽能（在**这么短**的时间里，我一直这样告诉自己）去那么远的地方。

我其实想过要换电话号码，以防成千上万的妈咪为了给我提供帮助而开始联系我。我们还是要小心个人信息的泄露，但艾米丽只知道我的这个电话号码，我仍然在盼望着她的来电。我和尼基都需要她能联系到我们。

第二天晚餐时，尼基开始变得烦躁不安，任何一个小孩都会这样。我相信，他感受到了我的焦虑。他从来没有连续两个晚上不回家的经历，除了他的父母外出度周末那次。那个周末我们每个人都玩得很开心，没有人紧张不安。现在，尼基开始不停地问我，他妈妈什么时候回来接他。他刚吃下蔬菜汉堡就吐了出来。我轻轻抚着他的头，告诉他妈妈很快就会回来，我马上就给他爸爸打电话。

我给肖恩打电话的时候，正是英格兰的早上七点。我太慌了，竟然忘了时差的问题，真是愚蠢！他听上去似乎没睡醒。

"我把您吵醒了吧？抱歉！"我为什么要道歉？他的妻子都失踪了！

"您没有吵醒我。"他声音沙哑地说，"但您是哪位？"

我莫名地想要笑出声。因为我一直在想，如果把肖恩从熟睡中吵醒，他是否还操着一口贵族式的英国口音。还真的是！

"我是艾米丽的朋友，"我说，"斯蒂芬妮。"

"斯蒂芬妮。"他重复说。尽管以前见过我很多次，但他对我毫无印象。"怎么了，斯蒂芬妮？"

"我不想杞人忧天，"我说，"但是，艾米丽把尼基留在了我家，我在想……她现在到底在哪儿，什么时候能回来。我一定是听错了，我不知道尼基会待……"

我听得出来，他的耐心快耗尽了。

"她出差了，"他平静地说，"她要在外地待几天。"语气肯定，明确无误。

"哦，"我说，"那我就放心了。抱歉，打扰你了。"

"没事，"他说，"如果你需要我的帮助，请随时给我来电……斯蒂芬妮。"

在挂了电话后，我才意识到，他没有问我尼基现在怎么样。他是个什么样的父亲呢？一个什么样的丈夫？他对妻子丝毫不担心吗？但他为什么要担心呢？他们夫妻二人分别因为工作而同时出差，他们的生活就是如此，难道有人规定丈夫和妻子必须每晚都联系吗？

况且，我已经把他吵醒了。许多男人会在醒来之后仍然保持很长时间的迷糊状态，这是所有单亲妈妈所无法享受的另一种奢侈状态。

那天晚上，艾米丽还是没回来，我也没再给肖恩打电话，只是装出一切安好的样子，不过又是一个与孩子们在一起、一切如常的夜晚。尼基哭了好几次，我让他和迈尔斯爬到我的床上看动画片，一直到他们进入梦乡。我把心里那些不好的想法都抛之脑后，这是我成为妈妈之后学会的方法。我必须保持耐心，再等一天。我能做的就是等待。

第二天晚上，艾米丽仍然没回来，但肖恩已经从英格兰返回。他在机场给我打了个电话，现在他听起来也开始紧张了。他一定是希望（或是说害怕）在家里看到艾米丽，所以先把自己的行李放回家，然后再立即开车来我家。

一听到爸爸的声音，尼基飞一般地从迈尔斯的房间里跑了出来。他张开双臂抱住了爸爸，肖恩把儿子抱起来亲了亲，然后将他拥进怀里。

肖恩此刻在我家，拥抱了他那被吓坏了却依然勇敢的儿子，这一幕印证了我之前的担心。

这是真的，我的朋友已经失踪了。

身在各地的妈咪们，请帮帮我！

爱你们的斯蒂芬妮

8_

斯蒂芬妮

妈妈常说，每个人都有秘密。要告诉自己的女儿，你想让她成长为一个健康的人，并且与其他健康的人保持健康的关系，这种话就实在不太适合说给女儿听。但妈妈一定有她的道理。

十八岁那年，在我的父亲过世四天后，一个陌生人敲开了我家的门。妈妈看着窗外说："看，斯蒂芬妮！那是你的父亲。"

我听说过"悲伤得发疯"的说法，但我妈妈是一个神智完全清醒的人。当然，她为爸爸心碎，他们非常恩爱。至少，在我看来是这样的。

或许，我和妈妈都不相信爸爸真的去世了。我家在辛辛那提气候宜人的郊区，爸爸经常出差，所以当他在我家附近的高尔夫球场突发心脏病后，我们觉得他似乎只是出差去了。他是一家制药公司的高管，经常在全国各地参加各种各样的会议。

总之，妈妈真正的意思是："看，那是你父亲二十四岁时的样子，我们是在那一年结婚的。"

我望了望窗外。

站在我家门口的那个年轻人，是我父母婚礼照片中的新郎。

我从未见过他，却感觉像是有生以来的每一天都在注视着他。事实上，的确如此，我就在落满灰尘的钢琴上的相框里，与他生活在一起。

唯一不同的是，这位陌生人穿的是牛仔裤和夹克，而不是白色的燕尾服，他的黑发留着当下时髦的发型，而不是爸爸在婚礼照片中那种猫王式的飞机头。

我的母亲说："请他进来。"他长得好帅，我目不转睛地看着他。我的爸爸年轻时是个英俊的男人，直到频繁出差、饮酒过度和机场食物让他付出了代价。

妈妈要求这位年轻人"站在那里，不要说话"。她拿起钢琴上的婚礼照片递给他。他凝视着照片，仿佛被吓到了。接着，他大笑起来，而我们也都笑了起来。

他说："我想，我们可以跳过 DNA 鉴定这个环节了。"

他叫克里斯，住在威斯康星州的麦迪逊市。我爸爸是他的生父，他们每半年见一次面。那时，我爸爸会在出差的路上改道威斯康星州，然后回到他的另一个家，那里有克里斯的妈妈和他。

克里斯从他的谷歌快讯里看到了我们在报纸上发布的讣告。我不禁在想，他一直希望和我爸爸，也就是他爸爸，保持密切联系（可怜的孩子！），而他妈妈一年前因心脏病去世了。克里斯的名字没有出现在爸爸的讣告中，但我和妈妈的名字都在。而且，我们的名字还被列入了电话簿——实际上列的是爸爸的名字。

事实上，这个帅小伙是我同父异母的哥哥，我过了好久才明白过来。我一直很希望他说，他是我的一个远房堂兄，只是碰巧与我爸爸长得很像。

还有一个奇怪的细节，我必须补充一下：当时，我跟妈妈年轻时也几乎一模一样。现在，虽然我还是很像她，只是不比从前。我就像婚礼照片中的她，而这位刚刚认识的哥哥与我的——**我们的**——爸爸非常像。就这样，我们俩站在一起，就像是一对快乐的新婚夫妇，站在婚礼蛋糕的前面，我们把二十年前那个场景完整地重现出来。我能说什么呢？这真是太令人兴奋了。

我穿着牛仔裤和 T 恤，但感觉自己就像穿着新娘礼服的妈妈。我的胳膊紧紧地靠在身体两侧，双手就像金花鼠的前爪一样蜷在胸前。当我把双臂放下，像正常人一样站在那里时，我看到克里斯看了一眼我的胸部。

我妈妈可曾怀疑过这事儿？这就是她经常说"每个人都有秘密"的原因吗？我不可能直接问她，尤其是在克里斯走进我们的生活之后。

妈妈邀请克里斯到厨房的餐桌前就座，她把我爸爸葬礼上剩下的冷盘端了上来，我们为葬礼订了太多食物。与同父异母的哥哥相见这件事再次加重了爸爸去世对我们的打击，但克里斯坐在爸爸座位上时的一举一动，以及他淡定地吃着意式香肠的样子，把一切变得跟往常一样。几乎完全一样。

妈妈说："克里斯，我们很抱歉没有邀请你参加葬礼！"

妈妈为什么要道歉？因为她习惯了这么做，就像所有女性习惯了那么做一样。一切都是我们的错！尽管我为妈妈感到难过，但我想让她闭嘴。

克里斯说："天啊，你为什么要邀请我？你根本不知道我的存在。"

我们必须承认，那都是爸爸的错，但现在再来指责他，已经有点儿晚了。

克里斯说："我才是那个应该道歉的人。"

"为什么而道歉？"妈妈问道。

"为我以这种方式出现在你们面前，"他说，"以及我认为还有……我的存在。"

克里斯露出了迷人的笑容，我们都大笑起来。自从爸爸去世后，我和妈妈从未笑得如此开心。

"多吃点儿。"我母亲说，并在他开口之前，又给他的盘子里添了意式香肠。我喜欢他吃东西的样子，带着一副满足又贪吃的表情。

如果妈妈没说天色太晚了，克里斯开那么久的车回去不安全，我的人生是不是就会有所不同？如果她没有留他在我家过夜，我的人生是否会是另一个样子？

有些事情注定要发生。我和克里斯聊了一整夜，我记不清聊了什么，大概是我们的生活、我们的希望、我们的担心、我们的童年，以及我们对未来的向往。我该说些什么？我能知道什么呢？我只有十八岁，还是个孩子。

隔天早上，克里斯要了我的手机号码。下午他就打电话给我，说他还没回威斯康星州，现在就住在我家附近的一家汽车旅馆。

我那时已经有男朋友了。不久之前，我才跟他一起参加了毕业舞会，还上过几次床，他是第一个跟我上床的男孩，而我实在不懂这有什么好兴奋的。

我不是在考虑男朋友的问题。我在想，在不被开罚单的前提下，我能开多快到克里斯所在的汽车旅馆。

克里斯告诉了我他的房间号。敲门的时候，我不禁颤抖起来。当我走进他的房间时，仍然无法抑制这种颤抖。我羞涩地跟他亲吻问好，然后找地方坐下。书桌旁边有一把摇摇晃晃的椅子，他的衣服整齐地叠放在椅子上。我们都知道，我要在床上坐下。

他坐在我身边，手背轻轻抚过我的胸部。

"过来。"他说，尽管我已经坐在那里了。

现在，我仿佛还能听到他在说这句话，我感到自己已经无法呼吸，膝盖发软，就像曾经的那样。从那以后，我理解了性爱是怎么一回事。我理解了人们为什么会为了它而不顾一切，甚至会为它而死。我明白了。所以，我想要更多。我们已无法回头。我和克里斯都无法离开对方。我想要，我**需要**到达那里：那个让人震颤的、产生强烈快感和亲密的境界。

我不能放任自己想起和克里斯在一起的时光，在公众场合时不能，当然开车时更不能。欲望的液体在我全身流淌。我的眼皮变得很沉，欲望让我变得昏昏欲睡。我闭上眼睛，觉得自己正在化为一摊纯粹的欲望之水。

* * *

肖恩从伦敦回来的那晚，我叫两个男孩都到迈尔斯的房间睡觉。尼基哭了，他不肯睡，因为他爸爸回来了，而他妈妈没有。后来，肖恩走进房间，一直陪着他进入梦乡。

我问肖恩要不要喝点儿什么。

"我从来没这么想要喝上一杯。"他说，"烈酒最好！但我想，警察来的时候，我要是闻起来像个酒鬼可不太好。"

当他报警时，我松了口气。这意味着，他认真看待这件事。我觉得不应该由我打电话报警说朋友失踪，所以我一直等待着肖恩来做这件事。

我不知道他们为什么要派州警过来，因为在我们这个地区，州警一般只负责交通站的临检问题，**那才是**他们的主管范围。偶尔，他们也会在遇到家庭纠纷时出警。

真奇怪，当警察进来时，他们看起来一脸罪恶感。莫洛伊警官有着一头红发和红胡子，活像老派色情明星，而布兰科警官的口红（女警可以化那么浓的妆吗？）被弄花了。我忽然觉得，肖恩的报警电话打过去时，他们或许正在巡警车上鬼混。

或许，那就是他们看起来困惑的原因。起初，他们以为我是肖恩的妻子，那肖恩为什么要报警说自己的妻子失踪了呢？然后，他们以为这里就是肖恩家……他们花了好长时间才弄清楚情况：肖恩是失踪者的丈夫，而我是失踪者的朋友。当莫洛伊警官询问艾米丽失踪了多久的时候，肖恩不得不向我寻求答案。我说六天。莫洛伊警官耸了耸肩，仿佛在说，他的妻子——他戴着婚戒——也常会不跟任何人打招呼的情况下出门几周。布兰科警官露出好笑的神情看了他一眼。莫洛伊警官紧盯着肖恩，就好像是在问，为什么肖恩要**问我**他的妻子消失了多久。或者说，我们为什么等了这么久才报警。

"抱歉，"肖恩说，"我有点儿时差反应。"

"你外出了？"莫洛伊警官问道。

"我之前在伦敦。"肖恩说。

"看望家人？"天才般的推理，堪比神探夏洛克。口音透露了一切！

"出差。"肖恩说。

两位警官交换了一个意味深长的眼神。他们或许在警察学院学过，丈夫往往是第一嫌疑人。但他们一定错过了另一课：妻子失踪时，丈夫正好在大洋彼岸的话，这类案件该如何侦破。

"再等几天吧。"警官说，"或许她只想休息几天呢，从正常的生活中抽身休个假。"

"你们不明白！"我说，"艾米丽把她的儿子留给了我！她**绝不会**把孩子丢给我就一走了之，更不会一个电话都不打，而且还失联。"

"这更印证了我所说的，"布兰科警员说，"我有三个孩子，相信我，有时候我也会梦想着去度个假，到什么地方去做一次舒服的水疗，有一些属于自己的时间。"

有那么几秒钟，我想起了我的博客，想起了一直以来我从各位妈咪那听过这样的事，但艾米丽不是那样的人。我怎么才能让他们相信艾米丽出事了呢？

与此同时，两位警察已经开始询问肖恩，他是否与艾米丽的朋友或家人联系过。

"**我**就是她的朋友，"我说，"她最好的朋友。我是她会第一个告知的人，如果……"

莫洛伊警官打断了我。"她的家人呢？直系亲属呢？"

"她妈妈在底特律。"肖恩说,"但我能肯定,艾米丽不在那儿。她们母女已疏远了好多年。"

我震惊了。艾米丽一直让我以为,尽管不是特别亲密,但她和她母亲关系很好。当我跟她说起我爸妈那些事的时候,她一直表现得非常理解。

"你知道原因吗?"布兰科警官问道。这与艾米丽的失踪有关系吗?他们一定认为,警徽和警服给了他们权力,可以随意打探别人的隐私吧。

"我的妻子不喜欢谈论这个问题。"肖恩说,"她们之间的问题存在很长时间了,一直没有解决。而且,她妈妈不幸患上了老年痴呆症。据我妻子说,她甚至不太确定自己是谁,住在哪里,常常游离在现实和幻觉之间。她以为丈夫仍然活着,但其实已经去世十年了。如果不是她的护工……"

"即便如此,"布兰科警官说,"人们有了麻烦,通常还是会回到童年的家,那是他们的避风港。"

"我敢保证,我的妻子一定不在那儿。那里不是能让她感到安全的地方。况且,我妻子怎么会惹上麻烦呢?"

肖恩是在撒谎吗?艾米丽从未说过她的母亲身体有恙。她唯一说过的事,是她妈妈讨厌她眼睛下方的胎痣,劝她把它去掉。艾米丽没有照做——主要是为了违抗她的母亲,但她们之间的这个冲突让她对脸上的那个小黑点有了终身的复杂情绪。

而且,我一直以为我们已经无话不谈了。

两位警官迫不及待地想离开去写他们的出警报告,或者他们只是急于回到警车里继续鬼混。他们要我们一有艾米丽的消息就及时通知他们；如果她在一两天内仍然没有出现，警官会联系我们。一两天？这是在开玩笑吗？

门铃又响了，是莫洛伊警官。

"还有一点，"就像电视剧《神探可伦坡》[1]里的彼得·福克的口吻，我几乎笑了出来，"我希望你近期不要再出差了。"他对肖恩说。

"我会待在这里的。"肖恩冷冷地说，"我是说，在我自己的家里，照顾我儿子。"

听到警车开到主路上后，我说："我想，我们需要喝一杯。"

"没错。"肖恩说。

我给自己和肖恩都倒了双份波旁威士忌，然后坐在餐桌旁，一口一口地啜着杯中的酒，什么话都没说。丈夫去世后这么久，这房子里好久没有男人出现了，即使什么话都不说，只是喝点儿酒，这种感觉也近乎愉快。但在这时，我想起了肖恩出现在这里的原因，于是我又再次感到害怕。

我说："或许你**应该**给她母亲打个电话。"

我们至少要**做点儿什么**。我希望当肖恩打电话的时候，我能在场。不管艾米丽是故意要把她生活中一些重要的信息漏掉，还是她向肖恩撒了谎，抑或是肖恩对警察撒了谎，这些都说不通。他为什么要撒那样的谎呢？**她**又是为什么呢？

1　《神探可伦坡》（Columbo），由彼得·福克主演的美国探案电视剧。——编者注

"好，"他说，"值得一试。至少我可以跟她妈妈的护工说几句。"

肖恩拨通了电话，我想让他把电话开成免提，但那样会显得有些奇怪。

"柏妮丝，你好！"他说，"我真不想打扰你。不过，你能否告诉我，艾米丽打过电话给你吗？哦，当然。我想应该没有。不，一切都好。我想她是出差了。我刚到家。尼基很好，他和一个小伙伴在一起。我不想让你紧张……"一阵沉默后，肖恩说，"好的，如果她想的话，我可以跟她说几句。听到她今天状态不错，我很高兴。"

又是一阵沉默，肖恩说："晚上好，尼尔森太太。我希望您一切都好。我想知道，您是否接到过您女儿的电话？"

沉默。

"艾米丽。哦，没有，我觉得也是。如果您见到她，告诉她我爱她。您多保重，再见。"

肖恩挂掉了电话，眼睛里泪光闪闪。我为自己一直以来的刻薄和多疑而感到羞愧。不管我对肖恩怀着什么样的复杂感情，艾米丽终归是他的妻子、尼基的妈妈。肖恩爱她，我们是因为她才坐在一起的。

"唉，可怜的老太太。"肖恩说，"她问我：'女儿？哪个女儿？'"

听到这里，我几乎为我母亲的突然去世而感到庆幸了，这样我就不用眼看着她一点点地从这个世界上消失了。

"湖边的度假小屋呢？"我说，"密歇根的那处住宅，就是你们俩庆祝生日的地方。你觉得她有可能去那里吗？"

肖恩看了我一眼，似乎是在怀疑我怎么知道那间小木屋的，又似乎是在说他不愿意我知道那间小木屋。他难道不记得了吗？当他和艾米丽偷偷跑去那里度过浪漫生日和周末时，不都是我在照看尼基的吗？

"不可能，"他说，"她喜欢待在那里，但不是独自一人。她绝不可能独自待在那里，因为担心那个地方闹鬼。"

"怎么会闹鬼？"我说。

"我不知道，"肖恩说，"我从来没问过。有一次她说，那里到处是鬼魂。"

如果艾米丽说过他们的度假小屋闹鬼，肖恩却没问她到底是什么意思的话，我怀疑他们的关系到底是不是真的那么亲密无间。

"她告诉我，她的父母都非常冷漠，控制欲极强，总是拒人千里之外。因为这样一个无爱家庭的影响，二十岁出头那几年，她度过了一段艰难的时光。我一直在想，这是我们俩的共同点之一，我的童年也是一塌糊涂。"

我猜，艾米丽的失踪和这杯波旁威士忌，是让肖恩这样一个保守的英国人面对我如此滔滔不绝的原因。事实上，我们以前都没说过几句话，所以我的意思是：他比我**想象中**要更健谈。我想说，我的童年也是一团糟，但那是另外一种糟。在我成长的过程中，一切似乎都井然有序，直到后来，我才知道我的童年是多么糟糕。

但我并没有说起这一点。不仅是因为关于我的一些事不必让肖恩知道，而且也因为我害怕让自己看起来是在跟他和艾米丽争着诉说谁的童年更糟糕。

不久之后的一天下午，肖恩打电话问我，能否去接尼基放学。警察让他马上去位于坎顿区的警察局一趟。他向公司请了假，正赶往警局，但不知道自己什么时候才能到家。

他到我家时已经晚上六点了。他再次接受了一男一女两位警官的询问，米妮警官（我能相信她叫这个名字吗？）和福塔斯警官。他说，他们似乎只比那天晚上到我家来的那两位警官强一点点。

至少他们不辞辛劳地联系了底特律的警方，让对方去艾米丽母亲家看一下，并得到了跟肖恩一样的反馈。尼尔森夫人没有见过她，也不知道她的女儿在哪里。事实上，他们主要是对尼尔森夫人的护工进行了询问。尼尔森夫人那一天状态不佳，她几乎记不起女儿的名字。

肖恩说，在他与警官们对话的过程中，他一直觉得他们似乎是在按教科书进行操作：先从失踪妻子的丈夫开始讯问，但这个过程真是一场折磨。他们用同样的问题一次又一次地问他，他知不知道艾米丽可能去了哪里？他们的婚姻幸福吗？他们发生过争吵吗？有没有让她心生不满的原因？她有没有婚外恋的可能性？她有过酗酒或滥用药物的历史吗？

"我说，她曾经嗑过药，但时间很短，像我们二十几岁时都做过的那样。我像个白痴一样朝他们微笑，但被嘲笑的对象却是我，因为他们并没有用微笑回应我。看来他们在二十几岁的时候并没有放纵过。这次的讯问在可怕的审讯室持续了几个小时。他们一会儿走开，一会儿又回来，就像英国广播公司出品的侦探片里演的那样，但艾米丽并不喜欢。不过……我倒不觉得他们真的对我有任何怀疑。说真的，斯蒂芬妮，我觉得他们并不真的认为艾米丽出事了。我不知道他们凭什么敢认为对我们的婚姻了如指掌呢？但我有一种感觉，他们认为艾米

离家出走了。他们不停地强调：'在找不到尸体的情况下，在没有任何他杀迹象的情况下……'

"我一直想冲着他们大喊：'艾米丽的失踪到底是怎么回事？！'"

"到底怎么回事？"我对肖恩说出的每一个字都紧抓不放，与此同时，他那些关于艾米丽不喜欢侦探片的说法，是我第一次听到他表达对她的不满。艾米丽对他则有一大堆不满。比如，他从不听她说话；他让她觉得自己很蠢。我们镇的每个妻子都说过自己丈夫类似的坏话，我也一样。

几天后，米妮警官打来电话。幸好肖恩说起她的名字时提醒过我，所以当她自我介绍时我才没笑，也没说什么蠢话。她说，我方便的时候可以去警局找他们一趟。他们可以按我的时间安排工作，这个主意不错。但当她说起时间安排的时候，我似乎从她的声音里听出了傲慢和讽刺的语气。这是我想象出来的吗？

把迈尔斯送到学校后，我开车来到了坎顿警察局。我承认我有点儿紧张，似乎每个人都在看着我，就好像我做了什么错事似的。

米妮警官和年轻的福塔斯警官问了一些他们已问过肖恩的问题。他们主要想知道艾米丽过得是不是不快乐。全程都是我在讲话，而福塔斯警官则不停地看他的电话，有两次他还发了跟我的事毫无关系的短信。

我说："她热爱她的生活，她永远不会做出那样的事。一个尽职尽责的妻子和母亲现在失踪了，你们警察竟然什么都不做！"为什么我是唯一一个为我朋友挺身而出的人？为什么她的丈夫没有说出这些话？或许因为肖恩是英国人，他太有礼貌了，又或许他觉得这不是他的国家，所以这件事要靠我。

"好吧。"福塔斯警官说话的语气仿佛是他在帮我大忙似的,"我们会调查一下,看能否发现什么线索。"

那个周末,两位警官出现在肖恩的家里,问他是否可以四处看一看。幸好,尼基在我这里——正与迈尔斯一起玩儿,所以肖恩让他们进了门。他说,他们简单地搜查了一番,草草了事。他几乎觉得他们像是房地产中介,或者想买下这幢房子的人。

他们要了艾米丽的一些照片,还好肖恩交照片前先给我打了个电话,我建议他不要把有尼基的照片提供给他们,他也觉得这是个好主意。

我们两人向警方提供了完整的描述——艾米丽手腕上的文身、发型和蓝宝石钻戒。说起戒指时,肖恩哭了。我努力克制自己,不要提及她的香水。在追踪失踪者这件事上,似乎不需要向警官说这个。即使警官知道了,也只会困惑地说:"丁香?百合?意大利修女?谢谢你的协助,女士。如果需要的话,我们会打电话给你的。"

艾米丽的公司终于从它的时尚美梦中醒了,他们的沉默并不意外,她是丹尼斯·尼龙公司的公关发言人,没有她,这家公司没人知道在公众场合如何说话。

丹尼斯·尼龙是她老板在 20 世纪 70 年代成为"俱乐部小孩"[1] 所用的名字。他从一个街头朋克时尚人士成长为世界上最潮和身价最高的设计师之一。他穿着自己的签名款紧身黑色套装——这同时也是丹尼斯·尼龙品牌的无性别设计——出现在六点的新闻节目里。他说,

---

1 俱乐部小孩(Club Kids),20 世纪 80 年代晚期到 20 世纪 90 年代流行的说法,指特立独行、热爱夜店生活的年轻人。——译者注

他们会全力配合和支持警方寻找艾米丽·尼尔森的行动，她是他最钟爱的员工和最珍视的朋友。他戴着一条带有公司标识的领带，（在我看起来）俗不可耐，但或许没有人注意到这个细节。

　　事实上，他说的是："去查一查**艾米丽·尼尔森发生了什么事**。"他似乎非常肯定**艾米丽已遭遇不测**，这让我不寒而栗。电视屏幕下方提供了知情者可以联系的电话号码。这则新闻看起来就像是为想要订购领带的人而制作的电视购物广告。不过，他出现在电视上确实为这个案件带来了更多的关注，至少在一段时间内是这样。我从警方那里听说，这家公司为警察局提供了一笔可观的捐款，以此来激励他们多努把力。

　　丹尼斯·尼龙公司主动制作了一些传单并在附近张贴。公司派出了一车的时尚实习生，用一整天的时间来寻找艾米丽。我们所在的小镇上出现了成群身材瘦削、性感时尚的年轻人，他们无一例外地剪着一头不对称的发型、穿着紧身的套装，怀里抱着成摞的传单，手持钉枪和双面胶到处寻找电线杆和橱窗。"**您见过这位女士吗**？"我不确定**我**是否见过，因为艾米丽那光鲜亮丽的大头照——脸上化了浓妆、头发被吹成波浪卷发，而那个小小的胎痣则被图像处理软件处理掉了——看起来不太像我朋友本人，连我都不太确定自己是否能认出她。看到那些无处不在的照片，我既觉得难过，因为它们时刻提醒着我她失踪了，又稍觉宽慰，至少有人在**努力寻找她**。

　　总之，有人采取了行动，终于让米妮警官和福塔斯警官愿意认真起来。很长一段时间后，他们终于查到监控，发现了艾米丽前往肯尼迪机场的线索。她在航站楼外面吻别了肖恩，但她并没有办理登机手续，也没有坐上飞往旧金山的航班。我和肖恩都对她去西岸的计划一无所知。

在肖恩的印象中，她当时正打算去曼哈顿，所以才跟他一起打车前往肯尼迪机场，以便多陪他一下再和他道别。他以为之后她会去工作，而丹尼斯·尼龙公司的员工对她去西海岸出差的行程也毫不知情。

监控拍下了她离开航站楼的身影，接着她出现在一家汽车租赁公司，租了一辆标准的四门轿车。她接受了他们推荐的第一辆车，那是一辆白色的起亚。警察询问了汽车租赁员，但他只记得艾米丽似乎非常肯定地说，她不需要卫星定位导航系统，除此之外，他什么都不记得了。这似乎没有什么奇怪，因为在已经有手机的情况下，许多人都不想再为一个导航系统而多花钱。

在我看来，这个说法听起来也没什么不对。艾米丽方向感很好，不管我们去哪儿，哪怕只是去镇上的泳池，都是我负责开车，她负责看手机指路。她总能判断出前方是否有交通拥堵路段。尽管我们所在的镇从没拥堵过，除非是在交通高峰时段去火车站。在高峰时段去火车站这种事对我来说从来没发生过，她却每周五天都要这样。

她开着那辆车要去哪里？她为什么没有发信息或打电话给我呢？

好消息是，天才的警官们发现，这家汽车租赁公司使用电子收费装置，他们追踪到了曼哈顿以西三百多公里处宾州高速公路上的一个收费站。坏消息是，他们在这里跟丢了她。艾米丽似乎驶离了高速路，上了小路，并且在那里扔掉了手机，从地图上消失不见。她进入了监控盲区。

我和肖恩请求警官马上通知艾米丽最后出现处的当地警方，但他们已经这么做了。如果她想离家出走，就难以判断任何去向。在一些小路上，有无数个监控盲区。他们只能等待着新的线索出现。

盲区，这个词让我心里不寒而栗。

另一个令人惊讶的消息是，艾米丽从银行取走了两千美元的现金，这意味着她确实在计划着什么行程。

自动取款机上并不能取这么多钱，至少在我们镇是这样。警方说，银行的监控画面表明，她独自一人出现在柜台，接连几天都是如此。（在多疑的我看来）很可能有罪犯或劫车者在外面等她，威胁如果她发出求救信号的话，就会伤害她或她的家人。我一直不理解警方为什么似乎从来没有把这当一回事。他们难道不看新闻吗？每天都有无辜的妈妈在商场的停车场被绑架。

肖恩对他的公司说，在妻子被找到之前，他不能出差，并向公司提出了停薪留职。公司领导表示理解，安排他半工半薪，而且指派他负责本地的一个项目，这样他可以在家工作，只需偶尔从康涅狄格州的家中赶往城里处理工作上的事务。

肖恩真的**随时**陪在尼基身边。他如此关心、用心地陪伴尼基，这真是一幅美好的画面。他每天早上送尼基上学，下午接他回家。他经常与克里夫人沟通，部分原因是为了让她了解调查的最新进展，尽管她可能已经知道了一切——至少大部分进展。

起初，有些媒体做了一些报道，（我想）主要是因为丹尼斯·尼龙。一位康涅狄格州的妈妈失踪了！肖恩，这位勇敢而痛苦的丈夫在电视上露面，并请求任何有可能见过艾米丽的人尽快与警方联系。他言辞恳切，我确信每个人都相信他。但这只是当地新闻，而我们的故事已经从丹尼斯·尼龙所博得的关注中逐渐被人遗忘。

当警方发现艾米丽租了一辆车，然后在银行取了一笔可观的现金后，这个案件似乎更像是一个离家出走的妻子的故事了。媒体逐渐失去了兴趣，记者们也纷纷离开。这位丈夫不在场的证词也通过了。没有新的线索、新的头绪、新的证据，艾米丽仍然下落不明。

如果尼基没有崩溃，那一定是因为有我们在，这是我和肖恩共同努力的结果。尼基和迈尔斯经常在一起玩，我还给肖恩推荐了一位心理医生，他是我在迈尔斯的爸爸和舅舅去世之后带迈尔斯去看过的医生。当时迈尔斯经常在公共场合躲起来，等我担心得快要发疯的时候，他才笑着跑出来。这位医生说，许多孩子都会玩这样的游戏。他说，孩子会不断试探我们，这是他们学习的一种方式；我不应该把这一切归咎于迈尔斯爸爸和舅舅的去世，尽管这件事确实让人非常痛苦。

医生说，我应该耐心地要求迈尔斯不再躲藏，他会听我的。他说，迈尔斯很善良，我喜欢听到这样的话，就像我喜欢我现在的感觉：我和肖恩正在尽一切所能让尼基容易接受此事，尽管这件事**并不**容易。

迈尔斯已经不再躲藏，现在我告诉自己，尼基会很坚强，我们会一起度过这些艰难的时刻。

我们不让记者接触到尼基，他的照片也从未与艾米丽和肖恩的照片一同出现。在他爸爸和警方一起召开媒体见面会和接受采访的那几天里，他就待在我家。

警方始终没找到租的车的任何线索。肖恩填了无数个表格，才能将艾米丽列为失踪人口，让租车协议失效。我想，他一定从公司的律师那里得到了不少帮助。

我和肖恩现在是一个团队，照顾尼基就是我们的首要任务。肖恩送尼基来我家与迈尔斯一起玩，或者下午在学校外面遇见的时候，我们都会长谈。肖恩坚持要求警方继续寻找艾米丽，我对此表示支持和鼓励。我们都认为，现在还不能把母亲可能已经去世的消息告诉尼基——就连暗示也会显得太早。在尼基想知道的时候，他会开口问，而我们会告诉他，还有希望。

一直到没有任何希望的时候。

在艾米丽失踪前，我与肖恩没有太多交集。如果戴维斯还活着的话，我们两对夫妻可能会成为很好的朋友。我和戴维斯或许会邀请他们共进晚餐。但在我遇到艾米丽的时候，戴维斯已经去世两年了。肖恩总是忙于工作或经常出差，所以我和艾米丽才有了这段妈咪间的纯粹友谊。

尽管现在的我觉得难以置信，但以前我真的不太喜欢肖恩。我过去把他看作一个势利的英国上流社会的兄弟会[1]成员，一个想要主宰宇宙的人。他身材高大、长相英俊、身份尊贵、自信满满，完全不是我的菜。他就职于华尔街一家大型投资公司的国际不动产部门，不过我仍然不太确定他的工作内容是什么。

1　兄弟会（frat boy），最开始是上流社会教会学校里的秘密组织。那时候的大学还属于教会体系，校规严格。兄弟会曾以学术讨论为主，而今演变成一种拓展人脉的社交团体。——译者注

当发现一个人比你想象的更友好时，是一件幸福的事。真希望我对肖恩印象的改变是发生在艾米丽失踪前。

艾米丽过去常常抱怨他不着家，把照顾孩子的一切事情全推给她一个人做；不尊重她，总是挑剔她，让她觉得自己就是一个古怪、不负责任的女人；不管她做了多少家务，他都觉得理所应当；低估她对家庭所做的贡献，不管是照顾孩子，还是经济方面；对她的工作也缺乏尊重，他认为时尚业不过是一本万利的肤浅行业。她喜欢看书，而他却喜欢看电视。有时候（艾米丽通常会在第二杯酒下肚后才会说起这个），她觉得肖恩并不像他认为的那么聪明，也不像他们相遇时她所认为的那么聪明。

她倒是说过，她与肖恩的夫妻生活很不错，好到足以改变她的人生。她说，他们之间的性爱让其他一切显得无足轻重。改变人生的性爱是一件让人妒忌的事，但我尽量不去妒忌自己最好朋友的完美生活。

尽管如此，艾米丽说肖恩并没有欺骗她，也没有酗酒、赌博、家暴，或那些真正可怕的丈夫们常有的恶习。事实是，每当艾米丽对自己的婚姻口出怨言的时候，我都很高兴。我全心全意地爱戴维斯，直到今天，我仍在每天思念着他，但这并不是说我们以前就没有问题。每一桩婚姻都有问题，养育幼儿所带来的压力和要求，对婚姻没有任何积极作用。

戴维斯常常让**我**觉得自己很蠢，尤其是当我确定或者说几乎确定他不是有意而为的时候。他精通建筑学和设计学，他有许多的意见。这么说吧，当我们走进一家商店的时候，我害怕说出自己的喜好，因为我害怕他在不同意我的观点时，脸上表现出那种让我难堪的神情（尽管我知道，这完全是他无意识的行为）。而这样的情况几乎经常发生，逐渐变成了一件让我反感的事。

我已经在博客里说起这件事很多次了，身为寡妇，除非加入支持团体——尽管我理解许多女性都认为这样的团体很有帮助，我却从未参加——否则，在我所认识的已婚女性里，没有一位会提起她的丈夫，更不用说抱怨自己对丈夫的不满了。我猜，她们担心会让我更难过，因为我连一个可以抱怨的丈夫都没有，就好像我需要听到一位女性抱怨丈夫打鼾，才会想念亡夫戴维斯似的。

上次打电话给身在英格兰的肖恩时，他电话中的语气让我很不喜欢。他的声音听起来不仅睡意蒙眬，而且有一丝恼怒。哦，抱歉，不知你的妻子是否已失踪，抱歉把你叫醒了。他似乎不知道我是谁，尽管他在电话里用英国人那种虚情假意的礼节跟我寒暄：**"哦，斯蒂芬妮，我当然知道呀。"**

我有一种感觉，肖恩并不记得他曾见过我，这实在令人不敢恭维。我在博客里写过，很多人（大多数人，并非仅仅是男性）无法分辨出妈妈们有何不同，这或许是因为他们看到的唯一东西是婴儿车。当肖恩说艾米丽要出差几天的时候，他那语气听起来让人觉得是我在杞人忧天。

肖恩起初没有把艾米丽的失踪当回事，直到他从英格兰回来后，发现她真的不在家时才立刻驱车来我家。我在博客里写过，当他和尼基都在我家时，艾米丽失踪一事似乎终于成真。

但是，我**当然**没有在博客里提到，肖恩比我记忆中更高大、帅气和迷人。坦率地说，哪怕只是注意到这些，都让我觉得自己对丈夫不忠。

肖恩说，他以为艾米丽一直在明尼苏达，但现在他又怀疑，也许她说的是要去密尔沃基。

"抱歉，我是英国人。"肖恩说。他的意思是，他怎么可能分辨出中西部两个以 M 开头的地名？我感觉，每当他注意力不集中的时候，他都会搬出"抱歉，我是英国人"的说辞。他的妻子在中西部的某个以 M 开头的城市，只是他不知道是哪个城市。

说了这么多只是想强调，我原本并不太喜欢他，但自从艾米丽失踪后，我开始对他产生了敬意和同情。与他谈起尼基的感觉很好，我很高兴肖恩信任我，所以他会问我尼基的状况，以及该如何告诉尼基这一切。这是一种恭维，因为这意味着他很赞同我对迈尔斯的养育方法。

与一个英俊的单身爸爸处于一种十分和谐和理解的状态，这是一件多么性感的事啊！让这件事不那么性感的是，这个爸爸不是别人，而是我刚刚失踪的闺密的丈夫。

若我想好好面对自己，想成为一个体面的人而不是怪人，我就应该尽一切可能去否认、抗拒，甚至不承认我们之间存在着**某种**火花。它是如此性感，又是如此矛盾。这是我不会写在博客里的那种事，心智正常的话更不会。

我想，这就是我不断想起克里斯出现在我家那一天的原因吧！也是我在肖恩身边时，会一直想起同父异母的哥哥进入我人生那一天的原因。吸引了不合适的人，会有相同的挫折感。他们都是**非常**不合适的人，但那种纯粹的兴奋感很刺激。

　　我一直被父母婚礼照片上的那个人所深深吸引，现在我又被朋友的丈夫吸引。我不该招惹这些男人，但情况就是这样。我这是生性堕落还是十恶不赦？或者仅仅是一个糟糕的坏女人？

9_

斯蒂芬妮的博客

一条接一条的新闻

各位妈咪好!

首先,我要感谢各地的妈咪们,感谢你们充满同情、爱意和支持的文字。在这样的危急时刻,我们相互支持和鼓励。此前默默关注我博客的妈咪们,现在都写邮件告诉我,她们正在为我、肖恩、尼基与迈尔斯祈祷。在这个悲伤的时刻,如果提我的博客在过去几周里的点击量有多么高,或许会显得我特别恶劣和不堪。

同时,我觉得自己就像一个坏朋友,在大家需要我、担心我,想知道发生了什么事的时候,我却沉寂多时。尽管我知道你们都非常关心艾米丽,但我好长一段时间都没更新博客了。我的生活已经陷入一片混乱,我努力地继续寻找我的朋友,与她丈夫一起照顾着他们的儿子,让他在当前这样的情况下尽可能感到有安全感。

从大家的留言中得知,有许多人都在关注着艾米丽失踪一事的进展。我和肖恩绝不会接受那些惊悚的电视"调查报道"的采访,万一尼基在视频网站上看到，这会给他的心灵造成伤害。当然我们知道，这些节目有时也会找到失踪的人。

你们也许会认为，我现在写这篇博客的原因，与你们最近在小报或电视上看到的消息有关。我的意思是，一个新的因素（钱！），已经让警方对我们的案件更加关切，而不仅仅是把它定义为一个漂亮的妻子（妈妈）有一天在上班的路上失踪的故事。

如同许多人所听说的，就在艾米丽失踪一个月前，有一笔以她为保险人的两百万美元寿险成立了，而受益人是肖恩。

各位妈咪，你们明白这里面发生什么事了吗？真实的生活开始变得像许多电视节目里演的那样，这样的情节屡见不鲜，因为类似的事情发生得太多了。丈夫为妻子买下巨额保险后，妻子失踪了。

在警方发现保险的事之前，他们简短讯问过肖恩，说是例行公事。就像每个看过电视的人所熟知的那样，这位丈夫一直是头号嫌疑人，但他的不在场证明帮他完全洗脱了嫌疑。

当时，他一直在英格兰，一举一动都被监控记录下来。他入住的那家酒店不愿意配合警方，但当大使馆出面时，他们只得提供肖恩进出酒店时的录像。在艾米丽消失的那晚，记录显示，肖恩在酒店的酒吧与几位不动产开发商一起喝酒。之后他便回到房间睡觉，并没有其他人同行。

而艾米丽的保险一事这么久才浮出水面，则说明了这里的办事效率。如果各位妈咪试过为孩子填写医疗保险理赔单和幼儿园入学登记，就会知道这一点。当保险的事最终被披露时，警方（带着怀疑的目光）将焦点再次转向肖恩。

事实上，保险的事被肖恩忘得一干二净，因为他这段时间一直承受着巨大的压力。在我看来，这**证明了**他是无辜的。什么样的冷血杀妻者，会在买下保险之后就忘了呢？真的会有这种事吗？但警方有着不同的理解。他们相信，这说明他是有罪的，他装作忘了这件事，因为事实对他不利。他们在想什么呢？肖恩买了保险，然后雇人杀了自己的妻子？或者，我和他合谋做了这件事？

两种可能都没有。

或许大家会理解我这么久没来更新博客的原因了，现在你们已经知道我的生活发生了多少事，这一切都始于这个不幸又令人抓狂的新情况。警方把肖恩带走了两次，在没有任何指控的情况下把他拘留了。这个国家还有正义吗？我们没有法律能阻止这种行为吗？即使你知道自己应该享有的权利，也要有足够多的钞票和足够优秀的律师。就像肖恩，哪怕你背后有一家华尔街公司的支持，也不足以令那些拥有旧思维的小镇警官畏惧。

每当肖恩被带到警察局的时候，尼基——到目前为止，他一直是一个勇敢的小战士——就会伤心欲绝，而我就得开车到他家，不管是白天还是夜晚，我必须接上他，然后带他回我家。把他抱到我的腿上安抚到睡着，然后再抱他到迈尔斯的上下床上。有时，我站在迈尔斯房间门口，看着熟睡中的两个孩子，听着他们美好的鼾声，心想我们的孩子像天使一样，他们是那么信任我们，而尽管我们再怎么努力，还是不能保护他们，远离生活中可能会面临的那些恐惧。

无论如何，这似乎是我回到电脑前写博客的好时机，我要告诉妈咪们，一个无辜的男人正在受到迫害和骚扰。虽然很难解释我为何觉得他是无辜的，但我就是知道，我浑身上下所有的细胞都知道这一点。在艾米丽失踪的这段让人焦虑的日子里，我和肖恩已经一起努力振作起来，坚持寻找艾米丽，最重要的是，我们提振了一个小男孩的精神。

作为妈妈，你们各位一定能理解，这一切对迈尔斯来说并不好受。知道他最好朋友的妈妈可能不见了，而这（自然）让他有点儿黏人。他不愿意留在尼基家过夜，但一旦他度过了分离焦虑期，他就会喜欢待在那里。

有几次，我不得不在儿子的啜泣声中开车离开艾米丽的家（我仍然觉得那是她的家）。但我知道，迈尔斯会没事的，他会玩得很开心。我之所以知道这一点，是因为经过艰难的几周后，我与尼基的爸爸建立了信任和亲密感。你认为，我会把自己的孩子留给一个正在接受谋杀调查的嫌疑人吗？

总之，这不是什么谋杀案。一直让警方对这起并不存在的案件无从下手的原因是，既没有尸体，也没有任何他杀的证据。起初，艾米丽驾车行驶在宾州境内，然后就不见了。没有任何迹象表明，她不是在某天醒来后忽然厌烦了养育孩子的事、厌烦了时尚业的工作、厌烦了康涅狄格州、厌烦了肖恩，或是厌烦了所有的一切，甚至包括尼基。有一种可能是，她离开这里，使用一个假名开始了新的生活。警察说，这种事经常发生。

这并不是我认识的那个朋友！但如果肖恩被证明是一个与我的想象截然相反的人，艾米丽就不可能是这样的人吗？当你发现自己对一个人的认识是完全错误的时候，这真的会让人抓狂，这种感觉很难描述，我应该生她的气吗？还是该生自己的气？我应该感到遭到背叛吗？或是被戏弄了？坦率地说，我只是觉得难过。

为了给这篇博客留一个不那么阴暗的结尾，我把一篇有关我与艾米丽友谊的博客链接放在这里。在写那篇博客时，我还在称她为 E，但现在你们应该知道我说的是谁。即便我开始怀疑，或许我从未真正了解过她，或许我从未真正了解过她对我的看法，或者她到底是不是我最好的朋友。

读到这些，我真的快要流泪了。

但我还是要发出来。

爱你们的斯蒂芬妮

10_

斯蒂芬妮的博客（博客链接）

一生的朋友

是什么阻碍了妈咪们成为真正的朋友？我们经常谈论自己的孩子，就好像已没有了自己的需求、心愿和欲望似的。我们会因此而厌恶其他妈咪吗？想起孩子之外的事情时，其他妈咪会让我们有负罪感吗？或者，是我们与其他妈咪之间的竞争太激烈了吗？如果自己十个月的孩子还没开始学着爬，而另一个妈妈却告诉我，她那九个月的孩子已经会走路了，我们怎么可能成为朋友呢？

当我独自在家照顾儿子的时候，常感到非常孤独，这是我的真实感受，我不会撒谎。在生下迈尔斯之前，我们一直住在城里。我在一家妇女杂志就职，所写的稿子基本上围绕家居装修的新设计、家务小妙招、收纳技巧以及除污之类的内容。现在我**的确**在操持家务，却记不起一个家务小妙招。

我丈夫坚持认为，大城市不是养育孩子的好地方。他做了大量的说服工作，最终我还是接受了他的观点。我以为住在郊区——实际上是农村——会很有趣，事实上的确很有趣。当丈夫看到我们这栋房子时，一眼就爱上了它，尽管我看不出自己爱上它的可能性在哪儿，但我再一次被说服了，而现在我已难以形容我对它的喜爱。

搬进来之后，我经历过一个短暂的忙乱期。我忘了自己是谁，唯一关心的是如何成为一个超人太太和超人妈妈，仿佛活在20世纪50年代的噩梦中。我亲手为孩子做所有的食物，精心为丈夫做晚餐，而当他下班回到家时，已经累得一点儿东西也吃不下了。有时，他根本不饿，因为中午吃了不少美味，而我则把前一天晚上的剩饭草草吃掉。尽管我尝试着理解他并保持耐心，但我们还是经常吵架。

当儿子大一点后，我把他送去上各种课外班和拓展活动，幼儿瑜伽、幼儿舞蹈和游泳课。我之所以这么做，是为了能让他学到一些东西，找到有趣的事，并能认识其他孩子。但我也想认识其他妈妈，跟她们交朋友，找到一些和我一样的全职妈妈，那些与我一样心情复杂、面临着同样的回报和挑战的妈妈。

但我始终无法融入康涅狄格州的妈妈群。她们似乎抱成一团，拒绝新人，变回了刻薄的初中女生。当我试图跟她们聊几句时，她们会面面相觑，只差没翻白眼。礼貌地看我一下，然后继续她们的对话。

这就是我开这个博客的原因——结交那些感到被孤立的女性和在养育孩子过程中感到棘手的妈妈。你们可能会感到奇怪，一个妈妈在真实世界里交不到朋友，却开了个博客，在虚拟世界里向朋友们提供建议、分享经验。但真正帮助我脱离困境的，是我意识到，我不是唯一一个感到孤独无助和无依无靠的妈妈。

成为寡妇之后，生活中的一切——包括养育孩子——变得艰难起来。我丈夫去世了，每天早上，我醒来想到的第一件事和晚上想到的最后一件事都是他。哦不，不是第一件事。当我早上醒来，大脑一片空白并感觉还不错的时候，总有那么几秒钟的幸福感，然后我会注意到，床的另一侧空无一人。

在那场事故后的几个月里，我以为自己就要抑郁而终了。如果我儿子没有把我当成他的保护者，并阻止我沉沦下去的话，或许我真会做一些自我伤害的傻事。

我哥哥也去世了，我不能依赖他了。这是另外一种悲伤，我变成了了解各种痛苦的专家。

我母亲也去世了，就在我父亲去世后不久。我不想像她那样死于心碎。我没有人可以说话，城里的朋友们有她们各自的生活。有时我想，她们会瞧不起我，因为我结了婚、有了孩子——生活陷入了困境，还搬到了郊区。

我们镇上的每个人都知道夺走我丈夫和哥哥生命的那场事故。如果我吃下他们送过来的所有食物的话，我一定会长胖至少二十公斤。但很快，这种情况仿佛产生了一种反弹效应，人们开始避开我，仿佛悲剧会传染似的。

我度过了那段艰难的时期。写博客对我有很大的帮助，来自全国各地，最后更变成全世界的聪明、勇敢、团结一致的女性们，给了我美好的回应，甚至还收到了几个同样丧偶的人的回复。在网络上，我们把自己的心里话一吐为快。无法想象在互联网问世之前，妈妈们该怎么活呢？

然后，在我儿子开始上幼儿园几个月之后，我遇到了 E。

那是一个十月的下午，天空下着蒙蒙细雨，温暖的天气与此时的季节很不相宜。我们去学校接孩子回家。我忘了带伞，站在细雨里等着孩子放学——我跟其他妈妈不同，如果她们觉得一团乌云会毁了她们在美发店里刚做好的发型，这些妈妈是不会下车的。E 招手示意我到她站的地方去，她经常在那棵橡树下等儿子放学。她手里拿着一把超大的伞，不仅能保证我们两个不被淋湿，还有富余空间。那是一把与众不同的雨伞，透明的塑料伞面覆着一层液体膜，伞面上是黄色卡通鸭子在快乐地游泳。

我以前在这里见过她，早就注意到了她，因为她看上去总是那么自然和真实。她穿的衣服显然非常昂贵，而这样穿着的女性通常不会这么自然和真实。

她说，她的名字叫 E，然后才说她是 N 的妈妈。她的儿子跟我儿子同校，两人是朋友。我们立即找到了共同点，是两个孩子为我们带来了这样的机会。

与其他那些目光游离的母亲们不同，她直视着我，我觉得她**看到**了我。

我说："或许，我应该在博客上写篇文章，谈谈经常记着带伞的重要性。"看得出来，她对我写博客的事很感兴趣。

她说："拿着这个，你留着用吧。这是只生产一次的产品，是小样。我老板请工厂制作的，然后他又不喜欢了，所以就取消了订单。"

"我不能留下它，"我说，"尤其它还是个孤品。"

"别客气，"她说，"拿着吧。你今天下午忙吗？要不来我家坐坐？离这里很近，孩子们可以在一起玩，我可以给他们做热巧克力。我们可以喝一杯，我丈夫两三个小时之后才到家。"

我开车跟着她到了她家：离学校只有几公里。她的家看上去就像是杂志上的那种家，甚至比我曾经工作的那家杂志上刊登出来的家更优雅和时尚。这是一幢英国乔治王时代艺术风格的别墅，大而豪华，别墅里摆放着具有收藏品质的中世纪家具，墙上挂着著名艺术家的画作和摄影作品。

壁炉上放着一对双胞胎女孩的照片。我就不说这是谁的作品了，因为我从来不在博客上提及那些家喻户晓的名字。我觉得，在客厅正中央挂这样一张照片，是一种奇怪的做法。但是，E对此很自豪，这是我在本镇看到的最有趣的事。就一个有小孩居住的家来说，这里的一切都整洁得有些苛刻，几乎像是舞台般的摆设。但当我看到她儿子的房间跟我儿子的房间一样乱时，我才松了一口气。

E说，她家的清洁工M负责把家里整理得井然有序。E说，假如没有清洁工的话，她都不知道自己该怎么办。

E的家装风格是我丈夫喜欢的。每一套餐刀和餐叉、每一个玻璃杯、每一张餐垫和餐巾都是用心挑选和保养的。我对这种人充满好奇，他们总能准确地知道该买些什么，好让他们的家装饰得如此完美。我丈夫一直是做出这种决定的人，我也乐于让他来决定这些事。要不是我和爸爸取笑我妈妈，她就会像**她**妈妈曾做过的那样，在沙发上铺上塑料套。

孩子们自己去玩儿了。我和 E 开了瓶酒，然后就聊了起来，这段谈话为我们此后的友谊拉开了序幕。

E 是一年前搬到这里来的。她丈夫是位英国人，在华尔街上班。她和丈夫、儿子以前住在纽约上东区，但她无法忍受其他妈妈、那些小孩约玩的聚会，以及无休无止的明争暗斗。比如，谁更有钱啦，谁的衣服更漂亮啦，谁在高档的滑雪场和加勒比岛上度假啦。她和丈夫希望乡村的生活会让他们的压力小一些，对孩子的成长更有利一些。他们的选择是对的，我心想。

她问我的丈夫做什么工作时，看到我脸上的表情后，还没等我开口就说："哦，非常抱歉！"她能判断得出来，一定是发生了什么悲剧，但她刚刚搬到这里，还没听说过那起事故。这让我觉得在重获新生，可以选择按我自己希望的时间、地点和过程来讲述我家发生的这场大灾难。

在感恩节前夕，我告诉了她。当时，我正和 E 看着孩子们用硬纸板做火鸡，贴上纸羽毛，我就这样开始向她讲述我的悲剧故事。她为我失去的亲人而流泪——那是同情和悲伤的眼泪。她告诉我，她真希望能邀请我来她家过感恩节，但他们正打算利用儿子的假期去看望远在英格兰的婆婆。

"没关系，"我说，"等你们回来后，我和迈尔斯也还在啊。"

从此以后，我们的友谊更深了。我钦佩 E，因为她工作努力，是个了不起的母亲，而且她还努力成为一个好太太和好朋友——不只从容优雅，还光彩耀眼地胜任所有角色。我知道她欣赏我的博客。从上小学以来，我从未有过这样的朋友。只有那些幸运的人，才能拥有维持良好友谊的天分，结果发现我们就是这样的人。我们能够随时接上对方的话，为同一个笑话而大笑。我们都喜欢弗雷德·阿斯泰尔和金格尔·罗杰斯的电影。我试着阅读她喜欢的那些侦探小说，当然前提是那些小说不能太恐怖。我的整个生活似乎变得光明起来，因为可以期待与另一个成年人分享每天的满足和压力，这让我对自己和儿子有了更多的耐心。

从外表上看，我们很不一样。E 的发型时尚，一看就知道所费不菲。我的头发则是让镇上一位曾在城里工作的可爱年轻女士打理，只是我有时候很长时间才去剪发，所以我的头发看起来像是自己剪的。E 平时穿着设计师款的服装，就连周末也不例外。而我则更愿意网购一些舒服的衣服，比如长裙和宽松上衣。但在这些表象下的更深之处，我和 E 却非常相似。

她每天都看我的博客，对我的文章赞不绝口，赞美我勇敢而慷慨地分享了自己在育儿过程中那些神奇的经历。我跟她讲了一些我从未告诉过丈夫的事。在把这些事藏在心里许久后，终于可以畅所欲言。因为我知道，有一个人会理解我，而不会对我评头论足，真是一种很不错的感觉。

拥有一个像 E 这样的朋友之后，让我对妈咪之间互相扶持这样的超能力再度恢复了信心。我们可以成为朋友，成为真正的朋友。

所以，我愿意把这个博客献给我最好的朋友 E。

献给你，E。

爱你们的斯蒂芬妮

11_

斯蒂芬妮

当我把那篇如何与艾米丽成为朋友的博文链接加到博客里时，我尽量不去阅读它。但我没控制住自己，就像我所害怕的那样，这个链接让我潸然泪下。

有一件小事当时我并没有注意到，但现在想起来了。我记得艾米丽给我的那把伞——上面有鸭子图案的那把——是独一无二的。现在它被我放到了壁橱里，因为那些过往的日子让我非常痛苦。但那天下午我到她家时，注意到前厅伞架上放着一把鸭子图案的伞，它看上去就像是一件艺术品。当然，当时我并没问她这事，毕竟我们那时才刚刚认识，后来我就忘了雨伞的事。但现在，我不禁开始怀疑：是不是**早已**误解了她？听错了她说的话？关于那把伞，她撒谎了吗？但如果我走进门谎言就会被识破，她又为什么要撒这个谎呢？

不管怎样，这把伞并不是一件让我烦心的事。在看这篇文章时，我感到深深的罪恶感。因为我开始——只是刚开始——对艾米丽的丈夫有了感觉。

人总会经历那么一段时期，尽管事情还没发生，却非常肯定自己会与某个人上床。身边的一切都充满了欲望，一切都像炎热而黏腻的空气，在最潮湿的夏日里，沉沉地压在皮肤上的感觉。尤其无论出于任何原因，这个人都不是该发生关系的对象。

或许我的婚姻出现的问题，就是我们从未有过那种期待感，那种逐渐积聚起来的欲望。有朝一日，我会告诉迈尔斯不要像他爸妈那样，第一次约会时就发生关系。当然，我不会提及任何细节。

我与戴维斯的第一次约会甚至都算不上约会，那原本是一次采访。我们在戴维斯工作室附近，找了翠贝卡区的一家咖啡店见了面。他的公司名叫戴维斯·库克·沃德，也是他的全名。他的建筑设计事业正做得风生水起，他为富人设计房子，也会用再生材料设计出普通人买得起的漂亮家具。他设计的几款木质家具将在我们的杂志上做专题报道。我们一块儿喝了咖啡，然后吃了午餐，之后又一起去了他的跃层公寓。我一直待到第二天早上，直到必须赶回东村公寓，换衣服回公司上班为止。

我与戴维斯的关系让我感觉非常舒服，充满乐趣又非常轻松。但从没有哪一刻让我觉得，没有他，我就会死。或许那是因为我已经拥有了他。那种漫长、缓慢、美妙的等待在还没开始时就结束了。

或许，我的问题在于，我们的关系太安全了。或许我需要的是那种被压抑、有禁忌和明知不对却非要做的兴奋感。

一天晚上，肖恩回来接尼基回家时，留下来吃了晚餐。晚餐时，外面下起了大雨。我留肖恩在客房过夜，而不是冒雨回家，他同意了。

我和肖恩聊到很晚，累得都几乎睁不开眼了。我们互相在对方脸颊上留了一个意味深长但纯洁无比的轻吻后，便各自返回了自己的房间，我躺在床上，睡意全无。一想到他在黑暗里，就在我的房子里，我就有一种冲动。我心里想的都是他，我好奇他是否也在想着我。

我知道，他与我就隔着一两个房间，我用尽了全身的自制力，才没让自己走进他的房间。与此同时，我仍然不断告诉自己，什么事都不会发生，我不是那种与失踪闺密的丈夫上床的女人。

我知道，即使我们在不被任何人发现的情况下发生关系，也会感到内疚。当我们再次见到警方时，他们会察觉到异样，并可能将这误当作我们有罪的犯罪动机，甚至有可能重新起诉肖恩。我知道这很荒唐，但是……

但是情况就是这样，欲望弥漫在空气中，一切都沉浸在这种气氛下。尽管我知道，肖恩和我各自在考虑着：她是你妻子最好的朋友，他是你最好朋友的丈夫。她爱我们，信任我们。我们算是什么人啊？我们都感觉得到，也都知道对方能感觉得到，这让一切变得更加躁动不安，也更加意乱情迷。

许多个夜晚，肖恩和尼基都来我家吃晚餐，然后待到很晚才回去。尼基在迈尔斯的房间里睡着了，肖恩把他抱进车里，开车带他回家。在此之前，我和肖恩一直没睡，一边喝白兰地一边聊天，而在这充满性欲张力的情况下，或许**正因为**如此，肖恩开始畅所欲言。他向我谈起了他那可怕的童年，他的母亲嗜酒如命，出身于上流社会，嫁给了身为大学教授的父亲。他最终离开了他们母子俩，娶了自己的一个同事，当时肖恩12岁。妈妈虽然家道中落，却仍怀抱着社交野心，并对自己抱持着幻想。

我谈了很多有关戴维斯和迈尔斯的事，唯独没有提到我的博客。有趣的是，我非常希望艾米丽能尊重并且欣赏我的博客，但我甚至不想让肖恩看上一眼。我为自己写的博文而感到非常自豪，但对肖恩回避了这个话题。或许，我只是不想让肖恩觉得，我只不过是一个过于沉迷网络的超级妈咪而已。他经常嘲笑那些略微强势且总是拥有最新育婴设备的妈妈们。他称呼她们为：队长妈妈。我不想让他把我看作另一个队长妈妈。或许我担心他会把我与艾米丽以及她那光鲜的时尚事业做对比。

我们聊了很多有关艾米丽的一切。他向我说起了他们初次相遇的情形，而艾米丽在跟我谈起她的生活时，却从未提及这件事。现在想起来这一点，我不禁觉得很奇怪。通常在一段友谊里，你会在刚开始的时候跟对方聊起自己的这些经历。她的时尚公司和他的投资公司在共同帮助一个救援组织，为非洲妇女提供干净饮用水的项目进行募捐。宴会在自然历史博物馆举行——鲜花、烛光加上氛围灯，当时的一切浪漫极了。

艾米丽介绍了宾客，然后宾客互相介绍彼此，最后介绍到她的老板丹尼斯·尼龙。肖恩看到艾米丽站在台上，身着一件十分简洁但令人惊艳的黑色晚礼服，再通过房间各处的巨大屏幕，看到她说起这项慈善活动以及那些妇女们的艰难生活时满眼含泪。那一刻，他决定要娶她为妻。

这很说得通。我知道艾米丽的眼泪是多么能打动人。我也看到过她为我、为我丈夫和哥哥而流泪。肖恩对他们相遇和恋爱故事的描述，一直也是我希望向别人讲起**我自己**的人生和婚姻时的美丽故事。

谈起艾米丽对我们两个都有帮助，让我们对她仍然活着并且会被找到的可能更加充满希望。在聊起这个话题时，我们之间的紧张感有所缓解，就好像艾米丽就在身边似的，提醒着我们，她是我们共同爱着的人——而不是我和肖恩互相心生爱意。

一天晚上，肖恩告诉我，艾米丽有些事我可能还不知道，她一直对这些事守口如瓶。我屏住了呼吸，因为我仍然相信，我对她的一切都了如指掌，尽管现在看来，我显然是错了。

原来，她小时候曾被祖父虐待。她的父母从来不承认这种事，而这也是她后来对父母刻意疏远的一个原因。而且（这可能也是）她在二十几岁的时候有酗酒问题（的原因），有一小段时间还滥用止痛药和赞安诺[1]镇静剂，后来在戒毒所待过一个月，之后便彻底戒掉了。

我惊讶不已，不是因为他告诉我的这一切，而是我对此竟然毫不知情。这就是她跟我谈起她文身那段"疯狂的"日子时所暗示的事吗？在我们所有的聊天和分享的秘密里，为什么从来没有提过这些痛苦的事情？我把自己从未告诉任何人的秘密都毫无隐瞒地与她分享了，可她为什么不信任我呢？

对于肖恩所描述的这些问题，我从未在艾米丽的身上察觉过。和我在一起时，她喝酒非常节制。即使在戒掉酒瘾后，那些有酗酒问题的人面对酒精也常常会表现得非常不自然，但艾米丽不是这样。有一

---

1 赞安诺（Xanax），一种抗焦虑的镇静剂。——编者注

次星期五下午在她家，我几乎要喝第三杯酒时，她温柔地提醒我，我还得开车带迈尔斯回家。

但随着日子一天天地过去，一切都越来越清晰地表明，除非受了伤或遭到谋杀，否则她一定是故意离开我们。她不是肖恩原本认为的那种人，也不是我所认为的那种人。

她驾着租来的车一路向西，到底去了哪里？她要去见什么人？是她过去认识的什么人吗？还是她才认识的什么人？抑或是有些需要处理的黑暗秘密，或者一些未了结的工作？

我开始读艾米丽失踪时留下的那本未读完的派翠西亚·海史密斯的小说。那是一个男人试图在罗马和威尼斯杀掉自己女婿的故事，他的女儿自杀了，他将此归罪于女婿。没有人知道这个女孩为什么要自杀，尽管她的丈夫给出了一些解释，但并没有让这位父亲信服。这本小说还涉及她对性的爱与恨，以及她那在现实世界中无处安放的浪漫情怀。不知道为什么，尽管我知道那位悲伤的丈夫是无罪的，但我并不谴责那位岳父任由自己难以抑制的、致命的愤怒爆发出来。我不知道这本小说是不是艾米丽故意留下的信息，以此向我们暗示她要自杀，并且没人能知道真正的原因。

如果真的是这样，那我们只能等着她的尸体被发现了。在海史密斯的小说里，那位蓄意谋杀的男人一直希望女婿的尸体被海水冲到运河边。但那位年轻的妻子是在浴缸里自杀的，鲜血浸染着尸体，情况一目了然。在艾米丽身上，有太多的秘密，给我们留下了重重疑问。

我无时无刻不在想着肖恩。每当得知他要带着尼基来我家时，我都会化好妆，穿上最有吸引力的衣服（我尽量表现得不那么明显）。我总是主动提出去学校接尼基，理论上这样可以让肖恩完成一些工作，但事实上是为了找个见到他的借口。我爱他的魅力、他的关怀和他那轻松自然的笑容，我对那些带着阳光般笑容的男人毫无抵抗力。

肖恩开始越来越频繁地来我家吃晚餐，我已经了解了他喜欢吃的食物，以牛排和烤肉为主。毕竟，他是个英国人。我也学会了他喜欢的烹调方式——烧烤。我已经不再尝试说服迈尔斯多吃点儿素食了，他高兴得不得了。

这也是自从克里斯和戴维斯去世后，我第一次吃红肉。我仍然如此热爱这种浓郁多汁、微咸带血的味道，这让我感到惊讶（和一点失望）。我开始把这种美味与肖恩在我身边时的感觉联系起来。我几乎觉得，我们就像电视剧里的吸血鬼，拥有尖牙和完美的不死之身，在荧屏里享受鱼水之欢。

此前我之所以不再吃肉，是出于个人原因和道德原因，但当我对朋友如此不忠的时候，几乎无法指望能因为自己对动物的这点儿可笑的仁慈而受到赞扬，因为我一直在想着如何与我最好的朋友的丈夫上床。

我不会在博客里写下这些文字，永远不会。因为那些妈咪们永远不会原谅我的。我需要她们把我看成一个有爱的母亲，认为我永远不会让动物受到伤害，但如果孩子们只吃汉堡的话，我也不会严厉到不做汉堡给他们吃。如果我不再坚持吃素，她们或许会不以为然，但如果夜晚我躺在床上对朋友的丈夫有性幻想的话，她们将永远不会原谅我。她们会认为我是一个可怕的人，会怒气冲冲、心生愤恨地发帖来骂我。当她们把愤怒一股脑地发泄给我后，便不再看我的博客。

大多数夜晚，我和肖恩共进晚餐时都会喝上几杯。我已经开始买好酒了，买我能负担得起的最好的酒，因为昂贵的酒会让一切显得如此优雅和柔和。在我怀疑肖恩所说的艾米丽有酗酒习惯后，我要做的就是观察他看我喝酒后的反应。我小口地轻啜着酒，还要保证在喝第二杯时留下一点。我是否想暗示他，如果他与我在一起，将比他与艾米丽在一起更好呢？

肖恩一般会留下来帮我洗碗。厨房里潮湿而温暖，窗上起了一层薄雾，把我们与外界隔离开，创造了一个私密的空间，让人感到安全又孤独，保护我们不受任何人和事物的打扰。我从未意识到洗碗会是一件如此性感的事。

有时这种紧张情绪几乎让人无法招架。肖恩在晚餐前来接尼基回家的那些晚上——他说他已经在学习做饭，但我怀疑他们只是在路上随便买个比萨吃——我很乐意可以休息一下。当家里只剩我和迈尔斯一起安静地吃晚餐时，我会感到非常轻松。

迈尔斯似乎很喜欢他的新生活，他喜欢和尼基的爸爸一起出去玩，而经过了这么久，我想家里出现一位男性、一个父亲的角色，对他的成长也是有利的，尽管那是他朋友的父亲。

在迈尔斯还是小宝宝时，我经常凝视他的眼睛，但现在在对一个五岁的孩子却无法做到。于是，我开始在迈尔斯入睡时看着他，发现他跟我如此相像（就像每个人所说的那样），但大家没有说出来的是，他比我好看一百倍。

所以，我对肖恩的迷恋变成了另一个我无法告人的秘密。有时，当我想念艾米丽的时候，我想可以告诉她。然后我意识到，关于我对她丈夫的迷恋，最不能告诉的人就是她。

而这只会让我感到更加孤独，也更加急切地想要见到肖恩，以及见到艾米丽。就像人们所说的，这是一个恶性循环。事实上，我越渴望见到肖恩，就越不想见到艾米丽。

有一次，肖恩把他的 iPod 落在我家厨房，我看了他的播放列表，然后买了他喜欢的 CD——几乎都是巴赫、白条纹乐队和碰撞乐队等英国老牌乐队的音乐，尽管我自己比较喜欢安妮·迪芙兰蔻和惠特妮·休斯顿的歌。当他和尼基过来时，我会放他喜欢的音乐，而不是我喜欢的。当孩子们在迈尔斯的房间睡着后，我们会看《绝命毒师》之类的电视剧。虽然肖恩已经把五季全看完了，但他想让我陪他再看一遍。遇到他之前，我会觉得这部电视剧太暴力了，但现在知道他有喜欢的东西并愿意与我一起分享之后，我感到非常幸福。

肖恩跟我谈起了他在英国的成长经历，他对美国的了解几乎完全来自查尔斯·布朗森的电影和《70年代秀》等电视剧。现在他偶尔也会想，如今其他国家的孩子是否也会像他那样，认为美国仍在西部蛮荒时期，到处都是中学化学老师在房车里制造冰毒、杀掉墨西哥毒枭的故事。我全神贯注地看着他，绝非假装。我想，这确实是我听过的最有意思的事。

当他告诉我以前看过这部电视剧时，我尽量不去想象他和艾米丽一起看的情形，也尽量不去想肖恩对我说的话以前也和她说过。我尽量不去想她是否也像我一样，觉得他说的一切都那么有趣。艾米丽爱看书，而肖恩爱看电视。我尽量不去想她抱怨肖恩让自己觉得很愚蠢时的表情。我试着把注意力集中到他想让我看这部电视剧的事上。我开始认为，他对我不只是朋友般的喜欢，也不只是他妻子的朋友，抑或他儿子最好朋友的妈妈。

有时候，我试着不去想艾米丽；有时候，我却试着只想艾米丽，仿佛一想起她就会发生神奇的事。有一天，她会突然出现，一切都会回到以前的样子，除了我可能已经爱上她丈夫这一点。

这一切都没有让我变得欣赏自己，却让我感到异常快乐。尽管冬天即将来临，天气已经变坏，我就好像漫步在自己的小小云朵上，或徜徉在自己那温暖、明亮的小小泳池里。

我不知道哪样更糟。我想，应该是对朋友不忠。或者最可耻的是，我让我的儿子变成了小间谍。当迈尔斯从尼基家回来时，我都会装作若无其事地问他，尼基的爸爸是否问起过我？艾莉森是否还在为他们工作？她和尼基的爸爸相处融洽吗？肖恩是不是常常打电话？

迈尔斯说，他从没见到艾莉森。尼基的妈妈失踪了，现在他的爸爸整天都在家，他觉得艾莉森已经不是尼基的保姆了。

可怜的迈尔斯。

一天晚上，哄他上床后，我说："宝贝，你想聊聊尼基妈妈失踪这件事吗？我的意思是说，你怎么看这件事……"

"我不想。"他说，"那只会让我难过，每个人都很难过，尤其是尼基。"

泪水湿润了我的眼睛，幸好在夜晚微弱的光线下，迈尔斯看不清我脸上的表情，所以他没注意到我在流泪。

我说："我们都**真的**很难过，但悲伤只是人生的一部分，有时是无法避免的。"

"我知道，妈妈。"我那既聪明又漂亮的孩子说道。没多久，我发现他已经进入了梦乡。

有天晚上，当我和迈尔斯一起吃晚餐时，他说："昨天晚上，我在尼基家过夜的时候，他爸爸提起了你。"

"他怎么说的？"我尽量让自己的声音保持镇定。

"他说，我很幸运有这样一个慷慨而善良的妈妈。"

"就这些？尼基的爸爸没说别的吗？"

"就这些。"迈尔斯说。

让我开心的不是他对我的看法——慷慨而善良是一种赞美之词，但或许并不是我想听到的话——而是肖恩很想谈起我，他跟我儿子谈起我，当我不在时他在想我。

我觉得，我好像背叛了所有人，尤其是艾米丽，也包括我自己。

我和肖恩什么事都还没做呢！但我已经有负罪感了。如果这还不能表明我有良知，还有什么能表明呢？我在博客里写过，女性很容易有负罪感，身为妈妈的女性更是。现在，这事发生在我身上，就像过去发生过的那样。或许，有些时候我们确实**应该**有负罪感。至少，**我**应该有。

另一件让我有负罪感的事，是我从未对我丈夫产生过这种疯狂的、充满激情的、发自内心的渴望。和戴维斯的性爱很好，但并不是令人神魂颠倒，只是符合我当时的需要而已，戴维斯正是我需要的，一个真正的好人。那时我的生活过得非常艰难。像戴维斯这样的人不需要知道我过去的事，而我从未觉得有必要告诉他。与他在一起让我觉得舒服，我曾认为这就是回家应该有的感觉。与戴维斯在一起后，我脑子里许多未解决的问题都找到了答案——我的未来有了答案。或者说，至少我当时是这么想的。

我当初怀上迈尔斯，完全是一次意外。但每个人都会遇到同样的事，不是吗？我想，这事应该是在我们参加了一场同事的婚礼后发生的，而这场婚礼也远比我们的婚礼浪漫得多。

我和戴维斯在他公司的午休时间，到市政厅登记结了婚。他的助手埃文和安妮塔是我们的证婚人，之后我们去了唐人街最好的饺子馆吃午餐。哪里可以吃到最好的饺子这种事，戴维斯总是最清楚。

我们对自己很满意，我们如此率性随意，仿佛这只是一个平常的日子，就像什么事都没发生一样，时髦耍酷地完成了终身大事。但不久之后，埃文和安妮塔在达奇斯县的一处庄园，在哈德逊河边绵延起伏的草坪上，在白玫瑰搭成的凉亭下，举行了盛大的户外梦幻婚礼。

真是太华丽了，它让我觉得自己好像被骗了，就好像我们骗自己做了一件原本应该重视却没能重视的事。我在想，戴维斯是否也有同样的感受。即使他有同样的遗憾，但如果我问他，他一定会取笑我。我不禁羡慕地看着摆满了婚礼礼物的桌子。我和戴维斯只收到他妈妈寄来的1000美元支票。即便我们也得到了那些礼物，戴维斯也会坚持把礼物退掉，这样他就可以自己挑选更适合他品位的东西。

在那场婚礼上，我们俩都喝醉了，然后就享受了有史以来最美好的一次性爱。我很确定，我就是在那晚怀上迈尔斯的，这更多是为了证明，我们仍比那对新婚夫妇领先了一步，而不是因为我们想要孩子。

我以前那种一点儿都不想要孩子的想法是多么错误啊！迈尔斯一出生，我就爱上了他，戴维斯也爱他，我们三个人好像都疯狂地爱上了彼此。

不久之后，戴维斯就带着我们搬到了康涅狄格州，大多数时间他都在家办公，只是偶尔去城里开会或到各地勘查。他把我们的房子重新修缮了一下，还设计出光线充足的增建部分。除了原有的阁楼之外，整栋房子几乎已经完工了，可就在这时，戴维斯和我哥哥克里斯在那起车祸中丧生了。

肖恩跟戴维斯没有任何相像之处。肖恩皮肤黝黑，身材高大，浑身肌肉，粗壮结实。戴维斯金发碧眼，瘦瘦高高。但有时候，当我走进厨房，而肖恩正站在窗边时，我一度以为他是戴维斯。见到他令我很开心，但我立刻意识到那是肖恩，却感觉更开心了。不管你喜欢不喜欢，这就是事实。

但显然，我还是有一些……疑问。关于肖恩的一些疑问，我从未与任何人倾诉过的疑问。关于他到底是个怎样的人、他对艾米丽的失踪了解多少，以及他对自己没有提及的事到底是否心知肚明。

我不知道是否每个恋爱中的女人都疑神疑鬼。我从未对戴维斯有过任何怀疑，但我爱着他，或者是我这么告诉自己。我知道有些女性会爱上杀人犯，但我不是那种人。我有个儿子需要保护，我并不愚蠢。肖恩到底有没有一丁点可能与艾米丽的失踪有关，我问自己这个问题很合理。

我在与博客、警方和外界之间筑起了一道坚固的高墙，但我为自己没有成为那种"恋爱中的女人"而感到自豪，我没有紧盯着肖恩，他无意中所做的一切，看上去哪怕有一丁点的……不对，我也未曾多问。我为自己保持着清醒而自豪。当我们谈起艾米丽时，我总是想从他脸上看出生气、怨恨、内疚或任何不对劲的迹象，但即便是在他告诉我艾米丽酗酒、嗑药、与父母疏离的问题后，他的脸上或语气里仍然充满了对她的爱和对她失踪的难过。

当我听到如果艾米丽死亡，肖恩就可以得到两百万美元的人寿保险赔偿后，我的警惕度应该提高到红灯（哦，或许是黄灯），这确实是非常简单的常识。但在肖恩挂掉保险公司电话后，他便回答了我所有的疑问。他似乎不像在为了编造一个貌似真实的故事而故意拖延时间。他在解释时那种自然而简单的表情让人安心。肖恩的公司为员工和他们的配偶提供了人寿保险，只要每个月从肖恩（可观的）工资中扣除一定金额的保费即可。由于扣除的这笔金额非常小，对肖恩的工资几乎没有任何影响，所以他投保了**最高档**保额，然后很快就忘了这件事。

我不认为他做了什么错事，我不断找着说不通的地方，一些不合理的细节，但从未发觉有任何细微的线索显示他在撒谎或有所隐瞒。而身为一个终生都在撒谎和隐瞒的女人，我相信自己很擅长发现蛛丝马迹。

　　当然，这不是有没有线索的问题。人终究无法准确说明为何了解这种事，也解释不了为何如此确定，但我就是确定，就是有这种直觉。我知道肖恩是清白的，就像我所了解的那些事一样。**绝对是。**

12_

斯蒂芬妮的博客

等待降落

各位妈咪好！

如果以一个外人的视角来审视我的生活，你或许会觉得我的生活已经恢复到艾米丽失踪前的样子了。显然，除了我们的友谊外，其他很多东西已经回归正轨。比如，我和迈尔斯、我们的家、他的学校，以及这个博客。你或许已经发现了，尼基和他爸爸已经成为我们生活中越来越重要的一部分。但想想他们正在经历的一切，**我们**正在经历的一切，这只是一件水到渠成的事。

看过了各位的留言，我想再次感谢你们的关爱和支持，这对我意义非凡。再加上知道身为妈咪都会有很强的直觉，我可以告诉大家，这看似正常的外表下，只是被邦迪创可贴封住的伤口。我们的生活已经四分五裂，再也不能复原。这一切已经被一个母亲、一个妻子和一个朋友的失踪事件撕得支离破碎了。我们仍然想念她，仍希望她还活着。

所以，你可以认为，我们进入了等待降落的模式，在半空中盘旋，等待着降落的地点，并要保证在遇到气流时仍然能够安全着陆。

尼基开始表现出抗拒，除了艾米丽过去常给他做的鳄梨酱和薯条外，他拒绝吃任何东西，尽管我从没见艾米丽做过。有时候，他似乎对我很生气，说我不是他妈妈，他只想要自己的妈妈。虽然我理解这一点，但我也感到了压力。可怜的孩子，我无法想象他正在经历着怎样的折磨。

　　我能做的就是尽可能地陪伴他，并帮助他和肖恩。这让我更加珍惜与迈尔斯在一起的时光，并感恩这个随时都可能被收回的生命里的珍贵礼物。

　　请继续祝福我们吧！把你们所有的爱送给尼基吧！不管艾米丽在哪里，请为她祈祷。

　　最后，借用小蒂姆[1]的不朽名言，愿上帝保佑我们每个人。

爱你们的斯蒂芬妮

1　小蒂姆（Tiny Tim，1932—1996），以尤克里里为招牌乐器的美国歌手。——编者注

13_

斯蒂芬妮

一天下午，肖恩从他家里打电话给我。

他说："哦，斯蒂芬妮，谢天谢地，你在家。我开车过去，马上。"

他说"马上"时的语气让我的心怦怦乱跳。是的，时候到了。他想要我，就像我想要他一样。我还没有想过这一幕，他要过来亲口告诉我，他希望我们能在一起。

"我有个消息。"他说。

我可以从他的声音里判断出来，肯定不是一个好消息，我为自己之前那么仓促地做出的结论而感到羞愧。

"什么样的消息？"

"可怕的消息。"他说。

我透过窗户看着他下了车，慢慢地踱着步，就像一个身负重物的人。他似乎一下子老了好几岁，而我在几个小时前才见过他。我开了门，看他的眼眶红红的，脸色苍白。我伸出双臂拥抱了他，但这不是我们每晚道别时那种热烈、留恋、充满欲望的拥抱，而是一种安慰、友情式的拥抱，一种已经感受到非常悲伤的拥抱。不知怎么，我知道即将听到的是什么消息了。

"不要说。"我说，"进来，坐下吧。我给你倒杯茶。"

他坐在沙发上，我走进厨房。我浑身颤抖，直到后来才发现我不小心把滚烫的水溅到了手腕上，但我出了神，所以丝毫不觉得痛。

肖恩呷了一口茶，然后摇了摇头，就把茶杯放下了。

他说："警察今天打电话过来，说密歇根北部的渔民发现了一具高度腐烂的尸体，尸体被冲到了艾米丽家小木屋不远处的湖岸上。尸体显然已经变了样，他们甚至没有要我去辨认。他们说，那毫无意义。警方让我用联邦快递把艾米丽的牙刷和梳子给他们寄过去，因为他们只能借助 DNA 鉴定来……"

他失声啜泣，等再度开口时，声音带着浓浓的哭腔，他眼里噙着泪说："事情不应该是这样的，我先前深信她还活着。我肯定，她会回来的。"

他说这话是什么意思？事情**应该**是怎样的？他言下之意是什么？或者他只是想说，艾米丽尚且年轻，不应该以如此悲剧的方式离开人世？

警方推测，她在失踪后不久就溺亡了，尽管很难确定具体的溺亡时间。哦，一些徒步者在 1 英里[1] 外的树林里发现了那辆租来的汽车。没有任何搏斗过的痕迹，她是在落水后死亡的。在小木屋里，只有两个人的指纹。他们认定，其中一个就是艾米丽的，另一个是肖恩的。这说得通，因为他在那里庆祝了生日（艾米丽失踪后不久，在他第一次被讯问时，警方就采集了他的指纹）。

---

1 1 英里约等于 1.6 千米。——编者注

我和肖恩都找不到合适的语言来表达我们的感受。我的耳边仍然回荡着艾米丽请我照顾尼基，以便让她和肖恩出门度假的声音。一个**举手之劳**而已。我不知道肖恩在想什么，或许他在回忆那个偷来的激情周末。

我说："或许不是她……或许他们弄错了呢。"

"戒指。"他说，"他们找到了戒指，我妈妈的那枚蓝宝石钻戒还戴在她手上，戒指被卡住了……"

然后，我们两个开始大哭起来。我们拥抱着对方，开始不停地啜泣。我们在一起，各自伤心。

14_

斯蒂芬妮的博客

非常悲痛的消息

各位妈咪好!

我有一个悲痛的消息要告诉大家。警方在艾米丽家的小木屋旁的密歇根斯阔湖边发现了一具尸体,他们认为就是艾米丽。由于没有任何外伤、搏斗或暴力的痕迹,加上死因被确定为溺亡,因此警方认定,这起死亡事件为自杀或意外。我们无法得知艾米丽走进湖中时的想法,或许她只是游得太远了,也可能……

艾米丽的丈夫肖恩已经去与当局会面,并准备带艾米丽回家。显然,警方给艾米丽身在底特律的母亲打过电话,但她的看护人说,最好等她的状况"良好"时再把这个坏消息告诉她。

与分娩的痛一样,悲伤所带来的痛和这起死亡事件所带来的痛是会被忘怀的。但我先后经历过这样的痛,先是我母亲,然后是戴维斯和克里斯。克里斯帮我处理了母亲的后事。他给了我许多支持,但大多数工作是我独自完成的。

现在,我在努力回想当年的那个人,先是那位年轻的女子,然后是年轻的妈妈,她强大勇敢,做了必须做的事:打电话、发讣告、处理一个人在一生中所有的物品,尽管这一生很短,物品却也堆积如山。我仍保留着戴维斯所有的东西、克里斯的一部分遗物，甚至我妈妈的许多东西，它们都被我放在康涅狄格州家中的车库里。

如何处理艾米丽的后事？时间太短了，我无法做出决定。我们该如何把这一切告诉尼基？我和肖恩都同意，在接下来的周日，当尼基来我家和迈尔斯一起玩儿的时候，由肖恩在早餐后亲自告诉他。

如果尼基想跟他爸爸全天待在家里，那就好办多了。如果他心烦意乱的话，他可以跟我儿子在一起，因为迈尔斯真心为尼基所经历的事感到难过。毕竟，他爸爸已经去世了，虽然当时他还太小，什么都没记住，但我和肖恩都相信，迈尔斯能让尼基心情好点儿。尽管迈尔斯只有五岁，但他能做好这件事。他是一个善良的小孩。

得知艾米丽死的讯后不久，我和肖恩就发现尼基不见了。在经过一番漫长而焦急的寻找后，我们发现尼基藏在了他妈妈的衣橱里，把自己埋在了一堆衣服中。当肖恩把尼基的这个行为告诉他的心理医生后，医生建议我们把艾米丽的一些东西从家里清理出去（如果各位妈咪觉得我在过度分享的话，我希望你们原谅我）。如果必须那么做，我建议找一个可以存放它们的仓储空间。

肖恩态度坚决，拒绝移走她的任何一件物品。有一次，在讨论这个问题时，他变得情绪激动，说："她回来的时候……"当他发觉自己说错了话，就立刻住嘴了。就是这样，我知道了，他仍然拒绝接受她已死亡的事实。

让我庆幸的是，我不必承担处理死者个人物品的可怕任务。而且要把一衣柜的丹尼斯·尼龙服饰送给救世军[1]去救济穷人，似乎不是一个正确的做法。我当然也不会穿这些衣服，除了我可能要比艾米丽重六七公斤，个头也比她矮，她的衣服不是我的风格等这些原因之外，穿上这些衣服会让我觉得自己在玩过家家：一个全职妈妈要佯装成一个时尚的职业女性。而且，自己也会一直想，如果她没有死怎么办？如果她又回来了，看到我们把她那些漂亮衣服都扔掉后，冲我们大发雷霆怎么办？在事情没有真正了结时，这样的感觉在这种情况下尤其正常。没有充满爱意的告别，没有体面的葬礼。

这一切都让人如此悲伤。每当我想起她时，都哭得无法自持。我看得出来，肖恩一直努力不让自己崩溃，尤其是在尼基面前。

不管警方如何下结论或不下结论，我们都坚信，艾米丽的死只是一次意外，我和肖恩都不相信她会自杀。我们了解她，她热爱生活，她爱自己的丈夫和儿子，她爱我。她永远不会选择离开我们。

我们猜测，她只是想要一次短暂的休息，工作、婚姻和养育孩子的三重压力让她不堪重负。尽管她度过了来之不易的清醒的几年（或几十年），勇敢克服了滥用药物问题，但她内心深处存在已久的恶魔再次浮出了水面。她攒了一些药，买了一些酒，然后

---

1 救世军（The Salvation Army），成立于1865年，以基督教作为基本信仰的国际性宗教及慈善公益组织，它以街头布道和慈善活动、社会服务著称。——译者注

前往她家的小木屋去独处和放松几天。尽管我并不希望她这么做，但这种可能性始终是存在的。

她去湖边游泳，游得很远。然后，由于疏忽，她溺水了。

据肖恩说，她的水性尚可，但并不出色。尸检的毒物检测报告显示，她喝了酒，服用过处方止痛药和抗焦虑药物。这些东西足以影响她的判断和认知能力，足以影响她的理智，而理智是我对她最崇拜的一点。

我希望你们都能理解，不要评判，并非每个人都坚不可摧。我们偶尔会有些小小的失控，会做一些不该做的事，这种事会发生在我们任何人身上。

这就是个悲剧，她没有伤害任何人，除了她自己。

所以，请大家原谅，请允许我为我的朋友哀悼。我知道，你们的爱和祈祷会与我们同在。先感谢你们，感谢你们真诚的安慰和悼念。

爱你们的斯蒂芬妮

15_

斯蒂芬妮

警方的报告认为艾米丽可能是自杀，但我们并不相信这个结论，虽然我记不清是我还是肖恩谁先提出的。我真心这么认为，并且确定肖恩也这么看。她的死亡是一次意外，而不是自杀，当尼基长大后，这样的事实也会让他感觉好受一些。

假如是一场意外，就像我们非常肯定的那样，保险公司就必须支付肖恩和尼基两百万美元；如果是在投保两年以内的自杀，保险公司则不用支付。我在网上查了一下，然后跟肖恩说了这件事，但我感觉他对此已经有所了解。

我不得不对艾米丽产生疑问，任何人遇到这样的问题或许都会这么想。其中一个疑问与她正在读的派翠西亚·海史密斯的小说有关，在那部小说里，年轻漂亮的女主角自杀了，但她自杀的原因却始终没人能知道。

对于我、肖恩、尼基和迈尔斯来说，艾米丽死亡的原因和方式非常重要，但这只是细节。主要的问题在于，艾米丽离开我们了，再也不会回来了。

肖恩和尼基把她的骨灰撒在他家后面的树林里，我觉得尼基并不理解他们在做什么。即使肖恩告诉他，他们正在把妈妈的灵魂撒向风中，他也无法理解这件事的意义。后来肖恩告诉我，尼基不停地问："妈妈的灵魂要去哪里？妈妈在哪里？这里又没有风。"

肖恩在一个佛教网站上看过有关这种仪式的文章，我认为这很美好，但不是一个在华尔街工作、帅气的英国肌肉型男所喜欢的。这让我觉得，肖恩那不为人知的感性面正是他吸引艾米丽的地方，当然也吸引我。

肖恩问我和迈尔斯是否愿意跟他们一起去撒艾米丽的骨灰。我本来非常愿意，但又觉得我和迈尔斯不去的话，对尼基更好一些。也许我有点儿迷信吧。也许对我而言，撒掉一个我可能会爱上她丈夫的女人的骨灰，并不是一件太好的事。

肖恩给我看了尸检报告的复印件，他让我注意看调查结果，上面显示因长期酗酒和滥用药物导致肝脏严重损害，不仅有瘢痕，还有持续性的损伤。这些证据显然使验尸官认为，艾米丽的死因更倾向于自杀，但即便是这样，他们也不敢百分百确定。

我说这不可能，如果艾米丽酗酒或滥用药物，我和肖恩总会有一个人能发现。肖恩坚称，还是有可能的。当年他在读大学的时候，他同班同学中最聪明的四位都有毒瘾，其中两位还以优异的成绩毕业，没人知道他们是瘾君子。

"你怎么知道啊？"我问。

"我是他们的室友。"肖恩说，"我必须跟那种人打成一片。"

当我听到艾米丽被描述为**那种人**的时候，我很困惑。她到底是哪种人呢？我自以为了解的一个人，为何却连她最基本的小事都一无所知呢？有些人获得出乎意料的成功并过着高效且富有创造性的人生，同时却长期滥用药物。艾米丽就是这样的人，上班、工作、带孩子、照顾家庭，一个井然有序的、甚至（表面上）光鲜亮丽的人生。

我不断回忆和艾米丽进行过的对话，还有度过的每一个下午。我忽略了什么？她在努力告诉我什么，而我却没听出她的弦外之音？

我算她哪门子好朋友啊？

* * *

第一次和肖恩做爱时，我想起了失去已久的东西，那种纯粹而疯狂的快感。他的一只手抚着我的胸部，另一只手的手指轻轻地沿着我的大腿向上探。他把我的身体翻转，然后吻着我的颈背，沿着我的背脊向下，然后他让我正面朝向他，头放在我的两腿间。他在床上的神勇让我震惊，但我为什么会惊讶呢？我们的肌肤和身体都感觉如此美妙，除了对一个能让你有如此感觉的人的冲动、感恩还有爱，再无其他。迫切想要达到高潮，迫切希望性爱永远不要结束。

当时，我什么都没想，只想着这次性爱让人感觉多么美好。但事后，我与戴维斯在一起时忘怀或抛至脑后的一切，又回到我心中。我意识到，为了拥有一个安逸的婚姻、一个令人尊敬的遗孀名号和一种永远将迈尔斯的需要置于自己之上的生活，我毫无怨言地自愿放弃了什么。既然想起了这些，我再也不愿重过那种没有快乐和乐趣的生活了。我有需求，我的身体有需求，我的生活不应该仅围绕着迈尔斯。

与肖恩的性爱似乎让我想起来——我还是个人。

我尽量不去想艾米丽曾对我说过，性爱一直是她婚姻中最好的部分，说这使得其他的一切都不那么重要了。只要他还愿意回家并跟她做爱（她的原话），她就可以接受肖恩对工作的热衷和经常不在家，接受他对她的贬低和不欣赏。

最重要的是，我努力不去想艾米丽知道这一切后会怎么看待我。

奇怪的是，我们的情事开始于尼基的一次情绪崩溃。

当时，他突然发脾气，大声哭喊，似乎没有什么直接的原因。当然不可能没有原因，他的妈妈去世了。他的眼泪怎么能不让我心碎呢？

肖恩带尼基去见了戴维斯去世后一直为迈尔斯做心理辅导的费尔德曼医生。和以往一样，费尔德曼医生给他的小病人足够的安慰和鼓励，但他并没有提出什么真正的建议，只是让我们保持耐心，等待这件事过去。他告诉我们，他很乐意每周见尼基一次，但尼基拒绝了，医生又说，最好不要强迫他。

在我和肖恩第一次做爱的那天晚上，我们四人在我家吃了晚餐。我、迈尔斯和肖恩吃了牛排，尼基在戳弄他的鳄梨酱和薯条。他生气地舀起一勺鳄梨酱，然后和着薯条一起送进嘴里，糊状的绿色果泥沿着他的下巴流了下来。

突然，尼基把他的餐盘推到餐桌正中间，眼睛盯着那盘切好的红嫩多汁的牛排。

尼基说："这是我妈妈。是她。你杀了她，然后把她煮成这样来吃。"现在，他瞪着我，"我们现在正在吃她的肉，就像我看过的那部电影一样。"

　　这让我很受伤，尤其是在我为尼基做了这么多，如此精心照顾了他这么久之后。我提醒自己，他只不过是一个失去妈妈的小孩，一个正经受着常人无法想象的痛苦的孩子。真的，这与我没有任何关系……或者说，与我对他爸爸（仍然压抑着）的感情毫无关系。

　　"什么电影?"肖恩问尼基。他没看我的脸，没看我对尼基的指责有何反应。通常情况下，这也会令我受伤。但是，由于肖恩的注意力完全在尼基身上，这说明他深切又本能地关心着自己的儿子，这让我更加爱他和尊敬他。

　　"我在迈尔斯家看的电视。他妈妈睡觉后，我们偷偷看的。"尼基不以为意地说，故意激我生气。

　　我和肖恩互相看了一眼，带着关切，轻轻一笑。仿佛他们偷看这部（可能是限制级的）电影的行为盖过了我"杀害"和"烹煮"尼基妈妈的"罪过"似的，大家的关注点转移了。

　　"你被抓到喽！"我对迈尔斯说，迈尔斯笑了起来。

　　然后尼基坐到地板上，开始尖叫起来，仿佛是抽搐发作。谢天谢地，还好我们没有邻居。如果这件事发生在城市的公寓里，我们该怎么办呢? 哦，可怜的尼基!

　　刚开始，肖恩把他抱了起来，然后我接过来，试着让他冷静下来。但尼基不想让我碰他，他挣脱了我的怀抱，回到他爸爸身边。我和肖恩都没有失去耐心，一秒钟都没有，我们没有放弃。尼基就像是我们的孩子，而我们正在互相帮助，成为最好的父母。我轻抚尼基的胳膊，而肖恩抚着他的头发，迈尔斯试着去握他的手，尽管尼基一直想要捶打他父亲的肩膀。

"宝贝。"我告诉迈尔斯,"让尼基单独待一会儿,他很难过。"

迈尔斯不应该看到这些,但让他离开似乎也不太对。我决定让他用我的平板电脑看卡通,虽然我很少允许他这么做。

这是一种解决问题的方法,尽管不是一个很好的方法,但确实能解决问题,就连尼基也稍稍平复了一些。我把迈尔斯放到舒适的椅子上,这是他爸爸的旧椅子,我仍然保留到现在,接着播放卡通片给他看。我能感觉到,肖恩正在注视着我,而且喜欢他看到的这一幕。我知道,他对我带孩子的娴熟技巧非常赞赏,这让我有种奇怪的兴奋感。但事实是,就我对肖恩的那种感觉来说,不管我多么努力压抑,一切还是变得令人兴奋起来。

尼基筋疲力尽,他在肖恩的怀里睡着了。肖恩抱着尼基让他在怀里睡了一会儿,然后把他抱到迈尔斯的房间,放在了上下床的下铺,轻轻地盖上了被子。

"该睡觉了。"我告诉迈尔斯。

"再等半个小时。"

"马上,"我说,"我们都累了,尼基今天很不好过。"

"我们都不轻松。"迈尔斯说。

我和肖恩交换了一下眼神,仿佛在说:迈尔斯是个懂事的孩子。

迈尔斯说得对,我们都很累,也都不好过。尼基这次的情绪崩溃让我们毫无防备,束手无措。

我把迈尔斯抱到床上,确保两个孩子都没事后,我和肖恩瘫坐在沙发上，肖恩找到了《绝命毒师》的新一集。在得知艾米丽死亡的消息后，我们就没再看这部电视剧了，因为暴力和黑暗让我们的内心无法承受，但最近又重新开始看了。

真是幸运，正好是全剧最性感的一集，或许是这部连续剧中唯一的浪漫情节，杰西·平克曼和他的女朋友陷入了热恋。在这部满是制毒、血腥和谋杀的电视剧中，当然，如果他的女朋友不是瘾君子的话，这个片段就像一个浪漫爱情电影。

我挨着肖恩坐下来，他伸手搂着我，我把头靠在他肩上。

我们在颤抖，彼此都能感觉得到，尽管我们都不知道到底是谁在颤抖。

我们开始接吻，他吻了我的脖子，然后是我的肩，接着把我的上衣掀了起来，亲吻我的胸部。

事情就是这么开始的。

我们有很多应该问对方的问题，也有很多必须知道答案。但在起初的几周里，我们只是很开心能在一起，做我们（或者至少是我）许久以来梦寐以求的事，所以并没有提及其他事。每次欢愉之后，我们只会问对方感觉是不是很好。

我们非常小心，两个孩子都不知道。我们只在孩子们上学后才做爱。肖恩不像以前那么频繁地在我家过夜了，不然有他在家，却不能跟他在一起，对我来说真是一种折磨。

对于我们正在做的事，没有什么词来形容，没有想这件事是否会持续下去或下一步打算怎么做，也没问：艾米丽怎么办？我们是在背叛她吗？我们几乎不说话，尽管房子里没有其他人，我们还是尽量不发出任何声音。

和肖恩在一起时，我担心过他会想起艾米丽吗？不，没有。他不会想起她的，否则我会知道。

现在，当夜晚来临，我独自躺在床上，却无法安睡。一躺下，我就像吃了药似的睡得很沉，但三四个小时之后，我就会醒来，一直清醒地躺到黎明，然后就到了送迈尔斯（有时是迈尔斯和尼基两人）去上学的时间。

我着迷于与肖恩的情事，但未来会怎样呢？我们四个会继续像现在这样，以一个非正式的家庭状况生活在一起吗？成为一个临时拼凑的家庭？

肖恩可以回他办公室上班，我可以每天开车接送孩子们上学。尼基会度过他的悲伤期，每个人都会度过的，或早或晚。即使他们永远无法忘记那种痛苦，但也不会每分每秒都感觉到痛。

有时我会想，这件事完全是罪孽深重、大错特错。我折磨着自己。我想，我和肖恩必须停下来。但以我对自己的了解，我不擅长停下我想做的事，尤其这件事还与性爱有关，况且我们伤害到任何人了吗？

天知道肖恩是怎么想的呢？在妻子死后，他就马上跟妻子最好的朋友发生了关系，他有负罪感吗？或者因为艾米丽已经死了，他认为她不会知道或介意他做了什么，所以这些都没关系吗？或者，他现在所做的一切只是为了报复艾米丽？他曾怀疑过艾米丽是自杀吗？我读了很多有关自杀的书籍，那些活着的人总是对死去的人极为愤怒，以一种连他们自己都不愿意承认、甚至无法理解的方式表达愤怒。

我不愿相信肖恩与我做爱的原因是他对艾米丽不满。每当这种念头钻进我的脑海，我就迅速打消它并提醒自己，在得知她死亡之前，我们就已经被对方吸引了。

　　然后，我的负罪感就更强烈了。

16_

斯蒂芬妮的博客

保存为草稿（未发布）

　　艾米丽的灵魂跟随着肖恩，从他家到我家。她总在那里，注视着我们，听着我们。她知道，我们在各自的家里过夜后，会见面一起吃早餐。

　　我们的注意力全在尼基身上，这是艾米丽一直希望的事。尽管你可能会问，一个如此深爱自己孩子的人，为什么会用酒服下大量药物，然后去湖里游泳呢?

17_

斯蒂芬妮的博客

日常的悲伤

当尼基和他爸爸去撒艾米丽的骨灰时，迈尔斯是知道的。尽管尼基或许还不能理解，但迈尔斯理解，或许是因为他对死亡有更多的经验。他说，在尼基和他爸爸把尼基妈妈的灵魂送回树林的那个下午，我和他应该在后院默哀一阵子。

我和迈尔斯就这样低着头，紧闭双眼，站了好久好久。我蹲下来，把身体靠在迈尔斯身上，我们拥抱了彼此。

妈咪们都知道，我们发现孩子长大了是多么奇怪的感觉。昨天，迈尔斯还是我怀中的一个小婴儿，尽管现在他仍然是个孩子，但也是一个小小的男子汉了，他可以成为我的依靠。我永远不会把那样的负担压在他的身上，但他仍然是我的小小主心骨。我们已经学会了如何面对悲伤，我们知道这一切终将过去。或许迈尔斯对尼基这么说过，或许这一切让他们之间变得更加紧密。

在我丈夫和哥哥去世后的几个月里，我每天以泪洗面，有时候，我会成天不时哭泣。我记得，当我看到陌生人时，会想或许他们正在经历着我无法看到的痛，就像他们也无法体会我正在经历着怎样的痛苦一样。假如有某种发光氨能够探测悲伤的存在，就像能够用在案发现场发现血液的东西，那么在街上有一半人会像圣诞树一样被点亮。

我不记得那种持续的痛苦是什么时间开始缓解的，但的确缓解了。我记不清最初是如何度过那些没有泪水的日子的。我也记不清从哪一天起，早上醒来时终于不再想直接回到床上去。遗忘是件仁慈的事。

我想念丈夫和哥哥，现在还加上我最好的朋友。有时，那种痛苦强烈到必须大声喊出来。我听着自己的声音，还以为这样揪心的声音必定出自别人口中。但我从未担心自己渡不过这道难关。

有了迈尔斯，就意味着一切。我学会了把自己放在一边，学会了为我儿子而活着。但这并不是说我已经忘记了或不记得我丈夫和哥哥去世的那一天。那天下午的每一秒钟都烙进了我的脑海。

我丈夫和我那同父异母的哥哥总是看彼此不顺眼，尽管他们都装出喜欢对方的样子。他们都是骄傲、体面而和善的人，对他们来说，要装出一副相处和谐的样子很重要，但那是不可能的。两个人都很大男子主义：克里斯有种街头大男人的风格，而戴维斯则是顽固、传统的成功男士风格。

我们住在城里的时候，戴维斯雇用了已经是建筑包工头的克里斯，让他外包了自己当时正在做的格林堡整修工程。等我和戴维斯搬到康涅狄格州后，他们之间的紧张关系有了一定程度的改善，他们也不再继续合作了。我哥哥大概每个月会来我家一次。迈尔斯非常喜欢自己的舅舅，克里斯和迈尔斯为对方取了特别的名字，不让我和戴维斯知道。

遗憾的是，戴维斯和克里斯始终无法友好相处，他们之间的共同点多得超乎想象。他们都喜欢拳击和棒球，都对汽车了如指掌，都很在乎我，尽管我知道这就是他们之间存在问题的主要原因。

一个夏天的午后，我们坐在康涅狄格州家中的前廊上，一起喝着柠檬水。此时，一辆豪华的老爷车沿着门前的路驶过。

戴维斯说，这是某某年份的哈德森轿车，克里斯却说不是，而是另一个年份的帕卡德轿车。他们都很肯定自己是正确的，争论逐渐热烈起来。最后，他们打了个赌。

"好。"戴维斯说，"这样吧，我们来查查老爷车百科全书上怎么说，然后再开车去肉铺，输的人要买肋排和牛排。如果我们都没猜对，那就平摊肉钱。"

"就这么办。"克里斯说，"我要上等腰肉牛排，我非常有信心。"

戴维斯对迈尔斯说："去把爸爸的书拿过来，伙计。"每当他叫我们的儿子"伙计"的时候，我都特别反感。克里斯主动陪迈尔斯去取书，因为他还太小，拿不动那本大部头的书。他爸爸说他能拿得动，也只是开玩笑。

三人聚精会神凑在书前查找着那辆神秘的汽车，迈尔斯兴奋极了，尽管他只有两岁，但会让人以为他识字。

最后，克里斯说："啊哈！找到了！"

克里斯说对了，戴维斯错了。

"你赢了，克里斯。牛排我来买。"我丈夫说，"我们去买一些好食材吧。"他轻吻了我，然后就去拿车钥匙。

这是我听到他说的最后几句话吗？**牛排我来买。我们去买一些好食材吧。**

戴维斯驾驶着那辆 1966 年的卡玛洛汽车，用来享受夏天的驾驶乐趣，而克里斯坐在副驾驶位置上。

我还记得我对他们说的最后的话是什么，这是家人出门前都会听到的话。在他们离开前，我必会对他们说：**我爱你们，小心开车。**

直到今天，每个清醒的时刻我都感谢上天，我毅然决然地拒绝让迈尔斯跟去，真是做对了。他希望像一个大孩子那样，跟爸爸和舅舅一起驾车出去兜风。但是，如果他要撑到晚餐，就得在白天睡一小会儿。而且我觉得如果他们不用操心迈尔斯的话，会玩得更开心。

后来，警方告诉我，一辆卡车横冲直撞地上了 208 号公路，把他们逼到了公路的边缘。为了避免撞车，戴维斯猛打方向盘，然后汽车失控了，他们撞上了一棵树。

事情大致如此。

请珍惜你能够幸运地与爱的人度过的每一分钟，因为我们永远不知道接下来会发生什么事。

我刚刚低头看了一下，发现键盘上有一些泪水。所以，我想我的平复过程并不像自己想象的那样已经结束，只是我愿意这么认为。

　　谢谢各位亲爱的妈咪们倾听和回应我。

爱你们的斯蒂芬妮

18_

斯蒂芬妮

实际上并非如此，哦不，是并非完全如此。我丈夫和哥哥确实是一起驾车出去，他们要买些食材去烧烤，后来车撞上了树，两个人当场死亡。这就是当时发生的一切，但并不是**这样发生**的。

他们不只不喜欢对方，还痛恨对方，一直讨厌和憎恨对方。

他们截然不同，如果克里斯是在地上，那戴维斯就是在云端。他们有着完全不同的幽默感，有时克里斯会说一些他认为幽默的话，但戴维斯却将其视为无礼，反之亦然。要不是因为我，他们不会产生任何交集，他们永远不可能在同一房间里和对方待五分钟以上。他们之间唯一的联系点只有一个：我。我想，当然还有迈尔斯。一个是尽职尽责的父亲，一个是过分溺爱的舅舅。

他们之间总是充满了刻薄而恶意的言辞和充满愤怒的争论。我想不起那天的导火索是什么，但他们经常就看到的老爷车的配置、年份和款式争论不休，当天可能也是这样。这件事能有什么要紧的呢？两人的争吵就像汽车在十秒之内从零加速到六十，比玛莎拉蒂还快。

他们开始大声争吵、口不择言，陈年往事再次被提起。其中一人讥讽另一个人自以为无所不知，而另一个则叫对方"骗子"。一个说他受够了对方的烂事，而对方则说……我也不知该如何形容才好。他们像兄弟一样斗个没完没了，但又不是亲兄弟。如果该隐和亚伯不是有血缘关系，而只是姻亲，他们之间的关系或许会变得更糟，尽管很难想象还会有什么更糟的事情发生。

他们之间一直是这个样子，我很清楚事情会如何发展。他们中的一个摔门而去，家里才会有片刻的宁静。之后，另一个人会追出去，仿佛最后事情终于解决了。然后，他们会再次冲对方大喊大叫，而当家里安静的时候，我又能感觉到整栋房子里的那种紧张情绪，让我想大声尖叫。

迈尔斯听到了他们说的每个字，虽然我觉得他理解不了太多，但他听到了他们的语气，知道爸爸和舅舅都发火了，迈尔斯开始大哭起来。

我在博客里写了两人是如何决定买些肉回来烧烤的，但这不是全部的事实。事实上，是我建议他们开车去肉铺的。我永远不会原谅自己，在我的有生之年，永远不会。

我说："你们干吗不出去兜兜风呢？冷静一下。去熏肉房买些好吃的来做晚餐。"

熏肉房！这个引起了他们的兴趣。

熏肉房是让我们喜欢住在这里的重要原因之一，它是一家老式的德国肉店，他们自制腊肠和冷盘肉片，肉片品质绝佳。店里有笑意盈盈的德国金发女服务员，不管你买什么，她都会说："没问题！"我和戴维斯都好喜欢这里。即使在我试着控制着少吃肉时，仍会在路过的时候走进店里，买上一份热乎乎的自制鹅肝酱三明治。

平息我丈夫和哥哥之间的争执，就像驱散两只斗意正酣的狗。他们互相咒骂过对方很多次，但是戴维斯和克里斯之间的紧张氛围最终都会缓和（他们一直这样），没有演变成肢体冲突。他们从未真正大打出手，但这个世界上我最爱的两个男人却互相看不上对方，也不在乎被人知道。他们想让我知道，他们不想让我忘记。

他们很高兴终于有机会可以离开家里，甚至对彼此也没那么有敌意了。这是结束争吵的一种方式，安全而轻松，也是让他们保留脸面的一种方法。

戴维斯拿起车钥匙，亲亲我，迅速说再见。

"慢点开车。"我说，"我爱你。"

"待会儿见。"哥哥说。

他们没回家，他们没回家，他们还是没回家。**他们去哪儿了？**他们没回我短信和电话，是去喝酒了吗？迈尔斯睡了一觉，醒来时情绪烦躁。他饿了，但他爸爸和舅舅去哪儿了？晚餐什么时候开始？

当警察来敲门时，我第一个念头是丈夫和哥哥到了城里后，又吵起来了，然后被警察抓走了。我和迈尔斯该如何把他们从监狱里弄出来呢？

我用了很长时间才明白警察在说什么。

那位警官一定是已经习惯了面对处于震惊中的人的反应，但听到我问的事还是面露狐疑。"车里有肉吗？他们到底有没有去过熏肉房？"

"肉？"

从那一刻开始，我成了一名素食主义者。

警察问我，是否有家人或好友可以联系，会有某位警官或其他之类的人（我没听清名字）可以留下来陪我，等我家人或朋友来后再走。他指了指车道上的警车，有位戴着警察帽子的女人坐在副驾驶座位上。

我抱着迈尔斯，他开始大哭起来，警官用同情的眼神看了他一眼。可怜的小伙子刚刚失去了爸爸。

我说："不用了，谢谢！你可以走了。我还好，我会打电话给我妈妈。"

我一点儿都不好，我妈妈已经去世五年了。我只是想让他们离开这里。

是**我**提出让他们去买肉回来烧烤的，这个事实让任何人都难以接受，很难保持理性。

警察离开后，我花了好长时间安抚迈尔斯，尽管他并不理解到底发生了什么，但就是狂哭不停。我忙着安抚他，甚至根本没时间去卫生间，有幼儿的妈妈们总会推迟或忽略自己最基本的需求。

我和迈尔斯躺在我的床上，迈尔斯进入了梦乡，我偷偷下了床，溜进浴室，但把卧室的门开着，以便能知道他是否醒来。

我看到一张白色的打印纸，用创可贴贴在了浴室镜子上。创可贴的角度有些奇怪，整件事看起来很疯狂，就像电视上的犯罪节目中，那些连环杀手装饰他们藏身之处的模样。

那是戴维斯的笔迹，通常戴维斯的笔迹就和他这个人一样整齐而有序，眼前所见的字迹却像是他吃错了药，显得仓促、粗心、愤怒和潦草。我看了好几次，不只因为字迹很难辨认，还因为我仍处于震惊中。

便条上写着：**我烦透了这所有的谎言。**

在水槽里放着我和克里斯的一张照片，照片中我们正站在我家的后院里聊天，而且笑得很开心。戴维斯把照片从中间撕开，一条参差不齐的裂痕把我和我同父异母的哥哥分开了。

我知道这是遗书，不然，也会有人这么认为。我在厨房水槽里烧掉了它，不想让别人认为戴维斯是自杀。从现实的角度来说，我们还要考虑保险金的问题，它会影响我和迈尔斯今后的生活。迈尔斯不需要知道这一点，戴维斯的妈妈不需要知道这一点，我不想、也不需要让任何人知道这一点。

我一定是晕过去了一会儿，因为下一刻我发现自己坐在了浴室的地板上，我的头刚才一定是撞到水槽的边缘了。

我用一条毛巾按住额头止血，听到迈尔斯在卧室里大哭起来。等见到我，鲜血还在我的脸上向下淌，他顿时尖叫起来。

我心想，亲爱的儿子，你的确该哭，的确该害怕。

因为你的妈妈是一个怪物。

19_

斯蒂芬妮

我知道戴维斯要表达的意思，我知道他说的"谎言"指的是什么。

自从克里斯走进我母亲家的那一天起，我们就爱上了彼此。尽管知道自己在做一件错事，但我依然认为这爱恋不可避免，它也势必会结束。我们对彼此发誓，也向自己保证，会理性地停下来。但是没过多久，克里斯打电话给我或过来看我，这一切又重新开始了。

我上大学后，克里斯离开了麦迪逊市，在我的宿舍附近租了一间公寓。因为他是个木匠，手艺绝佳，所以找到工作很容易。我每天下课后，就会到他的公寓等他回来。我们在他的床上度过黄昏和夜晚，而所谓的床，只是冰冷的地板上放置的一张床垫。新英格兰的冬天，太阳很早就会落下，光线由深灰转为蓝色。我们在一起时非常快乐，贴近彼此裸露的肌肤。我们是对方的"毒品"，也是对方的"毒贩"。

有人也许不会明白，我们为什么不能离开对方，像个正派的人一样正常生活，我们为什么不克制自己的欲望重新开始生活。我只能说，他们从未经历过这样的事。我们的关系时断时续地持续了很多年，实在太疯狂了。有几个月的时间，只要看着爸妈的结婚照，就会让我兴奋起来。这有多么病态？有没有解决这种病态心理问题的戒瘾小组呢？

我的人生所遇上的种种一切，可能都有对应的幸存者互助小组，但我并不一定会去参加。

我和克里斯都认为：**这是错误的，这不是一种健康的关系**。我们在伤害别人，也在伤害自己。我们再一次结束，并尽可能坚持下去。

就在我们信守承诺的这段时间里，我遇到了戴维斯。只要不和戴维斯争执墙面刷什么颜色或沙发摆什么位置，他真的是一个顶级好男人。他是多么可靠、理性而宽厚的人啊！他关心地球和未来，他想要一个家庭、一幢房子。他是如此急切，如此真诚。他似乎活在一个明亮耀眼的世界里，每个人都在做着正确的事，没人与同父异母的哥哥发生关系。

我甚至想象过——**几乎**完全是想象——如果我和克里斯的关系已经结束，我把和克里斯之间的事情告诉戴维斯，他会原谅我。但我并没有告诉戴维斯，而且这段关系也没有结束。

假如我不让他跟我哥哥见面，一定会显得非常可疑，而且他也多少知道我和妈妈是如何得知爸爸还有另一个家庭的。

我决定把他们的初次见面安排在一个公共场所，在可能发生争吵或冲突的时候，人们通常会建议你选择公共场所。我不知道为什么自己觉得会发生冲突，这个想法占据了我的大脑。

我们在布鲁克林一家传统的意式餐厅吃了一顿晚餐，他觉得这家餐厅十分地道，所以很喜欢这家从哥伦布时代就没变过的餐厅。

克里斯交了一个女朋友，与他曾约会的所有女人一样，是一个身材高挑的金发美女，她的名字叫切尔西。那些女友看起来酷似我，或许我哥哥想让我知道，他已经忘了我，但他总是对那些女孩爱搭不理、冷淡漠然，他没有骗过我的眼睛。我知道他对女孩感兴趣的时候是什么样子，当他在乎她们的时候，他又是什么表现。尽管他想让我吃醋，但我没有一丝嫉妒。

戴维斯一定无法想象，身为妻子、他自认为非常了解和深爱的女人，会与她同父异母的哥哥发生关系。那天晚上，并没有发生任何让人猜疑的事，我和克里斯早已很擅长不让人察觉。

但是，他和戴维斯仍然发生了一场愚蠢的争执，竟是因为建筑师弗兰克·劳埃德·赖特。戴维斯滔滔不绝地谈论着赖特是个多么天才的建筑师。

克里斯说："当然，他是个天才，但一个真正的天才会在乎客户的房顶是否漏雨，而赖特却告诉他们，在漏水处的下方放一个水桶，或是把房间内的家具移到其他地方。"

在这一点上，我与克里斯的观点一致。我想象着生活在一栋华丽却漏雨的别墅里会是一种什么感觉，但我很不明智地站在哥哥的立场来反对我丈夫。

那本应是一次友好的交谈，是一次容易建立感情的机会，他们都知道弗兰克·劳埃德·赖特，也各自都有执着的看法。尽管角度不同，但他们对建筑学和建筑物都很了解。

我环视着餐厅，寻找着侍者："**再来点儿酒！我们的意大利面怎么还不端上来？**"

最后，克里斯说："我们各自保留不同意见怎么样？"

"太好了！"我朝哥哥投去感激的眼神。

后来回到家中，戴维斯说："如果他不是你哥哥，我会说这个家伙就是个白痴！"

"他是我哥哥。"我说，"所以你最好注意一下用词。"我们大笑起来，而我心想，我已经避开了一枚子弹，至少暂时避开了。

一天晚上，当戴维斯在得克萨斯勘查一座博物馆的地点，并为他的公司竞标一个设计项目时，克里斯不期而至。我发誓，我没有打电话给他，所以这就像是第六感，他的直觉知道我一个人在家。

他走进了房间，我们注视着彼此，他拥抱了我作为问候。这个拥抱变成了亲吻，就这样，一切再次发生了。

在我和戴维斯怀上迈尔斯之后，我与克里斯的关系就终止了，在迈尔斯出生之后（不久），我仅出轨过一次。我不想我的宝贝儿子被一个乱伦者养大，也就是我。

唯一的一次，在戴维斯去世之前不久，他直接问过我克里斯的事。当时，我们正在我家后院为他的同事准备烧烤派对。

我问戴维斯是否可以邀请克里斯到家里来，这样我就有人说话了。我们的客人在礼貌性地问过迈尔斯后，大多就开始讨论设计和工作的话题，我只会被当作给他们做土豆沙拉、买热狗，并生下老板孩子的人。他们对迈尔斯和我并不真的感兴趣，他们关注的是戴维斯，他才是天才，才是明星。

戴维斯说："当然可以，为什么不呢？问问克里斯吧。"

他一定认为，这样总好过之后埋怨所有人对我的忽略。让克里斯出现在这里，是一件冒险的事，但我有一段时间没看到他了，而且我知道就算只能从院子这头看着他，我都不会感到乏味。

聚会的第一个小时里，我注意到戴维斯在观察我。他一定是看出了我的心不在焉——直到克里斯出现。

我站在餐台旁，克里斯来到我身后，我一回头就见到他。当我看到他的时候，我的快乐已经超出了兄妹之情。这似乎太明显了，我看向草坪另一头，发现戴维斯也看到了一切。

那天晚上，戴维斯说："斯蒂芬妮，我要问你一件事，或许这个问题会显得奇怪，但是……你和克里斯的关系是不是有一些……不寻常？或许是我太多疑了，不过，我有时候有种感觉，你们两个有点儿……太亲密了。有时候，这让我有点儿抓狂，你们之间的关系那么亲密，几乎像恋人一样。"

我坐在卧室镜子前，梳着头发，装作有什么东西掉在地上，这样我就不必直视他的眼睛了。

"嘿，我才应该是这场婚姻里那个多疑的人吧。"我说，"你的想法很荒唐，我们只是比较亲密而已。因为我们是错过在一起度过童年的兄妹，或许我们在弥补失去的时光。"

戴维斯知道我在撒谎，人们对所爱的人总有不想知道的事，也判断得出来自己知不知道，而他就是这样察觉到了。不管怎样，他就是知道了。

我们有一些镶着翡翠色边纹的白色餐盘，戴维斯非常喜欢。他费了很大劲儿才一个一个把它们从百老汇南大街一家古董店里挑选出来。

那天夜里，我否认我和克里斯的关系超出了普通的家人之爱，戴维斯走进厨房，我听到了一声又一声的碎裂声。我冲进厨房，发现他往墙上摔了好几个盘子。

"你这是怎么了？"我问。

"我不知道。"他说，"或许我**只是在**弥补失去的时光。"

这不是他的风格，以他的性格不会做出这种事。他道了歉，然后用吸尘器把那些盘子碎片打扫干净。

我以为有了迈尔斯，**我和戴维斯**有了迈尔斯之后，会改变一切。我以为这会让我和克里斯恢复理智，但这却让我们的地下情走得更远，气氛变得更加亲密、暧昧、炽热。

他们过世的那天，夏日的暑热令人窒息。我坐在后院的泳池旁，迈尔斯在我身边的儿童池里戏水，戴维斯则在另一头的遮阳伞下休息。他的皮肤很白，容易被阳光灼伤，跟我和哥哥完全不同。

接近傍晚时，我听到克里斯的卡车在我家门前停下的声音。听到克里斯沿着步道走过来时，我看着迈尔斯，这样我的目光就不会注意他了。我不敢看戴维斯的眼睛，他一定察觉到了我脸上所有的表情。

我和克里斯只是匆忙地拥抱了一下，戴维斯一直注视着我们。

他知道了，我知道，他已经知道了。

我闭上了眼睛，这样我丈夫就看不到我眼中无法掩藏的欲望。我给克里斯拿了一瓶啤酒，然后我们三人就这样坐着看迈尔斯，注视他正拿着塑料猴子坐在橙色塑料船上玩。

他们死去的那天，在那场激烈的争论之后，两人坐进了车里，我记得当时在想：我们的关系要走向哪里？向他们驶去的那辆卡车和他们撞上的树回答了我的问题。

戴维斯被安葬在新罕布什尔州的公墓，那里离他母亲居住的地方不远。我把迈尔斯留给了他奶奶的女管家照看，这样他就不必亲眼看着父亲的棺木下葬。而我不知道的是，戴维斯曾留下过遗嘱，他想要一个环保的葬礼，并把一切（包括他设计作品的未来收益）都留给了我。

很多人出席了葬礼，他公司所有的职员都从曼哈顿赶来了，还有住在他建造和整修过的房子里的一些客户，他们是与他一起工作并喜欢他的陌生人。此外，他还有遍及新英格兰的大家族，那些我从未见过的长辈和同辈表亲都聚集在这里向他道别，而且他们中的有些人是第一次也是最后一次见我。

告别招待会设在戴维斯妈妈家里，席间提供了一些冷盘和没人切得动的硬奶酪，还有一些饼干、胡萝卜条、咖啡和茶，就这样了吧。我想，像这样的日子里，他们难道都不知道，人们真正需要的是喝上一杯吗？这件事能够解释戴维斯许多特质，但对我来说，这一切都太晚了，即便我现在终于明白了我丈夫的家教对他有着怎样的影响。

第二天，我把迈尔斯留在了他奶奶家，然后飞到麦迪逊市参加克里斯的葬礼。我是他最近的家属，没有人可以帮我做那些必须决定的事，但我还是麻木、机械地处理完了一切。我想（没有留下遗嘱的）克里斯一定是希望葬在他妈妈身边。我做了一些调查才找到了她的墓，但很感激有这件事可以转移注意力。

克里斯的葬礼与戴维斯完全不同。除了我，他没有其他亲属，没有那些叔伯姑舅，也没有堂兄表亲。但克里斯有很多朋友，麦迪逊市的报纸刊登了讣告，克里斯的几个朋友在脸书也发了这条消息。他当时上的是一所公立高中，班上一半的同学都来了。

他们都很喜欢他，除了一个名叫弗兰克的家伙，他与克里斯在建筑项目中合作过，弗兰克的出席让我想起了这个人。他们都惊讶于克里斯竟有一个妹妹。他们一直以为克里斯的妈妈是单身母亲，而他是独生子。从某种意义上说，她确实是单身。但他们都很高兴见到我。而令人难过的是，我们的第一次见面却是在如此悲伤的场合。他们都为我的失去而难过，就像他们真的了解我到底失去了什么似的！

在葬礼上，有一个女人是克里斯的前女友，一直用古怪而好奇的眼神看着我。更诡异的是，她跟我长得还有点像。

我敢肯定，克里斯的这位前女友多少知道或感觉到了一些我和哥哥的特殊关系。愧疚的人总认为别人知道他的秘密。

他们似乎都不知道，我也没有理由非要告诉他们，我的丈夫与克里斯在同一场车祸中丧生了。我让他们误以为，当汽车撞上那棵树的时候，车里只有克里斯一个人。这样的话，我会轻松一些，不用解释那么多，不用听到那么多同情的话。这就够了。

葬礼过后，我们去了当地的一个酒吧。每个人都买了杯饮料，满含热泪地说了一段对克里斯的悼词。大家都喝得醉醺醺，我紧跟在克里斯的朋友弗兰克身后，他的话和动作让我想起了我哥哥。我们是当晚最后离开酒吧的人。

那天夜里，我做了一些让自己深以为耻的事。我告诉弗兰克，我喝醉了，没法开车回我住的汽车旅馆，这是实情。但我还是邀请他进了我的房间。我说，房间里有迷你吧，我们可以在睡前再喝上一杯。我知道这不是实话。那家汽车旅馆非常便宜，根本没有什么迷你吧。

当房门关上的时候，我开始亲吻他。他知道我头脑不太清醒，而且他是一个正派的人。他不停地问："你确定想这么做吗？"我想，他知道这一切都是因为克里斯，而不是因为性爱，或因为他。所以，他或许感觉到自己有点儿被利用了，通常只有女人才会这么感觉。

我们躺在床上，他把我的上衣掀了起来，推开我的内衣，开始吮吸我的乳房。

"稍等一下。"我说。然后去了卫生间，一阵猛烈的恶心。

弗兰克没有觉得受到了侮辱，甚至也没有丝毫不悦。我们都为克里斯而悲痛，他等着我重新上床，然后给我盖好被子。他把他的手机号告诉了我，然后对我说，如果我需要他，只要我愿意，就给他打电话。我们都知道，我永远都不会给他打电话的。

我被剧烈的头痛唤醒，内心深处的自我憎恨比头痛更让我痛苦。我发现，在克里斯的葬礼前，我下意识地摘掉了婚戒，把它放进了手包里。当我想起自己前一晚喝得酩酊大醉，负罪感更强烈了，我一次又一次地做着大错特错的事。而且，我忘了给戴维斯的妈妈打电话询问迈尔斯的情况了。

我用带着氯味的自来水在房间里那台差劲的咖啡机上煮了一壶咖啡。两杯咖啡下肚，我又冲了一杯低因咖啡一口灌了下去。然后我又吐了。

我给戴维斯的妈妈打了个电话，没人接。我知道，一定是发生了什么严重的事。

我叫了一辆出租车，费了好大劲才终于找到了我租的车所停的那家酒吧，随后开车赶往麦迪逊机场。我试着给戴维斯的妈妈又打了几次电话，仍然无人接听。我试着打了她家的电话，也还是无人接听。这是为了延缓我渐渐增强的惶恐感而唯一能做的事。

我从未如此肯定地认为我乘坐的航班会坠机。我以为再也见不到迈尔斯了，而这将是我为昨晚所做的一切而必须受到的惩罚——也为我与克里斯在那些日日夜夜里所做的事而必须受到的惩罚。我已经不知道自己还信仰什么了。但在那一天，当飞机起飞的时候，我开始祈祷。

请让我活着见到我儿子，我以后再也不做那样的事了，请保佑他一切安好。我以后只为迈尔斯而活，发誓要远离所有的男人，再也不会与错误的人发生危险而不正当的关系了。对我来说，我唯一的快乐就是迈尔斯的快乐。我会放弃其他的一切，只要让我平安回到家。

我到了新罕布什尔州，从迈尔斯奶奶家接上了他。我问她为什么不接我电话，她说她手机没电了，因为沉浸在悲痛和心烦意乱中，她忘了给手机充电。而她家里的座机则常常在大雨过后就失灵，前一夜，这里刚好下过一场大雨。她为让我那么担心而道了歉。我不知道她为什么没想到应该打电话给我。我一直怀疑，她从未真正喜欢过我。现在，既然她儿子已经去世，她可能更不喜欢我了。

当迈尔斯看到我的时候，他高兴地尖叫起来，我紧紧地拥抱他，直到让他叫出声，这才放心了。我膝盖发软，不得不抓住沙发的扶手才不至于摔倒或晕倒。在赶回康涅狄格州的路上，迈尔斯坐在他的安全座椅上，完全没睡觉，用他仅会的几个词告诉我，他的奶奶带他去看了小马驹（我认为他是这么说的）。

当我们进家门时，我庆幸自己还活着，但又想起来：克里斯和戴维斯都死了。

我兑现了承诺，我的生活里再也没出现别的男人，再也没有错误的选择。这一切都是为了迈尔斯。

直到艾米丽失踪，我遇到了肖恩。

或许这一连串的失去已经让我发疯，或许悲伤释放了我内心深处隐藏着的恶魔。

20_

斯蒂芬妮的博客

更新……各种繁杂事

各位妈咪好！

我知道，大家一定认为我是世界上最糟糕的博主，这么久都没更新博客。但我回来了，而且有满肚子的话要告诉你们。在上次更新博客之后，我的身边发生了很多事。

尽管我知道社群里的一些妈妈会对我将要说的事心存不满，但我认为还是诚实和坦诚一些更好。我在此请求大家让自己的心变得柔软一些，把心放宽，耐心听我把话说完。在对我评判之前，请尽量先理解我。

我和肖恩搬到一起住了。当两人之间的友好和互助转变为爱情的时候，谁会说这是错误的呢？而且我们都知道，心之所向，素履以往。

艾米丽再也回不来了。我和肖恩以及尼基永远都不会忘记伤痛。但我们可以互相帮助，使自己成为更好的人。我和肖恩带着两个孩子可以组成一个家庭，孩子们可以成为兄弟。我们都不想放弃各自的家和家所承载的回忆，所以我们决定分别在两栋房子里各住一段时间。孩子们的学校离我家更近，所以我主要负责接送他们。

两个孩子在两栋房子里都有各自独立的房间，他们可以带着自己喜欢的东西住在两栋房子里，而两个地方都准备了牙刷、袜子和衣服。我知道这有些浪费，一家人同时拥有两栋房子，而世界上许多人连一栋房子都没有。但是，当下我们做出任何其他决定都是不合时宜的。尽管以后某天我会做出决定，但也是**我们**一起做出的决定。

有时，我和肖恩会分开过夜。有时是独自一人，有时是带着两个孩子，有时是只带自己的孩子。我不确定是否喜欢这种生活方式，但目前我是这样生活的。我喜欢与肖恩在一起，也喜欢单独与迈尔斯在一起的时光。

这是一种不太常规的安排，但就目前来说，感觉还不错。在这样一个谁也不会做出选择的现状下，我们正在努力给两个孩子最好的童年，他们都不必放弃自己的家以及与自己父母单独相处的时间。

尼基的心理医生提供了许多帮助，他的状况有了很大的改善。虽然他仍然很难过，但这是他的权利。

关于如何与一个孩子谈论死亡，如果哪位妈咪想分享你们的故事，或有什么建议的话，请在这篇博文下面发表评论。

我把孩子们送到学校后，就会开车送肖恩去火车站。他已经有部分时间回办公室工作了，这对大家来说都不错，尤其是对肖恩。尽管在最初的几天里，尼基回家时看不到爸爸总会大哭一场。肖恩的公司承诺会减少他出差的次数，而他也向我保证，不会经常只把我留在家陪伴迈尔斯和尼基。

等肖恩离开后，我必须仔细检查一遍家里，确认尼基在家里没有做出任何小小的捣乱行为。比如，玩具消防车被他扔进了马桶，或是电视遥控器被他藏在玩具箱底。

尼基不时投向我的冷冷的目光，能让任何人的血瞬间结冰。他养成了一系列吹毛求疵的强迫症习惯。他只用固定的餐叉吃饭，否则就会一连几个小时坐在那里抹眼泪。还有，他只吃小胡萝卜或者家里做的炸薯条。他告诉我们他想要什么，不给他的话，就一直饿着肚子。他数清了从客厅到自己房间需要走几步路，从前门到肖恩的汽车需要走几步路。他的心理医生建议我们不要急于对尼基进行药物治疗——这原本是肖恩要求的，给他机会度过悲伤的阶段。

我很高兴尼基去看了心理医生，但不需要专家来提醒我们，这个可怜的孩子失去了母亲。我花了宝贵的空闲时间在网上搜索有用的网站，了解如何做好一个刚刚失去母亲的5岁孩子的继母。

我一直在想，艾米丽一定知道怎么做。但我始终无法跟肖恩谈起这件事，因为担心这会让他更难过。肖恩不需要知道他的儿子做了多少充满敌意的事情，我一直在努力包容他，我做错什么了吗？

这也是我向各位妈咪请教的问题：你们有人遇到过这类情况吗？你们学到了什么有用的办法吗？你们可以推荐一本书给我吗？非常感谢你们以任何方式提出建议。

先向你们表达感谢，亲爱的妈咪们。

爱你们的斯蒂芬妮

21_

斯蒂芬妮

成为家人一起生活，很容易不再留意其中的变化，不再关注一些事情。这是知道已成为家人的一种方式，我们把一切事情都当成理所当然。有些人称其为容忍、懒惰或逃避，而我将其称为得过且过。

我很快就习惯了我（非正式）的继子有多么难对付，他的坏行为主要针对我，他对迈尔斯一直很友好，两人和以前一样互相喜爱，就像亲兄弟一样。如果他们的友谊开始瓦解，我可能会早一点让肖恩知道这件事。

肖恩正在拼命弥补落下的工作，他不常待在家，所以暂时把尼基留给了我。当肖恩在家的时候，尼基就不会把他和爸爸相处的少许时光，浪费在表达愤怒或不快上。

处理这件事是我的工作，为了肖恩，为了艾米丽，为了尼基，我非常乐于接受。但是，我总是隐隐觉得有什么事即将发生，有什么可怕的事将要打破我们现在这难得的平静生活，就像是一场逐渐逼近的、危险又不可预知的暴风雨。

每当人们谈起狗狗以及它们有多聪明的话题时，我的哥哥克里斯总会讲起一个故事：有一次，他去看望一个住在西南部的朋友，并带着自己的几只狗去沙漠远足。那些狗吠叫着，鸟儿叽叽喳喳，微风徐徐，但突然之间，这些声音停止了。那些狗和鸟不叫了，就连风也停下了。

克里斯看向地面，在距他不到 6 米之外，有一条响尾蛇正嘶嘶地吐着信子。我记得他说，那种安静可能是一种警告，比警报声更响亮。

我觉得这个故事既扣人心弦又性感神秘。克里斯讲这个故事时，戴维斯也在，戴维斯用一种仇恨和轻蔑的眼光看着他，让我一度认为戴维斯知道了我和克里斯之间的事。

所有这一切不过是在说，我习惯了尼基那小小的敌对心理，从未失去对他的同情心或耐心。当他**停止**这么做的时候，我却开始害怕起来。

一天下午，尼基从学校回来后，似乎一下子变成了世界上最好的小男孩。大多数日子里，他几乎不跟我说话，我问他在学校里过得怎么样的时候，他总是拒绝回答。但那天下午，他问我，**我**的一天过得怎么样，我都干了些什么。

一个孩子竟然问一个大人**她**今天干什么了，**这是真的吗**？我没有告诉他，我在网上查阅如何与他相处的建议。我只说，我花了一些时间收拾房间，这也确实不假。

晚餐时，尼基说不管我做什么饭他都会吃，即便是素食也可以。他已经与前一天那个愤怒不满的孩子判若两人，这让我很开心，时间在发挥它的治愈魔力。我们取得了一些小的进步，我们正在踮着脚走出黑暗，走向光明。

然而……我还是有一种不安的感觉，这似乎不太对劲。我不知道为什么会有这种感觉，但我相信我是对的，这是一个妈妈的直觉。

世界仿佛进入了无声模式，我已经听到了响尾蛇发出的嘶嘶声。

两个孩子一定有什么事在瞒着我，我常常发现他俩窃窃私语，就像恐怖电影里那些搞阴谋诡计的孩子。

他们隐瞒了什么事不能告诉我？为什么尼基突然变得这么贴心？每当他们一起玩儿时我走进房间，抬头看我的神情就像是我打断了他们的秘密谈话似的。

一天晚上，肖恩在城里加班，两个孩子都在我家，尼基走进卧室，对我说他睡不着，问我可不可以给他讲个故事。我把他带回了已经腾出来做他卧室的客卧。应他的要求，我给他读了一个又一个故事。我一直在等着他说他累了，但很少有小孩会这么做。然后，我关了灯，替他盖好被子，抚过他微湿的光滑额头。

许多人（包括孩子）不会把黑暗里发生的事拿到灯光下去说的。我问他："学校有发生什么有趣的、特别的或者让人不开心的事吗？"

尼基沉默了许久，久到我以为他是不是睡着了。

结果他说："我……今天看到妈妈了。"

我打了个寒战。尼基的心理医生已经警告过我们，要让孩子接受他最爱的人已经去世的事实会非常非常困难。现在，没有肖恩的帮助，我得独自来面对这件事。我得告诉这个痛苦的孩子，不管他多么想见妈妈，他都不可能见到她了。她已经走了。永远离开人世了。

我深深吸了一口气。

"我知道你**以为**你看到了她，宝贝……我们经常以为会看到我们爱的那个人，尽管这不可能是真的……"

"我**看到**了。"尼基说，"我看到妈妈了。"

重要的事是，要让他开口说话，鼓励他相信我，诉说他渴望想要成真而说服自己是真实的事。

"在哪儿？"我问他，"你在哪儿看到了妈妈？"

"就在运动场的栅栏外，当时我们正在课间休息。因为今天天气比较暖和，老师让我们到教室外去玩。我想跑过去找她，但休息时间马上就结束了，老师们冲我们大喊，要我们赶紧回到教室里去。"

"你确定那是你妈妈吗？许多人长得很相像，但他们并不是真的……"

"我确定。"尼基说，"我听得出她在说什么。她在说，明天见，向斯蒂芬妮问好。"

"她这么说了？向斯蒂芬妮问好？"

"是。我之前也在那里看到过她……几天前……我们上次到教室外玩儿的时候。我告诉了迈尔斯，他认为我在撒谎，我让他发誓不告诉任何人。"

尼基相信自己说的每一个字。

我不知道该如何形容此刻复杂的感受。总的来说，我很难过。我对尼基充满同情，但也感到沮丧。在接受永远失去妈妈的现实这件事上，尼基并没有任何进展。不能由我告诉他，这一切都是他想象出来的，或是（向一个五岁的孩子）解释人们在盼望一件事发生的时候为什么容易产生幻觉。毕竟，这是肖恩的事。他是孩子的爸爸。

我亲吻了尼基的额头，给他盖好被子。

肖恩从城里回到家后，我给他倒了一杯苏格兰威士忌，然后依偎着他蜷缩在沙发上。

我说："今晚发生了一件令人不安的事，我带尼基上床睡觉时，他告诉我说，他在操场外看到了艾米丽。"

肖恩从沙发上直起身，看着我。我看到了各种复杂情绪的眼神，震惊、怀疑、希望、害怕，还有像是松了一口气。

他说："**确实**让人不安，这对他不好，太不健康了。在撒艾米丽的骨灰时，他也在我身边。我现在该怎么做呢？告诉他 DNA 的事？跟他解释说，爸爸把妈妈的牙刷送去做了 DNA 检测，结果 DNA 完全匹配？"

我从未听过他的语调如此粗鲁和失控。"别说了，"我说，"我受不了了，别说了。"

"哦，可怜的孩子。"肖恩说，"我可怜的儿子。"

我关上灯，我们在黑暗里坐着，我把他拥入怀里，他把头靠在我肩膀上。

最后，肖恩说："我们先不要这么快又让他心碎。如果他愿意在那个梦里多活一天，我们就不要强迫他醒来。"

第二天晚上睡觉前，尼基说："我今天又看到妈妈了。"他简短而平静地说了这句话，就像是在描述一个事实。

这一次，我向尼基解释说，每个人都会做梦，在梦里他们以为见到并未出现或已经不在世的人。我说："虽然他们似乎是真实的，会跟我们说话，就像真的还活着一样，但这一切都不是真的。这只是一个梦，只是幻想。等我们醒来时，梦境总是让人悲伤，我们会比以往更加想念他们。但他们仍与我们同在，哪怕只是在梦里。"

尼基说："不，你错了，我妈妈真的还活着。我看见她，就向她跑过去，我与她距离非常近，但那该死的栅栏把我们隔开了。她隔着栅栏摸了摸我的头发和脸。然后，她告诉我赶紧回去，跟其他同学待在一起。然后……"

"然后怎样？"我的声音听起来非常奇怪，像是焦虑、紧张……还有害怕，但我到底在害怕什么呢？

"然后她告诉我，她永远也不会再离开我了。她告诉我，让我把这句话告诉你和爸爸。"

我俯下身来，亲吻了尼基的额头。

我有一种似曾相识的感觉。过了好一会儿，我才意识到那是什么，才想起了一段已经开始褪色的记忆。

我用鼻子轻轻地蹭着尼基的皮肤和头发，闻到了艾米丽的香水味。

那天夜里，肖恩在自己家工作，我本应照顾两个孩子睡觉，但还是打电话给肖恩说，我想过去一下。肖恩听出了我急迫的语调也没多问为什么，就要我把孩子们带上车，到他家门口后发信息给他。我把两个孩子带上车，他们还穿着睡衣。到肖恩家后，他出来帮我把孩子们抱到房间。

我告诉他，我从尼基身上闻到了艾米丽的香水味，而且尼基这一次坚称见到了妈妈，而且她还摸过他。

肖恩看上去一脸疲惫，他的脸色发青，说话时语气敷衍，甚至有一丝愤怒。"斯蒂芬妮，别扯得像《阴阳魔界》[1]似的。"他从未这样对我说过话，我第一次觉得，艾米丽将赢得这一局。我竟然没意识到这是一场角力赛，但确实是。他将永远爱着艾米丽——爱着记忆中的她——胜于爱我。和尼基一样，肖恩永远也不会忘掉她。

他说："斯蒂芬妮，你疯了。艾米丽死了，没人希望这是真的，但这就是真的。这一切本不该发生，但它就是发生了。"

我恍惚记得他以前这么说过：事情不应该是这样。我再度思忖：那究竟什么事是应该的？

肖恩说："我们必须帮尼基接受这个现实，不能让他在这种痛苦和有害的幻想中沉溺下去。"

我知道他说得对，但艾米丽的香水味让我焦躁不安。或许一厢情愿的是**我**，是我想要相信她仍然活着。尽管我知道，如果她真的还活着，我可要好好做一番解释了。我告诉自己，振作起来。我们都很悲伤，悲伤让人沉溺于想象，并会做出一些疯狂的事……

肖恩深深地叹了一口气，然后他站了起来，抓住我的手，拉着我上了楼，走到了二楼的卫生间。在卫生间的壁橱里，放着一瓶艾米丽的香水。

他向空气中喷了一下。

1　《阴阳魔界》（*The Twilight Zone*），又译为《奇异世纪》《奇幻地带》，一部美国著名悬疑惊悚电视剧。——译者注

这感觉好诡异，丁香和百合，以及意大利修女的味道。它把艾米丽重新带回我们身边，就那么一瞬间，艾米丽仿佛跟我们在一起。

他说："我在这里留了一瓶，不知道尼基是怎么发现的，他一定是搬来了梯子，把它拖到壁橱前，够到这个香水，然后再往自己的头发上喷一些。可怜的小家伙，我想，这让他感觉跟妈妈更加亲密。"

我知道这是讲不通的，尼基已经两天没回来了，而我是今天晚上才在他头发里闻出了艾米丽的香水味。我需要一个符合逻辑的解释，我想要相信肖恩。而且，此外也并没有其他解释。我看过验尸报告，也看到了那个装着我朋友骨灰的骨灰盒。

在艾米丽的香水味中，在空气弥漫着她那甜蜜的丁香和百合的浓郁香气中，我和肖恩做爱了。我们太兴奋了，兴奋得有些可耻。当然，也许这也没什么好惊讶的，也许我们只是在试着向自己和对方证明点儿什么。

我们亲爱的艾米丽死了。

但我们还活着。

一天晚上，我和迈尔斯正在我家吃晚餐——鲜番茄酱拌意大利面，这是我们俩相依为命的那段时光里最常吃的美味素食。这或许是一种放松和愉悦的方式。

我的心情很宁静，所以迈尔斯说出的话让我简直加倍震惊，他说："嗨，妈妈，你猜发生什么事了？今天，我看见尼基的妈妈了。当时我们正好课间休息，她走向学校后面的树林里，就好像是在等着我们从教室里出来。然后，她就跑了，因为她不想让任何人看到她。她动作很快，但我肯定就是她。"

我觉得自己的心脏已经停止跳动了，而身体还活着，有可能出现这样的情况吗？一定有可能。我的心脏在胸腔里停止跳动了。

"你确定吗？"

"我确定，妈妈。"

"真的确定吗？"我问他，努力保持着镇定。

"真的确定。"迈尔斯说。

我家有一本书，我们过去常常看。有一段时间，迈尔斯总是自己躲起来，这让我十分担心。我就在博客里写了这件事，后来，一直关注我博客的一位妈妈向我推荐了这本书。

这本书叫《兔子巴斯特在哪儿？》，内容是一只兔子不停地藏起来吓唬妈妈，而兔妈妈则非常担心，因为她不知道巴斯特在哪儿，尽管孩子们总能在插图中找到他。好在故事的结尾，小兔子答应不再偷偷藏起来。

"你能以你那粉红小鼻子的名义向我保证吗？"他的母亲问道。

"我能。"小兔子巴斯特回答道。

"你能以你那可爱小脚趾的名义向我保证吗？"

"我能。"小兔子巴斯特回答道，他从此再也不藏起来吓唬妈妈了。

每当我想让迈尔斯向我做出什么保证时，我们都玩这个游戏。于是，我问他："真的是艾米丽吗？你能以你那粉红小鼻子的名义向我保证吗？"

"我能。"我的儿子说。

"你能以你那可爱小脚趾的名义向我保证吗？"

"真的是她，我保证。"迈尔斯回答说。

22_

斯蒂芬妮的博客

再次请求帮忙

各位妈咪好！

这篇博客将会很短。有人记得一部法国电影的名字吗？我很确定我在大学时期看过。那部电影讲述的是一个虐待狂的高中校长和他性感的情妇（好像是西蒙·西涅莱扮演的）如何密谋把他那位娇弱的原配吓死的故事，他们采取的办法是让校长太太认为自己杀了丈夫，然后又让她以为校长又死而复生了。

我不觉得这是我编出的故事，请一定告诉我电影的名字。

谢谢！

爱你们的斯蒂芬妮

23_

斯蒂芬妮的博客

再次请求帮忙（接上文）

电影《恶魔》[1]！

谢谢各位妈咪的回复，有人在我发帖几秒之后就把答案告诉了我！我不敢相信你们这么关注我，我也不敢相信这一切已经证明了现在仍有妈咪在看我的博客，而且如果我需要帮助——就这次来说，只是唤起记忆——大家会毫不迟疑。

是《恶魔》。

提出问题不到几分钟我就下载这部电影了。

这是一个多么令人惊叹的时刻！你想要某样东西，但并不清楚具体是什么，于是把这个信息发布到网上，然后弄明白了自己想要的东西，并且得到了它。

如果真实的生活就像博客一样，该多好啊！

到底是否应该把这部电影推荐给各位妈咪，我有点犹豫。那位告诉我电影名字的妈咪说，她之所以记住了它，是因为这部电

1　《恶魔》（*Diabolique*），又名《浴室情杀案》，由西蒙·西涅莱主演的一部悬疑惊悚片，1955 年在法国上映。——编者注

影带给她的惊吓远超过以往所有的电影。她后来再也没看过它。她还强烈建议我，不要让其他妈咪，跟她一样，活在这部电影的回忆中。

如果你们认为派翠西亚·海史密斯（在键盘上敲出这个人的名字都唤起了我对艾米丽的思念！）的小说算得上毛骨悚然的话，那这部电影或许并不适合你们看。但我完全被它吸引，因为电影的情节如此峰回路转，而女演员西蒙·西涅莱扮演的那位热辣的高中女老师、阴险的情妇令人如此意外。

影片开头是在一所学校，许多笨拙的法国男孩身穿短裤，一边奔跑一边兴奋地喊叫着。校长是一个控制狂，每个人都害怕他，而他则不遗余力地干涉每一个人。

西蒙·西涅莱戴着一副墨色太阳镜，以遮挡她那暴力的情人（校长）在她脸上留下的瘀青。他也虐待自己的太太，不过只是心理虐待，因为太太的钱在维持着这所学校的运营。太太有心脏病，所以他总是让她不开心，让她觉得自己将会悲惨而耻辱地死去。

这种类型的电影常常让我意识到，尽管我犯了一些错，也做过一些坏事，但在选择男人方面我很幸运。因为（正如许多妈咪已经发现的那样）当你觉得一个男人不错的时候，要跟他在一起并非难事，等你有了他的孩子，结果有一天，他却变了……

那位太太和情妇都痛恨这位校长，所以她们决定杀掉他。她们给他喝了下过药的威士忌。然后，她们把他的尸体放进一个篮子里，然后沉入学校的泳池。

她们的计划是，让校长的死亡看上去像个意外，但这个计划没能成功。当然，事实证明这并不重要。当大家把泳池里的水抽干后，并没有发现尸体。

剧透到此为止，如果你决定去看这部电影……不要说是我建议你看的。

我只是想说，那个死人不停地出现在意想不到的地方和吓人的地方，它与恐怖电影（电话铃声来自屋内！）和血腥电影完全不同，它更加黑暗和邪恶。

整个故事不停反转，每个人都不是表面看上去的样子，一切都会出乎你的意料。

就让我到此为止吧，我开始浑身发抖了。故事的结局让我非常意外，有好几个小时都没回过神来。

是否看这部电影，决定权都在你们，你们是勇敢而聪明的妈咪。

我爱你们如常，再次感谢大家。

斯蒂芬妮

24_

斯蒂芬妮

我刚才在博客里写的事并不是事实。事实上，这部电影让我发疯。即使电影把我吓到，我仍在想：要是每个人都撒了谎呢？我被欺骗了吗？要是艾米丽还活着呢？如果是艾米丽和肖恩合谋让我钻这个圈套，我该怎么办？他们为什么这么对我呢？我对他们做了什么吗？这真让人感到沮丧。

我在自己家看了这部电影，偷偷摸摸、内疚自责，就像看一部色情片一样。电影结束时，我真希望自己是在肖恩家里，我需要肖恩亲口对我说，我只是在胡思乱想，我需要相信他。

我应该把孩子们叫醒，然后开车带他们去见肖恩。迈尔斯和尼基在路上又睡着了。

文件堆满了肖恩的餐桌，他一直在工作。我们把孩子们送上了床。肖恩给我倒了一杯白兰地，壁炉里生着火，沙发舒适而温暖。

我说："有没有一种可能——**哪怕可能性极小**——艾米丽还活着？"

"没有。"他说，"绝不可能。"

我说："迈尔斯看到了她，迈尔斯的视力非常好，他是我儿子，我相信他说的话。"

"小孩子总是会看到一些并不存在的东西。"肖恩说。

"迈尔斯不会。"我说，"迈尔分辨得出存在和不存在的东西。"

起初，肖恩看上去非常生气，接着是震惊，然后是恐惧，再然后……我不知道他是什么感觉。他的表情慢慢地发生着细微的变化。他站了起来，离开了房间，好一会儿，都没回来。我困惑而忧虑地坐在那里。我应该跟过去吗？我应该带着迈尔斯回家吗？我应该继续等下去吗？

我等待着，因为这是最容易的事。

最后，肖恩回来了。他坐回到沙发上，用胳膊搂着我。

他说："抱歉，斯蒂芬妮，真的。"

"抱歉什么？"我问。

"我没有意识到这一切对你来说是多么难以接受的事。一直以来，我以为我和尼基才是承受着巨大痛苦的人，但你也一直身处痛苦中。"

我哭了起来。

"我想念她。"我说。

"我们都想念她。"肖恩说。然后他又说，"搬过来跟我住吧。我们试一下，看这样是否可以好一些。艾米丽走了，她死了。"

我哭得更厉害了，肖恩也在流泪。

"尼基希望他的妈妈还活着，他太想妈妈了，所以他坚信她还活着。他让迈尔斯也相信自己看到了她，但她没有活着。她一定希望尼基有一个妈妈，希望我们有一个稳定的家庭。搬过来住吧，都住在这里，求你了。"

"好吧。"我说。刹那间，我感觉近几天的恐惧和怀疑全都消失了，像是突然神奇般地从一场大病里痊愈了似的。

肖恩说："我们可以团结在一起，保护大家不受鬼魂和孩子们想象出来的任何东西侵扰，就像你们美国人常说的那样，围起篷车严阵以待。"他笑中带泪。

迈尔斯很高兴，他喜欢尼基的家，觉得在这里很舒服，而且他们家的电视比我家的大。我并不怀念我和肖恩以及孩子们在我家度过的那些夜晚，我并不怀念自己的房子。不是真的怀念，只是有时候会。但大多数时候，我更喜欢在这里，陪伴着孩子们和肖恩。

我们在这里度过的每一天，都意味着艾米丽离我们又远了一天。这么久以来，我一直希望与她亲近，但现在我希望她彻底离开。我希望自己能够成为肖恩爱的那个人，最终成为尼基的妈妈，我必须保持耐心。

有很多事我不能在博客里写出来，不写博客反倒让我有更多的时间去思考，去想我的朋友。

你怎么可能自以为了解一个人，却了解得如此之少？艾米丽怎么可能留下自己的孩子，开车去密歇根，喝酒又嗑药？这不是我以前认识的那个朋友。

我开始介意房子里那些她留的物品，虽然很难开口，但我说服了肖恩把艾米丽的一些物品存放至他处，我主动找到了存放物品的地方，并安排了搬运。

我考虑询问妈咪们，是否知道纽约州和康涅狄格州的边界哪里有不错的仓库，但又害怕她们能够看穿这件事，知道我要处理艾米丽的一些衣服和物品。我们不得不如此，这样才有空间给我和迈尔斯，让我们感觉像是真的住在这里。肖恩同意了。

我们为肖恩安排在一个星期六下午，这样他可以跟搬家工人一起完成这件事。我带着孩子们出去看了一场电影，他则告诉这家专业的搬家团队，希望把哪些东西搬走、哪些东西留下。

我对他留下的东西很感兴趣。我想知道肖恩不能接受哪些东西被搬走。

直到现在，只要待在肖恩家，我都很尊重艾米丽的隐私。查看她的抽屉和衣橱，让我有种不好的感觉，而且肖恩已经体贴地收拾出一个斗柜和衣橱让我用。而现在，我已经住在这里，我开始比较自在地到处看看。

如果艾米丽的什么东西引起了我的感兴趣，或者能提供什么信息，我都会仔细检查，以便更进一步了解真正的她，以及她生前做这事的原因。

在这段时间，我不再更新博客。我发了一条公告，告诉各位妈咪，我会离开一段时间，很快就会回来。

要如实地记录下我的生活是非常困难的。我原本可以在博客里写一写迈尔斯的食谱，写一写如何帮助他成长为一个优秀的人。我也可以写一写组成重组家庭的经验，以及如何避开我们生活中的黑洞。

但妈妈们都不傻，她们可能会看出言外之意，发现我醉翁之意不在酒。或许她们会感觉到，我已经把自己置身于一种较为黑暗的处境，我必须想办法让自己脱身。

我已经对自己能找到多少与艾米丽有关的真相上了瘾。

要是迈尔斯和尼基说的是实话呢？要是她**的确**出现了呢？她真的还活着吗？她有可能在和肖恩密谋对付我吗？是为了那笔保险金吗？整件事正开始变得像是一场阴谋：在公司那些出色律师的帮助下，肖恩已成功使她的死亡被判定为意外。在支付了律师费之后，那两百万美元的保险金剩余的部分就全归他了。

在孩子们上学、肖恩去城里上班之后，我开始玩一个游戏。我每天都在寻找并且能发现艾米丽的一件有趣的东西，一件能够证明她到底是什么样的人的东西，然后我就会要自己住手。

我翻的第一个地方就是药箱。这太没有创意了！我找到一个装有10毫克赞安诺的药瓶，这是曼哈顿的一个医生为艾米丽开的处方药。她为什么没带走呢？如果我要抛弃丈夫、把孩子扔给最好的朋友，然后去度过一个有酒精、药丸和游泳的嗑药假期的话，药丸是我必须带上的东西。

除非她有很多药，所以并不需要家里的区区10毫克。

警方报告中，我记不清关于他们在小木屋搜到的物品内容了，小木屋里有空药瓶和酒瓶吗？

第二天，在玄关的衣橱里，我发现了一个带有丹尼斯·尼龙标识的紫色鳄鱼钱包。钱包里装满了钱，都是小面额的钞票，有一些欧元，但主要是比索、卢布和第纳尔[1]，各个币种色彩鲜艳，上面印着花朵和民族英雄的头像。这是旅行时的纪念品，一定是艾米丽出差时留下

1　第纳尔（Dinar），阿尔及利亚、伊拉克、苏丹等十多国所使用的货币，但各国的面值和价值各不相同。——编者注

的。我联想到泳池派对，许多当地的男孩、时尚模特和药丸的泳池派对。

艾米丽同时也写新闻通稿和管理资讯。我的朋友不是一个神志不清的嗑药者，而是一个尽职尽责的母亲和一个工作上有着重要职位的贤妻，或者说她集所有的身份于一身。钱包里的各国货币是艾米丽的收藏，犹如她的旅行日记。

也许其中有犯罪行为，也许俄罗斯黑手党渗入了时尚业，而艾米丽挡了他们的道。我的想象力失控了，告诉自己要放松。

我发现了一个装满艾米丽照片的盒子，但奇怪的是，里面没有她童年时的照片，也没有她嫁给肖恩之前的照片。肖恩把那些照片都丢掉了吗？还是她想抹去某些过去？肖恩说过，她与父母关系疏远，但她对这件事的原因含糊其词。他们都已经结婚了，但肖恩却对此一无所知，这难道不是一件很奇怪的事吗？我告诉过戴维斯自己的许多事，还有我父母的事。但我省略了一件重要的事：我与克里斯的关系。

盒子里只有艾米丽和尼基的照片，我记得肖恩把艾米丽的照片交给了警方，我们还没把照片拿回来。我帮他挑出了艾米丽与尼基的合照，因为我们不想让孩子的脸出现在报纸或互联网上。

穿过阁楼，烟道旁有个橱柜，我发现里面的衣架上挂着一件蓝色礼服，下方还整齐地摆放着一双时尚的淡蓝色高跟凉鞋。

当我打开柜门的时候，那件裙子摆动了一下，像是一个藏在黑暗中的人一样，等着跳出来吓我。砰！一开始我被吓到了。

这是艾米丽的结婚礼服吗？我不能问。我不想让肖恩知道我在翻着柜子。他告诉过我，他希望我把这里当作自己的家，但我觉得他这么说并不是出于真心。

我把那件蓝裙子从衣架上取下来，连同那双鞋一起拿到了我们的卧室。我穿上了艾米丽的衣服，裙子太紧了，凉鞋有点儿挤脚，但我把鞋带松了一下。我就像是灰姑娘继母生的那两个姐姐，试图把自己的脚挤进水晶鞋。

我朝镜子里看了看，有种罪恶感，十分悲哀。

我把自己假扮成艾米丽，躺在床上，双脚垂放在床边，这样我才能从镜子里看到自己。我把手放在薄如蝉翼的淡蓝色裙子底下，开始取悦自己。我把自己当成了艾米丽，想象着肖恩正在注视着我。

大约一分钟我就高潮了，到来的那一刻，我大声笑了出来。我仍是个堕落的人，这并不意外。难道我是同性恋吗？但我并不想与艾米丽做爱，我只想假装成她。我把她的衣服送回楼上，整齐地挂在了原来的衣柜里。

客卧有一张带着大圆镜的华丽梳妆台，是那种在拍卖会上让人无法抗拒的家具，但当你回家后，会不解为什么会觉得自己需要它，这明明像是20世纪30年代的电影明星在补妆时才会用到的梳妆台。

在其中的一个抽屉里，我发现了一个装满了生日贺卡的牛皮纸袋，里面是一般药店会卖的贺卡。它们仍放在写着"艾米丽·尼尔森"收的信封里，她始终没有改用肖恩的姓氏，而信封上的住址是她在不同时期居住的各个地方，如雪城的大学宿舍、她在曼哈顿字母城[1]的第一套公寓。随着艾米丽在丹尼斯·尼龙公司的步步高升，她住的公寓也越来越高级。后来，这些贺卡寄往的地址变成了第86街——这是尼基出生后她和肖恩居住的地方。但她是什么时候开始住在图森市的呢？她从未与我说起过那段经历。或许她只是去那里庆祝生日，而她妈妈的贺卡也随之寄到了那里。

这些卡片都是有着花朵和气球的标准生日卡。**祝我亲爱的女儿生日快乐。祝我们最亲爱的女儿生日快乐。**

再也没有比这更私密的东西了，没有亲热的话，只有称呼语**"致艾米丽"**和签名**"爱你的妈妈"**。这些卡片上的笔迹都是用钢笔和褐色墨水写的，这是另一个时代的符号，那时的女孩们以笔迹来论高下。这个字体优美，精致而自信。

在每个信封的左下角，以同样的笔迹写着"温德尔·尼尔森夫妇"，然后是一个密歇根州布卢姆菲尔德山的地址。

那是艾米丽父母的住址。

我拿走了这个信封，把它放到我的斗柜里。我觉得拿到这个地址非常重要，尽管我说不出为什么。如果有谁能帮我厘清有关艾米丽的这些谜团，或许只有她的母亲。我知道她已经患上了老年痴呆症，但也听说她有头脑清醒的时候，或许我可以在那样的日子里去探望她。虽然我没有勇气——或者时间和自由——去见她，但我想留下她

1　字母城（Alphabet City），位于曼哈顿东村的一大片地方，因这里的大道以A、B、C、D依次命名而得名。——译者注

的地址。

还有一件事，一件重要的事，但我会发现纯属偶然。

一天下午，肖恩从公司打来电话，让我去他的书桌第一层抽屉里找一张纸，他在上面顺手写过一位客户的联系方式。他去见这位客户的时候忘了带手机，后来又忘了把这个人的电话加进通信录，而他现在就需要那个人的号码。

我能听得出他有多么尴尬，他认为自己搞砸了。我不停地安慰他，让他不要担心，人们有时会忘记更重要的事呢，而且他一直承受着巨大的压力。我并没有说，你该休息一下了，毕竟你的妻子去世了，但我们都心知肚明，我就是这个意思。我告诉他，我会找找看，找到后马上打电话给他。

那张纸是从一个黄色便笺本上撕下来的，就在他说的地方放着，旁边还有许多账单、收据、旧手机充电器，以及会议身份牌。肖恩是一个非常整洁的人，这里的凌乱让我惊讶，但没有人是完美的。而且我也见识过，只要牵扯到工作，他就可能让场面陷入混乱。我们开始搬到一起住时，我经常得（整齐地）把他那些文件和资料夹从餐厅的饭桌上清理走，否则我们连个吃饭的地方都没有。

正要关上抽屉前，我注意到一个小盒子，表面是深蓝色的天鹅绒，上面落了一层薄薄的灰尘，这是一个珠宝盒。我仿佛听到一个声音警告我不要打开，但这样却更让我无法抗拒的想要打开它。

我打开了，里面是艾米丽的戒指，那颗外围镶着钻石的蓝宝石婚戒。

我拿起了戒指，然后，我看到了她。我看到了艾米丽，我看到钻石在空中闪耀着，而我们坐在她的沙发上，她挥舞双手谈论着她喜欢的书和电影，谈论着尼基和肖恩，以及她关心的那些人和事。我们大笑着，开着玩笑，庆祝这份美好的友谊。

冲动之下，我将戒指举到眼前，似乎闻到了密歇根那片黑暗冰冷的湖水的味道，像是一股腐烂的气息。那是死亡的气息，戒指当然不会有那样的气味，但我还是非常肯定。

我的朋友不在了，这就是她所留下的全部——这枚戒指和我们的回忆。我把戒指放回天鹅绒盒里，把盒子放进了抽屉，然后使劲地关上了抽屉。我开始哭泣，这一次比我得知艾米丽去世时哭得更厉害。

我努力恢复镇定，给肖恩打了个电话。我只能这样，才不会让情绪再次崩溃。我把客户的电话号码念给了肖恩，他谢谢我，我想告诉他我爱他，但时间不对。我想告诉他，我找到了艾米丽的戒指，但我知道永远也开不了口。

我不会再从房子里寻找任何线索了，已经没有我想要或需要知道的事了。

我们的生活逐渐恢复了正常。孩子们每天去上学，肖恩正常上下班。玛丽塞拉仍旧是每个星期三过来帮忙，所以我不用做家务。我继续忙碌着，整理两个孩子的房间，收拾美术用品以便孩子们回来后可以用上，忙着烘焙马芬蛋糕，制作飞机模型。

我努力让自己忘掉艾米丽。除非我能往好的方向，以一种有益而正面的方式回忆她。我认定孩子们说看到了她，尼基身上有她的味道，以及我的所有怀疑，这些都是我们悲伤的一部分，是因为我们拒绝相信她已离去。

但她**的确**已经不在了。肖恩已经看过验尸报告和 DNA 检测结果。如果湖里发现的那具尸体不是她，那又会是谁呢？即使是在一个密歇根州的小镇，警方也不会犯那样的错误。

我看了一些烹饪的书学做菜，像是焗烤茄子、韩式炖豆腐，肖恩和孩子们最初对此很抗拒，但他们渐渐又喜欢上了，也许他们吃下这些菜只是为了迁就我，不过他们还是吃了。我不想让全家每晚都吃肉，我已经开始喜欢待在艾米丽的厨房里的感觉。我在喂养她爱的人，食物是营养，食物是生命。艾米丽装修了一个厨房，找到了一位丈夫，也找到了一位最好的朋友。在她离世后，最好的朋友会照顾她年幼的儿子。

每个人都在做出妥协，尼基不再抗拒了，开始对我友好起来，几乎与他母亲消失前，我们四个人在星期五下午放学后在一起时一样好。我把客卧——就是有梳妆台的那个房间——改成了书房，决定尽快重新开始写博客。我的读者应该接受了我和肖恩成为伴侣的事实，毕竟时间已经过去很久了。

关于养育两个男孩的挑战和回报，我有太多的话要说。在某些方面，养育两个男孩要比养育一个男孩容易一些，但在其他方面，则要困难一些。目前他们还没打过架，我非常感恩，但不知道这样的状态还能持续多久。

我和肖恩的性爱仍然与刚开始时一样美好，或者说几乎算是。当你随时可以拥有一个人的时候，你们之间的热度就会降下来，那是自然而然的事。除非是每天都有，但在刚开始或许如此，后来就没那么频繁了。有些夜晚，两个人就像兄妹一样并排躺在那里，尽管竭力不要注意到这一点，但就是会发现。

或许那就是我和克里斯之间的感情热度无法降温的原因吧，因为我们不能随时拥有彼此，不可能长久下去。

孩子们再也没有提起在学校附近或其他地方见过艾米丽的事。我决定装作一切都没发生的样子。我记得曾在书上读过集体恐慌的例子，就是会有一群人在同一时刻产生相同的幻觉，这在学童之间尤为常见。这件事发生在尼基和迈尔斯身上，但并未显现持续性的伤害。

我们会克服这个难关的，我想。

我们度过了一个安静的感恩节，只有我们四个人。孩子们帮我烤了火鸡，这次火鸡烤得非常完美，外皮焦脆、肉质鲜嫩，填料美味可口。肖恩贴心地装出不知道这个节日的由来，让孩子们告诉他，他们在学校里学到的有关这个节日的知识。英国清教徒如何来到美国，当地的印第安人如何教他们种植玉米，如何种下第一批粮食，以及他们如何靠着这些粮食度过寒冷的冬季。

那天晚上，孩子们入睡后，我和肖恩坐在沙发上，喝完了剩下的红酒。他用胳膊搂着我说，或许我们四个人应该找一个地方一起去过圣诞假期，找一个温暖的地方，一个岛屿，一个只属于我们自己的地方。他不必说出口，一定是他和艾米丽没去过的地方，墨西哥或是加勒比海，他公司的一个同事去过一趟波多黎各的别克斯岛之后，就喜欢上了那里。

还有朗姆酒和海滩上的吊床。

我说，这听上去很棒，也的确是。

我们睡得很晚，做了爱。我想，或许这能行得通。

第二天早上，我送孩子们去上学，送肖恩去车站，然后就回家了。我开始把这里当我的家，不再是艾米丽的房子，或是肖恩的房子，而是一个家。

我给自己煮了一杯咖啡，先是坐在充满阳光的厨房餐桌前。过了一会儿，我端着咖啡走进客厅，坐在沙发上。有那么一秒，我想，这是艾米丽的沙发。但又马上让自己停止了这种想法。现在，这就是我的沙发。

我想了想自己目前的生活，想了想这一切能够稳定下来并逐步走向稳定的可能性。如果幸运，我们能够一直这么过下去。对我来说，这样就足够了。

电话响了，是家里那个从来没人用过的固定电话。

我冲过去接电话。

来电显示"未知号码"。我拿起听筒，又立刻感到后悔。我听到的是录音电话打进来之前那种短暂的静默。

我正打算挂掉的时候，电话那头传来了一个声音："斯蒂芬妮，是我。"

是艾米丽，不管在哪里，我都能听出她的声音。

"你在哪儿？"我问，"你一定得告诉我！"

"外面，我在看着你。"

我跑过去，一个窗户挨一个窗户地向外看，但外面没有人。

"到厨房去。"艾米丽说,"举起你的手,我会告诉你,你竖起了几根手指。"

我举起了手,竖起两根手指。

"两根。"艾米丽说,"再来一次。"

这一次,我把两只手都举了起来,七根手指。

"幸运数字。"艾米丽说,"你一直是个聪明的姑娘。好了,我要走了,回聊。"这是艾米丽经典的结束语:回聊。

"等等!"我大叫。我有太多的话要问她,但我们如何开始这次谈话呢?毕竟,我现在住在她的家里,还跟她的丈夫生活在一起。

"不行,你**才要**等等。"是我想象的吗?这怎么听起来像是威胁呢?她挂了电话。

我环顾四周,看着周遭这一切都是艾米丽的物品,这是艾米丽的家具,这是她的房子。

刚才的一幕不可能发生。几个小时过去了,我仍设法在说服自己,艾米丽的来电是我想象出来的。

我一直躺在沙发上,或许我刚才睡着了,那只是我做的梦。自从艾米丽去世之后,我一直在做各种各样、清晰生动的梦。有些梦里会出现她,或许这次就是一个梦吧。

我没被自己说服,知道这件事的确发生过。

第二天早上,在送完孩子们后,我把杂货放进家里,深深吸了一口气后,走出了家门,走向树林。

我思量着艾米丽站在哪个位置可以从窗户外看到我。

我站在那里，看着这座房子。

一切都静止了，令人毛骨悚然。

我听到了树林深处传来树枝断裂的声音，我几乎无法呼吸。

我看到了窗户里的自己，就在房子里，这真是世界上最可怕的事。

那个人是我，又不是我。

我变成了另一个人，我独自一人，站在屋外的树林。

窥视我自己。

PART 2

第　二　部　分

25_

艾米丽

窥视，这个让我作呕又喜欢的词。**窥视**，这个词给我一种类似于过山车下坠时刺痛的反胃和紧张感。有些人会为了那种感觉而付出一切，就像歌里唱的那样，"上天，我知道，我也是其中一人"[1]。

我一直在窥视斯蒂芬妮、肖恩和孩子们。仅仅想起这个词，就像我透过厨房窗户看到斯蒂芬妮假扮成我的样子一样，让我作呕和兴奋。和我的丈夫上床，抚养我的孩子，在我的厨房把大块恶心的牛肉做得过熟。说实话，在此借用一下斯蒂芬妮的口头语，她总是爱用"说实话"，或许是因为她很少讲实话——我对此非常着迷，而不是生气。

监视斯蒂芬妮在我的房子里的样子，就像玩一些奇怪的 3D 玩具屋。仿佛房子里的人都是真人娃娃，我可以自由移动他们。我可以让他们做任何事，还可以用我的神奇武器——一次性手机——来控制他们。

只要拨打一下那个神奇号码斯蒂芬妮娃娃就会立刻跑到窗前。

斯蒂芬妮可以拥有那栋房子，但我想要回一些东西。她可以拥

---

1 出自《月升之屋》（*The House of the Rising Sun*）这首歌。——编者注

有我的丈夫，单就他和她上床这件事，就能证明他的愚蠢无可救药。

我只想要尼基，我想要回我的儿子。

在我还是小女孩时，就经常会藏起来窥视。我会蹲在窗户下面，躺在草丛里，等着那些大人做出一些远比煮咖啡、查看冰箱或（像我爸爸那样）在走廊里偷偷抽烟等更肮脏和私密的事。我知道妈妈把酒瓶藏在哪里，她**经常**从书架上取下那本大词典。她需要查什么单词吗？只因她的酒瓶就藏在那本词典后面。我看到妈妈经常喝酒，这似乎已经不是什么秘密，而是她的日常。我不怪她，这个可怜的女人嫁给了我爸，一个广受欢迎的妇科男医生、一个兰花养殖高手，他把自己培育的新兰花品种当作"最喜欢的病人"一样精心地照料。

我很少打破默默监视的法则。喝醉的妈妈听起来蠢极了！我把水灌进她那杜松子酒的酒瓶。我从窗外看着她直接对着酒瓶喝，要是她发现**我**拿着牛奶盒直接喝的话，能杀了我。喝下第一口后，她有些狐疑，好像在努力回想酒应有的味道。在喝完一瓶之后，她把酒瓶放进一个纸袋里，把纸袋拿出门，扔进车道尽头的垃圾箱。

上初中后，一开始我只是偷偷尝她的杜松子酒，后来越喝越多。她从未发现过，也可能从来不说破。我的父母对我的关注程度，简直和人形立牌没两样。在丹尼斯·尼龙公司工作的时候，我听到好多人在喝了点儿酒后，便开始谈起他们像**无父无母**的孤儿般的感受。每一次我听到"无父无母"这个词都会想，你们应该见识一下我的这种**无父无母**。尽管现在已经不可能了。父亲八年前去世，母亲已经完全无法谈起她在教育孩子时所犯下的那些错误。

每个人都有地狱般的童年，但每个人仍然觉得童年本应像天堂一般，别人的童年才是纯净的乐土，这是我们从电影和电视剧中得到的信息。小时候，总以为自己家是唯一一个不幸福、不酷的家庭，跟情景喜剧中的家庭完全不一样。讽刺的是，我永远不会让尼基去看那些腐蚀心灵的电视节目，但他的生活（轻松的中产阶级家庭，有着慈爱的妈妈和爸爸）比我和肖恩小时候更接近电视里所演的生活，而且我们其实也一直在看那些情景剧。

我想让尼基快乐地生活。这是我想做的一件事，也是我想做的唯一的一件事。

长大之后，发现自己不是唯一不幸福的孩子，这让我觉得自己的童年还不错。如果发现别人跟我一样运气不好的话，会释然很多。斯蒂芬妮总以为，每个人都和她一样走在一条坎坷崎岖的路上。即便她常常说，你永远不会真正了解一个人，但她却觉得我们之间可以。她总以为，别人也在经历着和她一样糟甚至更坏的事。如果自己和孩子相处有问题，那么，认识其他有同样问题的妈妈会对自己有所帮助。当自己最好的朋友失踪时，如果可以结识其他有同样遭遇的女人，就会感到安慰。

然而，只有少数的一群人，会等着**调查报告**的电话通知、等着告诉记者，他们很确定绝对是丈夫干的。

白天，斯蒂芬妮坐在阳台上的那个小小的工作角落里。她在那放了一张如箱子大小的过时的折叠式书桌，地上铺了一块圆形的编织地毯，非常居家却很老土。这是母婴博主的天堂，但她似乎已经不再写博客了。

那些陌生人会为斯蒂芬妮失去我、失去她最好的朋友而感到难过。她们在博客下面的评论区贴了很多关爱、拥抱、心形和皱眉的表情符号。

从失踪的那天起，我努力地控制着自己不要完全把斯蒂芬妮的脑子弄晕。这就像是把我的脑子缠上绷带，而我只是稍稍折磨了一下斯蒂芬妮，就能感到一丝开心。但我也很痛苦，因为每当夜晚降临，或是一天中的任何时候，我都会想起那是我的房子、我的丈夫和我的儿子。

我鄙视肖恩，因为他居然能够和这样一个人在一起，尽管他是在利用她来熬过失去我的悲伤。理论上，我可以再给他一次机会，让他知道我并没死，看看他能多快甩掉斯蒂芬妮，这一定会是一出好戏。

但他没有通过测试，或者说是两次测试，我不会再给他第三次机会。

重点在于斯蒂芬妮并不聪明，而这正是我们需要的，也是我选择她的原因。

我从没跟斯蒂芬妮提过我母亲酗酒的问题，这是我不愿意让别人知道的事。但肖恩是知道的，那也是因为他妈妈喜欢喝大杯甜得发腻的雪利酒，所以我和肖恩有这个共同点。

肖恩对我的了解，大概仅止于此。我非常小心地不泄露这些信息，控制信息是我经常做的一件事，也是我赖以谋生的手段，这也是丹尼斯雇用我的原因。我能让事情看起来像另一回事。

我只告诉肖恩会让他感觉和我相像的事，绝对不会让他觉得跟我有什么不一样。也就是说，我要略过一些相当基本的信息。老天，斯蒂芬妮过去常常唠叨着这样或那样的秘密。我会听着，或者心不在焉地听她说，而我心里想的是：我们**必须**保守秘密，要在这个世上生存，我们就需要秘密。我有很多秘密，比我透露的还多，你绝对意想不到。

通过窥视母亲的一举一动，我意识到：我们并不知道自己正在被人窥视。我们自认为非常警惕，甚至自欺欺人地以为与那些在野外生存的动物有一些共性。但我们已经失去了这项本能，或者说是第六感。如果野外充满掠食者的话，我们连一天都活不下去。

只能留下一个掠食者，就目前而言，那就是我。

除非亲眼看到或亲耳听到，不然，我们房子后面的树林里可能藏着众多狙击手。可能有个变态狂住在我们公寓后院对面，架着双筒望远镜，向变态之神祈祷我们能脱掉衣服。

我在纽约的第一间公寓居住时，小巷对面就有一个这样的家伙，当时我刚刚入职丹尼斯·尼龙公司。

我抓住了那个家伙。他一身肥肉，穿着一件背心，裤子脱到了膝盖，有一个超级大的双筒望远镜。我隔着小巷冲他竖了中指，他也冲我竖了中指。他放下望远镜，眼睛直勾勾地盯着我。

我应付不了这种事，只好搬走，押金也没能拿回。

我找到了更好的公寓。

我要求丹尼斯给我加薪，也得到了。他喜欢这种很有权力的感觉，只要赏我一些小钱，就可以把我从变态狂的手中拯救出来。

现在，**我成了**附近徘徊的变态狂。斯蒂芬妮需要被拯救，从我的手中被拯救。

我很喜欢一部叫作《偷窥狂》的英国电影。电影讲的是一个精神变态的连环杀手，在杀害一个又一个女人的时候，他会拍下杀人的过程。他有一台摄像机，三脚架暗藏一把刺刀，他把那些漂亮的女孩钉在尖桩上，这样就可以拍下她们脸上恐惧的表情。他是一名真正的艺术家，一个真正的强迫症患者。

这是丹尼斯·尼龙喜欢的电影。所以我们有这样一个共同点。

这是一部毁掉了一个电影导演职业生涯的电影。每个人都会觉得这个人太病态，没人会跟他合作，尤其是这部电影还赔了钱。在1960年，《偷窥狂》显得太过激进，即使在现在它也依然是，但对我来说不是，对丹尼斯来说也不是。

让我吃惊的是，肖恩并没有看过这部电影，尤其作为一名英国人和一个故作爱好艺术群体的边缘人士来说。难道他的朋友没看过这样的电影吗？我没有人可以询问，他以前认识的朋友已经一个都找不到了。他那些酷酷的大学同学都没进入银行业，我们认识的时候，他已经不和他们来往了。我知道，如果我想的话，就可以拥有他。我会让他觉得，如果他跟我在一起，仍然可以成为那个最酷的孩子。

肖恩很会做生意和赚钱，但他从未真正谈过恋爱。我让他知道了激情是什么。我让他认为，没有我他活不下去。他是一个非常容易被改变的人，一个容易相信自己能掌控一切的人，这是他身上所具有的那种吸引力。他是一个非常好的恋人：耐心、有创造力、性感，这一点非常重要，他比普通男性更加特别。太多男人在做爱时都心急火燎的，就像是有辆开着计价器的出租车在街边等着他似的。

我能够把肖恩变成任何我希望的样子。我要做的只是弄清楚我想让他成为什么样。

　　我和肖恩相识在自然历史博物馆举办的一场特别糟糕的慈善晚宴上。整个晚上我大约有半数时间都满眼含泪，因为当时一切事情的进展都很糟，先是一名重要的投资者从楼梯上跌了下来，然后是那名要价不菲的名厨切到了自己的手指。我努力解决各种难题，这样才没人注意到那一团乱，一旦这一切被丹尼斯得知，他会勃然大怒，我们**所有人**都可能丢了工作。

　　肖恩向自我介绍，说他在这家投资公司工作，与丹尼斯·尼龙是合作伙伴。因为担心之前我们其实已碰过面，所以我佯装知道他。不过，假如我们真的见过，我肯定会记得的。

　　他说："我们可以找时间一起吃个饭吗？"

　　非常温柔，非常酷，非常直接。

　　晚餐约会后不久，我邀请肖恩到我的公寓一起看《偷窥狂》。这是我们的第三次约会。邀请一位魅力十足、富有、绅士、品性正派的男士，观看自己喜欢的一部有关心理变态的连环杀手的电影，这既是一次考验，又充满风险。假如我装作自己最喜欢的电影是《音乐之声》的话，那我或许在开始之前就已经放弃了。谁想跟一个喜欢那种女人的男人在一起呢？

　　我们一起看了《偷窥狂》，整个过程中，他的胳膊始终环抱着我。我们已经上过床，那是美好的性爱，甚至可以说是很棒的性爱。所以我猜想，他以为这不仅可展现高超的技巧之外，还有自制力和良好的修养。我说他自以为表现超级棒，并不是为了显示自己的无情或自夸。

我认为他的经验不多，大多数是与那些快快不乐的英国大学生和银行里那些失意的实习生之间那种温暾的关系。

现在，他对我极尽娇惯，陪我看喜欢的电影。我有过很多男朋友，知道这只是许多男孩在一段关系之初所做的事。以后，他们就会离开房间，或者要求看其他电视节目，或者直接抓起电视遥控器，把电视调到篮球比赛。

在看电影的过程中，我和肖恩都没说话。后来，他用那种英国人特有的令人讨厌的三音节发音方式说："太棒了！但我觉得这有点儿太激进了，你不觉得吗？"

不及格！他认为这部电影**有点儿太激进了**。他也是那种相信人性本善的懦弱家伙吗？是那种会避看描写痛苦、苦难和暴力的图书或电影的人吗？世界上确实有那样的人——多得超乎你的想象。

但肖恩不是。他只是装成一个好男孩，不然就是装成一个坏男孩的好男孩。我对《偷窥者》的喜欢让他感到兴奋，他认为这部电影非常性感，虽然恐怖，但恐怖并非坏事。这是男生可能喜欢的那种电影，而不是女孩。或许是因为他那些乏味的前女友，他认为女生下班后，只想蜷起身喝一杯灰皮诺，看看最新重拍的简·奥斯汀的电影。

我喜欢龙舌兰酒，最好是麦斯卡尔[1]那种，但得在肖恩不在场的情况下才能喝。

后来事实证明，他果然是黑色电视剧的狂热粉丝，如《绝命毒师》和《火线》。这些电视剧我并不那么喜欢，虽然公司里的那些小朋友

---

1 麦斯卡尔（Mescal），龙舌兰酒的一种，主要产地为墨西哥南部。——编者注

都很喜欢，但我很难理解那些角色。

我们私奔到了拉斯维加斯，没告诉任何人。我们在猫王教堂结了婚，并在百乐官酒店的套房大床上缠绵了三天。这是一段美好的假期，有性爱、客房服务、香槟和电视，并互相展现自己。

肖恩建议我们在蜜月里去拜访他在英格兰北部的妈妈，这不是一个聪明的建议。他不断告诉我，那里多么绿草如茵，旷野多么浪漫。他知道我喜欢《呼啸山庄》，而他的家乡离勃朗特三姐妹曾经居住的霍沃思牧师公馆只有一个小时的路程。

经过尽是荒凉和蒙蒙细雨的两周，只有糟透了的寒冷漏雨，以及云层低垂到根本看不到的旷野。我讨厌那种寒意从皮肤渗入骨头的感觉。为什么要来呢？只为了参观那座满是少女观光客的小房子？而我和肖恩只能在其中艰难穿行。我们大老远回到他的家乡，难道只是为了在一排潮湿阴冷、暖气不足、发霉难闻的低矮房舍里过夜？去看望一个不喜欢自己儿子、更不喜欢我的干瘪酸涩如果核一般的妇人？

通常，我尽量不去可怜别人。我认为，这对那些被可怜的人无益，对那些可怜别人的人也同样无益。但是，当我看到那座房子！那龟裂的油毡地板，那散发着难闻气味的煤气炉，那厚重阴暗的窗帘，以及那些从亨利八世以来就有的散发着炖羊肉味的家具。我心想，可怜的肖恩！

有天，当肖恩出门采购时，我把自己的酒拿给他母亲，让她尝了一口。我做了个介绍：**肖恩妈妈，这是金快活牌龙舌兰；龙舌兰，这位是肖恩的妈妈**（其实是赫拉多拉龙舌兰，廉价的龙舌兰总喝得我头疼）。在喝了一辈子雪利酒之后，这简直是天启。我警告她，如果她告诉肖恩，我会杀了她。她笑了起来，像那种便秘时发出的"嗯嗯嗯"的声音，她以为我是在开玩笑。

那天晚上，她睡得很早，所以肖恩未怀疑她喝醉了。而这件事让我和他妈妈成了一种近乎共谋的关系，使得我们在这里此后的每一天都过得几乎有趣了起来，但也只能说是几乎。

哦，那时**的确**还发生了一件有趣的事。

在我的生活中，常常会不时为令人窒息的乏味而感到痛苦。就和其他人感觉到就快偏头疼或头晕一样，我也感觉得到何时窒息就要发作。我也明白，自己得采取行动，才不会沉沦或后悔。自从孩提时代，我就一直有这种感觉，我知道必须做点什么才能摆脱，就像被蚊虫咬了，不得不用手去挠一样。

于是，我偷走了肖恩母亲的戒指。

它非常漂亮，两颗大钻石托着一颗蓝宝石，搭配黄金底托。刚到不久，我就恭维这枚戒指，她则絮絮叨叨地跟我说着钻石的切割工艺和镶嵌工艺，说着这枚戒指以前属于谁，她的丈夫在结婚之前如何送给了她，以及这枚戒指的历史可以回溯到遥远的穴居时代。后来我没再继续听下去，不记得自己是不是在当下就决定偷走它，还是临时起意。

有天晚上，和往常一样，我让肖恩的妈妈喝得微醺。我很惊讶当妈妈比平常更讨厌和挑剔时，她的儿子竟然丝毫没有察觉。我猜想，他对妈妈一向不抱什么期望。那天晚上，她催促肖恩去客厅看电视，说女士们会收拾。她小心地把戒指放在水槽上方的窗台上，然后开始洗碗，接着她脚步蹒跚地去了厕所。

我把戒指装进了自己的口袋，就那么简单。是一时冲动？预谋？我不知道，也不在乎。从本性上说，我不是个偷窃狂，这件事比较特殊。

　　直到洗完餐具，她才想起这枚戒指。然后，她瞬间抓狂了，像一只受伤的动物那样呻吟着。她的戒指！她那枚漂亮的戒指！找不到了！哪儿都找不到了！掉到水槽里了吗？她为什么不小心一点呢？没了戒指，她可怎么活啊？

　　我们把整栋房子翻了个底儿朝天，可怜的肖恩，孝顺的儿子不得不跑到地下室，把肮脏的水管卸下来，在管道里寻找戒指。

　　你猜怎么着？那枚戒指一直没找到。当他妈妈向我们道别时，她仍然哭哭啼啼的——与其说是因为她的儿子和新儿媳就要离开，倒不如说她仍然在为那枚戒指伤心难过。

　　在飞回纽约的航班上，我们乘坐的是商务舱，我向肖恩指出了那一点。

　　我说："你妈妈爱那个戒指胜过爱你。"

　　他说："别对她那么苛求，艾米丽。"

　　这时，我从我的钱包里拿出了那枚戒指给他看，他惊喜万分。

　　"你找到了它！"他说，"你是个可爱的天使！妈妈一定会高兴的。"

　　"不。"我说，"是我拿走的，我不想还给她，她会把戒指带进坟墓里的，多么可笑的浪费啊！"

　　这算是我那怪异的美式幽默吗？还是恶作剧？肖恩笑了一下，好像告诉我，他听懂了这个玩笑。

　　我不是在开玩笑。

"你偷的？"

我扬起眉毛，耸了耸肩。

"我想要。"我说，"所以我就拿走了。"

"你必须还回去。我会告诉妈妈，你在厨房的时候，戒指掉进了你的包里，而你刚刚才发现它。"

"请小点儿声，亲爱的。乘务员在看我们，她们一定在想这对可爱的新婚情侣（肖恩告诉过她们，我们正在度蜜月）闹了小别扭吗？"

"我不会还回去的。"我说，"你妈妈会怎么做？把她儿子的新娘引渡回去，让警方逮捕我？如果你想告诉你妈，说我找到了戒指，它莫明其妙地进了我口袋，那么我会告诉她，是我偷的，是故意偷的。你觉得哪样对她来说更糟？想想她失去戒指，或者得知她儿子娶了一个小偷、一个骗子和一个让她和她儿子痛苦的施虐狂之后，会怎样？"

实际上，这并不是我这么做的原因，我不想让任何人痛苦，我只是想要那枚戒指，我喜欢。我不明白它为什么不属于我。

我说："或许我应该告诉她，是你偷走了那枚戒指，因为你想把它送给我。"

肖恩凝视着我，他知道我心意已决。我看得出他怕我，他怕我身上还有他从未起疑的另一面。我有很多事他不知道，是他始终没有发现——而且可能永远也不会发现的事。

他觉得我会怎么做？我始终不知道。但他为什么仍要跟一个并不信任而且还害怕的女人一起养育孩子呢？我想是因为他爱我，或许他也爱上了那种恐惧感。

"好了。"在向乘务员又要了一杯香槟后，我说，"你要把这枚戒指戴到我手上，告诉我你会永远爱我。说'以这枚戒指起誓，我将永生永世对你忠诚'。"

"你已经有一枚订婚戒指了。"他说。

"可我喜欢**这**枚。"我说，"我已经把你送我的那枚卖掉了。你没发现吗？"实际上，前一天我还戴着那枚戒指。我会在回到家后就卖掉它。

肖恩握住了我的手，把他母亲的戒指戴在我手上。他声音颤抖地说："以这枚戒指起誓，我将永生永世对你忠诚。"

"永生永世。"我说，"现在……二十秒后到卫生间找我，敲两声。"

在飞机上逼仄的卫生间里，我们站着做了一次爱，我的臀部靠在水池上。我拥有了他，他是我的。

* * *

直到现在，我才惊觉肖恩是如此的愚蠢和懦弱。居然蠢到和第一个清楚表明只要他想，便可以拥有她的女人上床。

我知道他以为我死了——尽管我明确地告诉过他，不要相信任何表明我已经死亡的结论。他不能按照我的指示去做吗？难道我必须要告诉他不要相信尸检报告？难道我必须要告诉他，即使拿到了我的戒指——他母亲的戒指，也并不意味着我真的已经死了？尽管这对肖恩还算公平，但我并没有料到戒指会重新回到他的手中，这是一个额外的收获，一个意外。肖恩妈妈的戒指再次创造了奇迹。

肖恩是个诚实的人，但他太诚实了，太轻信他人，事实也证明了这一点。总之，他太单纯了。

我告诉过他：**我不会死的，不管你听到什么消息，我都不会真死。**这就像是神话故事里的警示：**在我们走出地狱前，不要回头，不要向后看。**这一次，英雄又搞砸了。

即使肖恩相信我真的喝得烂醉，被药物搞昏了头，在冰冷的湖里游泳而溺亡，难道就不应该有一个体面的哀悼期吗？有一个让他尽情悲伤、逐渐忘记我并重新开始生活的恢复期？借用斯蒂芬妮的话，这才能下定决心"重新开始"。或许过一段时间，肖恩会找到另一个女人，他不会再像对我一样宠溺和想得到她，但会为他做饭、做家务并照顾尼基。

没想到，那却是我"最好的朋友"斯蒂芬妮？真让人**难堪**！在遇到我之后，还会看得上她，这真是太侮辱人了！她的内心伤痕累累、一片混乱，充满了负罪感，所以打算成为有史以来最好的妈妈，以此来为自己赎罪。她就像一块肮脏不堪的浴垫，却偏要装出体面人的样子。

肖恩跟她在一起，简直是疯了。我怎么会嫁给这种人？在他以为我死了的那一刻就立即跟斯蒂芬妮搞上了？！

或许，复仇要一步一步来。

当我站在院旁的树后，看着斯蒂芬妮像一只关在笼中的小鸟，不安地从一扇窗户跑到另一扇窗户时，我看到了肖恩的愚蠢。她在努力寻找我，看我到底在哪里。她先是竖起了两根手指，然后是七根，并紧紧地盯着树林。

她在想：救救我！救命啊！

我想让斯蒂芬妮在我家里不停地跑来跑去，从一扇窗跑到另一扇窗。她害怕走出家门，我看了她好一会儿，然后就离开了，我的车就停在公路的另一头。

我开车回到了丹伯里套房酒店，用一个假名和一张伪造的信用卡登记了入住。我开着妈妈的车，把租来的车抛在树林后，便从我家的湖畔小木屋取了这辆车。

我敢打赌，斯蒂芬妮一定不会告诉肖恩我打过电话，或者我在监视他们。她过去经常担心别人会觉得她疑神疑鬼和不可理喻。她会说（我现在仿佛听到了她的声音）："人们总是想让妈咪们认为她们不可理喻。这不是很可怕吗？"我一直厌恶她说妈咪们这三个字的语气。这是我在那些可怕的星期五下午不得不一遍遍听到的话，尽管当时我满脑子想的都是星期一该如何处理丹尼斯最近的崩溃。

如果斯蒂芬妮敢透露真相：一个死了的女人不仅还活着，而且还在偷窥她的生活——哦，那或许会让人们认为她疯了。那会证明，她确实不可理喻。我从来不担心别人会认为我是疯子，毕竟我是丹尼斯·尼龙公司穿着完美、妆容精致的发言人，也是理性能干的母亲和妻子。如果有人知道真相，他们或许会认为我比斯蒂芬妮更疯狂，而斯蒂芬妮只是有些愚蠢，不那么伶俐，极度缺乏安全感而已。

如果肖恩承认了什么的话，他就不得不全盘承认：我们计划骗取保险公司（相对算是）一小笔的保险金。肖恩从他的金融工作中学到了一点：永不摊牌。扑克玩家和银行家都知道这一点，寻求刺激的人也知道，以及最真诚的好朋友也是。

***

我们的计划始于一个小小的游戏，我相信很多夫妻都会玩这个游戏。如果有上百万美元从天而降，我们会怎么做？我们会辞掉工作，然后带着尼基去一个美丽的地方，住到所有的钱花光为止。当然，这只是一个幻想。

肖恩在事业上非常成功，我也有一份不错的工作，我们有一栋漂亮的房子，还有一个聪明的孩子。

你或许会以为，我们非常满意现在的生活，但事实并非如此。或许不满足并不是什么值得分享的事；或许焦躁不安并不是一桩婚姻最坚固的磐石。可能婚姻中的两人都焦躁不安，那也要好过一个人独自焦躁。肖恩看不起他就职的骗子公司，痛恨公司从他身上榨取的时间和精力。这让我更容易说服他，我正在计划的事是类似侠盗罗宾汉的行为，就像《雌雄大盗》中的邦妮和克莱德。

同时，我也已经受够了时尚业，如果 T 台上的模特摔了个跤，每个人都会有种世界末日的感觉。那些模特喜怒无常，只要抽烟和喝水就会饱。

我和肖恩每周都会买彩票，如果我们中了奖，就会辞掉工作，搬去意大利乡下或法国南部，一直住到钱用光，再想下一步怎么办。

我想到了另外一种……彩票，一种我们更容易控制的彩票。我们需要这笔奖金来拯救自己——过得更加富裕，过上我们想要的生活。我们能有时间陪伴儿子，不用工作，也不用整天疲累和压力重重。

我告诉他，那就是我们想要的生活。现在，结果却发现，他想要的是斯蒂芬妮，但没关系，我并不在乎。

我一直想要尼基，我想要我的孩子，现在仍然这么想。

我让肖恩看我喜欢的电影，从 20 世纪 30 年代至 40 年代以来所有的黑白恐怖电影，每天晚上看一部。那就是我们开始开玩笑说要干这事的缘起。起初，那只是一个玩笑，肖恩从来没有想过我真的会这么做。

我解释了其中的逻辑步骤，肖恩就像电影里那些鬼迷心窍的男人一样，对我言听计从。他是弗莱德·麦克莫瑞，我就是芭芭拉·斯坦威克[1]。

我们需要斯蒂芬妮，或者说，需要一个像她这样的人。她太合适了，有时候我有一种可怕的感觉，她仿佛就是我创造出来的最合适的人选。在我们的计划付诸实施时，她的存在使我们能够跳过其中的几个步骤而直接达到预期目标。

她太完美了，当她出现且在毫不知情的情况下成为计划的一部分，使得这一切变得更加合理。当这个计划还只是个玩笑，我们未下定决心前，她的存在使得成功的可能性大大增加了。

斯蒂芬妮不会有任何怀疑，我相信她不会。她能交到一个朋友就很高兴了。每次听她使用"妈咪朋友"这个说法，我都觉得非常恶心。

我从众人之中选择了她，从一群等待孩子放学的母亲中选择

1　弗莱德·麦克莫瑞和芭芭拉·斯坦威克为 20 世纪初美国知名演员，两人在电影《双重赔偿》中饰演一对合谋骗取保险金的男女。——编者注

了她。

当人们提起掠食者，大多指的是性爱、权力、软弱和犯罪行为。恋童癖掠食儿童，强奸犯掠食妇女。从原始性上说，捕食行为的动机是饥饿，如大鲨鱼吃小鱼，强者掠食弱者。

但我们并不是这种情况。斯蒂芬妮是一个成年人，她儿子是尼基的朋友，这是一个完美条件，简直是上天注定。

这一切始终都为了尼基。我和肖恩如此努力地工作——经常工作到深夜，有时甚至要周末加班——所以，我们几乎见不到他的面。他正在一天天长大，而我们始终没有时间陪他。他又是我们唯一的孩子，我们永远不会再有第二个孩子了。

怀上他是一件很轻松的事，但分娩时却异常艰难。医生曾把我们叫进办公室（这向来不是什么好信号），说我将来再孕会有生命危险，对宝宝也一样，即使我能怀足孕（概率极小）。

我开始使用低剂量的避孕药，效果似乎不错，一直没发现任何副作用，或者说没有医生愿意承认的副作用。但我感到自己极度易怒，甚至非常焦虑和不耐烦，但或许那不是避孕药的影响，只可能是生活本身的问题。生活中的每件事和每个人都让我心烦，除了尼基。

我不知道肖恩和斯蒂芬妮在用什么避孕措施，因为在这方面，斯蒂芬妮有过令人不安的出错记录。她宣称怀上迈尔斯是个意外，她和她丈夫是在参加一场别人的豪华婚礼后意外怀孕的。

我的计划和肖恩的让步，就是这一切结合之下的结果。我认认真真看过那些旧电影和新合同。二十多页纸，一个又一个条款，彩色塑料标签贴在了需要肖恩签名的空白处。然后，你猜怎么着？第二十二页是肖恩和他配偶的人寿保险申请，每个月只要从工资里扣掉很少一部分，就可以获得一笔巨额保险。

我坚持了很久，每天早上，只要和肖恩在一起的时候，我都会提起它。有时，我会在夜里把肖恩叫醒，接着我上次的话继续说服他。起初，他不愿这么干，看不到我描述的种种美好愿景。他或许以为我疯了，但他知道我是认真的。如果他拒绝呢？拒绝的后果可能会比我想让他做的事还糟，或许远比他想象的更可怕。

一天晚上，在我们做爱之后，这是让肖恩或任何男人改变主意的最佳时机，我又把这件事提出来了。真让人生气，虽然你有着世界上最聪明、最酷的想法，但要让男人信服你，必须先睡了他。

"我们的生活没有那么糟糕。"他说，"亲爱的，我们是忙得不可开交，但不会永远都这么辛苦。再说尼基看起来也很快乐啊。"

我说："肖恩，这就是你想要的吗？通宵达旦地工作，几乎见不到我们的孩子，他可是我们这辈子唯一的孩子。你想一朝醒来，发现他已经上大学了吗？你想日复一日地重复着同样的生活，这样……乏味吗？"

我说了太多，快要把自己的秘密暴露出来了，我必须赶紧打住。**每个人都有秘密**，正如斯蒂芬妮没完没了地说的那样。

"你是说，你厌倦我了吗？"肖恩问道。

是这样的，但我不会承认。

"肖恩，你不想冒次险吗？把我们所有的筹码都赌上，孤注一掷。不顾一切地活一次，过惊险刺激的生活。你想等到某一天，我们无奈地说'人生就只能这样了吗？'"

这让他不再反对，他知道我说的意思是：**你的人生就只能这样了吗**？有什么能阻止我不去找一个比肖恩更有钱和时间的人呢？而且我还会把尼基带走。

我永远不会那么做的，肖恩是尼基的爸爸。什么都改变不了这一点，没有人能够取代他。

我不停地说服他，如果我们想继续过现在这样的生活，便会慢慢被生活推着走——房贷、车贷、墙上的艺术品以及那些置装费，即使我能用公司提供的折扣买衣服，但也只能上班穿。我们掉进了生活的陷阱，没有出路。自从搬到康涅狄格州以后，房价一直走低，如果我们卖掉房子就亏了。但我们也承担不起重新搬回曼哈顿的高昂费用，除非是住在布什维克[1]或挤在中城区那些战后建起的一居室里。即便我和肖恩的薪水都加起来，我们也需要办一大笔贷款，或者去租房，而租房又贵，而且住得也不如意。

这是我第一次没有反对肖恩在电视前放松一下，但现在我只允许他看《猎屋高手》和《猎访国际名宅》等所有与买房有关的电视节目。每天晚上，节目里一对夫妇会决定在一个陌生的地方开始一种新的生活。比如，安提瓜岛、尼斯、撒丁岛、伯利兹。为什么呢？因为他们想从无休无止的竞争和压力中逃离出去，想用更多的时间陪伴家人。

"**他们**都做了。"我告诉肖恩，"那些废柴正在做的事，正是你连尝试都不敢尝试的。"

1　布什维克（Bushwick），位于纽约市布鲁克林北部的一个工人阶层社区。——编者注

"他们的钱都从哪儿来？"他说，"他们永远都不会告诉你。"

"我知道从哪儿可以弄来钱。"我说，"钱不是问题，关键你有没有胆量去干，这才是问题。"

在飞机上，我还记得肖恩把他妈妈的戒指戴到我手上时的神情。早晚有那么一天，他会按我说的话去做，这只是个时间问题。

肖恩会从他公司提供的人寿保险中选择保金最高的那一款，然后我就会消失，躲起来一阵子，我必须制造自己已经死亡的假象，这是最难办的一点。但在小说和电影里经常看到这种桥段，真实生活里也不乏其例，他们都成功地做到了！

所以，这一定是可行的。至于怎么装死，我们需要好好想一想。

我需要消失多长时间，这取决于警方在寻找我的过程中可能会遇到的困难。另外，我会改变自己的容貌，再搞一个假护照。

肖恩会拿到那笔保险金，我们会搬到欧洲的某个天堂般的地方定居。在那里，不会有人向这对令人羡慕的美国移民夫妇和他们可爱的儿子提出任何问题。我们会用现金支付租金。

等钱花光之后，我们再好好盘算。但如果我们谨慎一点，短时间内这种情况不会发生。我们会过得非常开心，做想做的事，永远不会再感到乏味。

这不是最合理的计划，整个计划还有瑕疵，需要进一步完善。或许，没有一个正常人会真的以为这个计划能够奏效，但我喜欢这个计划，因为它是一次孤注一掷的冒险行动。它完全不是冗长乏味和万无一失的计划。

我已经读过了所谓的"感应性精神病"的相关文章。两个人（这又是另一个让人生厌的字眼）在一起能触发对方的心理疾病。我重读了《冷血》[1]，这一次，我注意到当两个人相遇时，他们之间产生了邪恶化学反应，如果两个人不曾遇到对方，那么杀戮将永远不会发生。

如果我们接受了这个计划并付诸实施，我和肖恩也会像那两个人一样吗？我们会激发对方去做一个人绝不可能做的事吗？而我们真正伤害的人又是谁呢？我们并不是在谋杀一个正派而勤奋的农夫和他的妻儿，而是在帮自己取得资金，因为这家公司从那些正派而勤奋的人身上偷走了不少钱。

当我们都觉得这个计划很性感时，或许这不是一个好的预兆。讨论这件事已经开始让我们兴奋不已。策划环节是前戏，此后的性爱几乎就和他在飞机上把他母亲的戒指戴到我的手指上时一样刺激，只是几乎。

我告诉自己，这**才**是一个好的预兆，充满激情的婚姻对我们双方都好，对我们的身体和灵魂，包括我们的尼基，都有好处。

在外面的时候，我们表现得跟正常人一样，甚至比正常的夫妻还要恩爱。一对成功的中产阶级夫妻，各有一份重要的工作，住着一栋豪宅，还有一个可爱的孩子。哦，对了，还有一个最好的朋友。

我需要有人相信我，并且把我的故事告诉全世界。最重要的是，我需要一个人在尼基感到最难过的时候能照顾他，直到我们的小家庭重新团聚。我的选择可以是艾莉森——尼基的好保姆，但她决定

---

1 《冷血》（*In Cold Blood*），是美国作家杜鲁门·卡波特创作的一部长篇犯罪纪实文学作品，讲述的是 1959 年 11 月 15 日美国中部堪萨斯州发生的一家四口惨遭两名凶手共同杀害的血案。——译者注

要回学校念书，而且她不想做全职保姆。我需要一个能把尼基放在首位的人，或许仅次于她自己的儿子，当然，亲密到这种程度就可以了。

这是个疯狂的计划，就像人们从报纸上看到的那种疯狂的孤注一掷的计划一样，而且还会想：谁会上那样的当呢？谁会幻想有人会买账呢？但我和肖恩不能坐下来，找一个合理的、按部就班的逃脱计划，**那**将对我们的婚姻有害无益。肖恩仍需视我为那个叛逆女孩，在第三次约会时就邀请他看《偷窥狂》的叛逆女孩，而他也仍然需要把自己视为是那个坏女孩的丈夫。

我变成了友谊的掠食者，正在四处寻找一个新的闺密。这与性和权力无关，而是关乎亲密度和信任感，关乎养育我们的孩子，关乎母爱。

每个星期五下午，我都会提前下班。这可不是一件容易的事。虽然丹尼斯·尼龙公司对有利于家庭的弹性工作制度一直大肆宣传，而我也是写这些新闻稿的人，但是假如布兰奇——丹尼斯的"忠犬"副手——跟我说，我不能在星期五下午提前下班去接我儿子放学，那观感可就不好了。

我站在尼基学校附近的一棵树下，注视着其他妈妈。我在寻找尼基，也同时寻找着合适的妈妈。

她将是我最好的朋友。

这很容易跟我在工作上要做的事相比拟，在时装秀、推广活动和会议中，扫视房间和场地，确认有无差池。一个名人如果拿错了伏特加品牌，那将是一场灾难！

寻找一位妈妈并成为朋友，我觉得自己就像个变态，在商场里寻找那种咬着头发、没有安全感的、处在前青春期的胖女孩。我在寻找一位"妈妈队长"。

妈妈队长是我和肖恩对那种前后都背着背包、婴儿背带，推着婴儿车，还带着一应俱全的便携式婴儿床、高脚椅的妈妈们的称呼，她们身上挂着婴儿背带，身穿像太空服一样的外套，如果必要，随时都可以带着孩子坐上火箭去火星，婴儿被包裹得温暖而安全。

我在寻找愿意成为我最好朋友的妈妈队长。这位妈妈队长也在寻找着我。

斯蒂芬妮准确地判断出了其他妈咪的不友好态度，我、肖恩和尼基一直住在上东区，所以这样的冷漠对我们来说并不陌生。即使搬过去几个月后，我们仍然要面对那些来自曼哈顿式的冷漠。

开学后的前几周，我看到这位妈妈队长向我的方向看。直到那个下雨天，她忘了带伞，我们才正式有了目光接触。即使从很远的地方，我也能看到她眼睛里一闪而过的惊慌，仿佛忘了带伞是一场灾难似的。当时的天气一点儿也不冷，甚至雨下得也并不大，我习惯了名人们有这样的举动，但没见过普通人也如此。然后，我看她焦急地盯着校门，我意识到，她不是担心自己淋湿，而是担心她的**孩子**从学校走到车里这一分钟会淋湿。

我朝她挥了挥手。我带了一把公司的伞，那是丹尼斯授权制造的雨伞，大而轻便，格外耐用。

公司做了十几个样品，然后就取消了订单，因为价格实在太可笑了。之后，丹尼斯改走传统路线，接下来的设计真是大师之作，那把伞简直就像一顶帐篷。他仿效属于传统银行家必备的一种英式雨伞，当我把其中一件样品拿给肖恩时，他很感动，以为是我特意为他订制的。直到我们搬到一起住时，他才明白这十几把伞都是免费的，是丹尼斯·尼龙公司举办名人活动时送嘉宾剩下的。在这些活动中，公司会发布顶级的酷设计，这些活动取得了不错的效果，总会有些女星试图通过我的助手，索要那些我们并未制造出来的特别鞋款。这种银行家雨伞，公司卖了十万把，主要销往日本。

总之，我邀请了那位焦虑不安的妈妈到我这把超大的、有小鸭图案、由设计师专门设计的雨伞下来避雨。"嗨，"她说，"我是迈尔斯的妈妈斯蒂芬妮。"这把伞简直是为斯蒂芬妮设计，伞款就为她这类型的人所制造。一如往常，丹尼斯又对了，只是这次并非我们品牌受众爱用的款式。

斯蒂芬妮的反应，犹如身处在满是鲨鱼的大海中，我的船拉起了她那摇摇欲坠的救生筏。让斯蒂芬妮到我的伞下避雨，就像让一只兴奋的幼犬分享我的狗粮似的。

我把伞送给了她，因为我想让她感到自己是与众不同的，是被选中的。我告诉她，这伞是丹尼斯公司的孤品。后来，她来我家时，我看到她瞥见了我家那些相同的伞，我心中的警铃响起，我告诉自己："调整一下说法——所有**说法**。"从此以后，我都是这么做。

尼基与迈尔斯是朋友，她认为我知道这一点。否则，在这个傲慢势利的康涅狄格州，我是不会向她挥手的。

我知道尼基有一个名叫迈尔斯的朋友，但那时，我和尼基不常聊天，我们没时间。他经常在我到家之前就睡着了，艾莉森会喂饱他并哄睡。有时，肖恩整个星期都见不到尼基。

这也是我们这个计划背后的原因，或者说是部分原因。原因一：我想多看看我的儿子。原因二：我需要做一些冒险、不枯燥的事。原因三：谁会错失一次只要好好玩一下，就能赚到两百万美元的机会呢？

我把斯蒂芬妮和迈尔斯邀请到我家，我知道肖恩会工作到很晚，即使在星期五晚上也是。两个男孩很高兴能够在一起，便跑开一起去玩了。

我记不起我们之间第一次谈话的内容了，我好像是对斯蒂芬妮所说的一切都表示赞同。"是的，当妈妈真的好辛苦。""是的，这件事需要全心投入。""是的，随之而来的感动和责任感让人非常惊喜。也是惊讶，也是回报，也是一场噩梦，但也很开心。"

我不停地点头。

斯蒂芬妮欣喜若狂，她找到了一个精神上的同类。而我则找到了在漂亮的助手神秘消失后，协助魔术师持剑划过箱子的帮手。

多年以前，丹尼斯·尼龙公司的创意总监帕姆策划了一组时尚大片的摄影主题。要上过电视的专业扑克玩家穿着丹尼斯公司当年推出的紧身套装拍照，呈现出其热带特色、轻盈材质、略带帮派风格，以及微微发亮的深灰色设计。

帕姆没考虑周全，扑克冠军们穿的衣服尺码很怪。肥胖的牛仔、矮壮的男人，或是不管穿什么看上去都像是个废柴、令人讨厌的数学家。

只有一个家伙特别性感，那是一个被大家称作乔治·克鲁尼的知名玩家，尽管他只是长得像克鲁尼。他有一个女朋友，名叫内尔达，是 20 世纪 80 年代的朋克摇滚歌星，也是一个扑克玩家，可能一场比赛输赢三万美元，第二天再继续参战。

这场拍摄有许多问题，到最后，显然是花了一大笔钱，但照片却不能用。这个创意很酷，但除了克鲁尼之外，每个人都把衣服穿得像垃圾一样。虽然没少花钱，却令人尴尬，它让可怜的帕姆丢了工作。

在拍摄工作结束后，我请克鲁尼和内尔达出去喝一杯，由公司出钱，为当天如此糟糕的状况而致歉。我尽力而为，努力为帕姆挽回局面（却未成功）。

克鲁尼和内尔达不想去，更何况发现丹尼斯·尼龙不会出席，但他们一时间也找不出什么借口。附近有一家不错的龙舌兰酒吧，这可是我很在行的领域，很快克鲁尼和内尔达就开始跟我讲扑克牌的技巧了。

我真希望我能记下他们所说的一切，因为那些小诀窍和技巧都会对日常生活有所帮助。我只记得以下这些事。

在高赌注的牌局中，总会有一个被其他人称作"鱼"的人。在牌局的最后，"鱼"会输光所有的钱。

乔治·克鲁尼说："如果不知道谁是'鱼'，你自己很有可能**就是**那条'鱼'。"

斯蒂芬妮就是"鱼"。要不是为了计划，我无论如何都不可能与这种一直在博客上写自己想要与志趣相投的妈咪成为朋友的人交朋友。

在第一次交谈时，我提到了自己的工作，斯蒂芬妮提起了她的博客。我说，我迫不及待地想要读她的博客，这对斯蒂芬妮来说，一切就圆满了。我们不只是因为有了孩子才变成朋友，我们有想法，有事业，有工作。我们赞赏彼此的职业生涯。

我知道，她被一场可怕的意外夺去了丈夫。住在我们小镇，就不会没听说过这件事，但最好要装作不知道的样子，等她亲口告诉我。

斯蒂芬妮的博客让我锁定了她。那些关于如何成为完美妈妈，并向其他妈妈提供帮助的愚蠢帖子简直乏味无比。或许每隔一阵子就要重温一下以前的内容，这样才能反思自己和其他妈妈是否变成了生育机，并且过着没有自我的人生。惊喜吧！**妈咪们！** 事情早就已经这样了！

斯蒂芬妮的博客令我安心，我可以把我的丈夫和儿子留给斯蒂芬妮，无须担心他们会爱上她这些胡说八道的滑稽言论。

正如大家常说，人生对我开了个大玩笑。

我们都希望得到自己没有的东西。斯蒂芬妮妒忌我在丹尼斯·尼龙公司的工作，尽管她从未承认过这一点。而我想要的——或者说，我以为我想要的——是在家陪尼基。在某个美丽的地方，身上有很多钱，而且不用工作。我想冒着坐牢的风险试一试，希望不要真的被抓，以后我再处理生活中的乏味感。如果我开始烦躁不安，我和尼基总有办法解决。

如果斯蒂芬妮觉得她能胜任我的工作，那只是在自我欺骗。她总是喋喋不休地说着迈尔斯的情况，就凭这一点，她在我的公司连五分钟都待不了。在那儿可没人愿意听她唠叨孩子的事。起初，公司的同事都没有成家，有的是因为性取向问题，有的是因为太年轻。有时候，同事会问我尼基的近况，但这种情况并不经常发生，而丹尼斯则是一点也不想听到有关尼基的任何事。

名义上，我们是对孩子很友善的公司，但并不意味着真正的**友善**。丹尼斯雇用我时，我还没怀上尼基。我不知道若有了孩子的话，他是否还会雇用我。每当我提到尼基的名字，丹尼斯就不说话。然后，我就会把话题转到丹尼斯想做的下一个新系列上。丹尼斯的能力在于他是个天才，他的注意力就像水龙头一样随时开关。

等到了失踪的时候，我需要有人能照顾尼基，我可以找到的最佳人选就是妈妈队长，花多少钱都请不来像她那样照顾孩子的人。谁能料到，斯蒂芬妮会把她的职责理解为包括陪我的丈夫睡觉呢？

说真的，我早该想到的。起初，我以为斯蒂芬妮的博客只是无伤大雅的心灵树洞，但在我了解她之后，观察她在博客上佯装的女人和她实际为人的差距，是一件非常有意思的事。看她的博客会觉得她是崇高的典范，有史以来最诚实、最棒的妈妈。但事实上，她却与自己同父异母的哥哥有着长期而激情的不伦关系，而且可能要为她丈夫的自杀负责。

我选择看那些我想看的东西，我应该把她的谎言当作警告。

当然，她并没有立即把她的所有秘密都告诉我，但她老在暗示还有一些特别的事。在她过去的生活中，有一些阴暗面，可能有点扭曲变态，在我偶尔没注意到儿子是否喜欢他的老师，而她又是多么努力让迈尔斯吃素等有趣的问题时，这个秘密绝对可以吸引我的注意力。

她的秘密是她的资本。起初，我们的谈话像是猜谜游戏，她会暗示有这些秘密，而我也会诱导她，告诉我这些秘密，或至少告诉我**关于哪方面的秘密**。她**想要**告诉我，她就要**等不及了**。

我知道她丈夫和哥哥是怎么死的，但却假装不知道。这是一个悲伤的故事，让我不禁垂泪，眼泪是真的。对她来说，这意义重大，因为她以为我对她有所保留，甚至有些冷淡，尽管我已经尽力在每天拼命加班后仍表现的热情和好相处。

我们一起哭过之后，她说，能像青少年时期那样拥有一个朋友、一个闺密是件多么美好的事啊！

我很难回应，但这并不重要。她深信她了解我，并且知道我对她的感受，她从未想要探求真相。

斯蒂芬妮很软弱，但她的软弱里又有固执己见和坚定的一面。她希望我们是永远的好朋友，仿佛少女一样。她仔细了解我，比如我的衣服、我的风格、我跟尼基说话的方式。当有人想成为你的时候，既让人觉得受宠若惊，也让人觉得毛骨悚然。《双面女郎》真是最恐怖的电影之一。

我和肖恩时刻提醒着我们自己：**一切都是为了尼基**。

我不想要闺密，我只想要一个见证人和我儿子的临时看护人。

斯蒂芬妮把她的全部心事都倾诉给我听，我就像是牧师、教士、法师或是她的心理医生。当我儿子最好朋友的妈妈告诉我，她与她同父异母的哥哥有私情的时候，我真不知道该说些什么。这事从她 18

1　《双面女郎》（*Single White Female*），1992 年上映的美国惊悚片，影片的主角看起来甜美单纯，实为变态杀人狂。——译者注

岁第一次见到他就开始，一直持续到他意外死亡前不久——而这可能造成她丈夫决定和老婆的情夫——也是她异母哥哥，同归于尽的原因。

"啊……"我只说得出这个字。

"这的确令人惊讶。"斯蒂芬妮说。

我有什么可以跟她交换的呢？用秘密交换秘密，友谊不正是这样维持下去的吗？我向她抱怨肖恩，抱怨他带我回英国看望他妈妈时的那种压抑感；我抱怨我的工作有多么辛苦；我抱怨肖恩自认为他比我聪明，而且不管我做多少，他都不知赞赏。这一切都是真的，但我没有告诉她那个最大的秘密，这一切——每一次对话，每一次放学后的白葡萄酒、油腻汉堡和迷你高尔夫游戏——都是我和肖恩已付诸行动的计划的一部分。

我不确定她是否有听我说话，她只是需要倾诉，并向我暗示她还有很多其他的事——更为黑暗且埋藏在她心里的事——要告诉我，这便是我与斯蒂芬妮这段虚假友谊的诱饵。

她选了一个奇怪的地方，向我说出那最后的重大的秘密。坦率地说，我其实早有预感，而且也一直在等这一刻的到来。

那是八月的一个星期六，肖恩要去城里加班。我和斯蒂芬妮决定带着孩子们去乡村市集。我告诉自己这会很有趣，这里有纯种鸡、得奖的猪，及蓝带奖的酱菜。孩子们会喜欢那些农场动物、棉花糖和旋转木马。

但那天天气格外热，市集上到处是土，没有一丝风。空气中飘着炸洋葱和（今年新出的）油炸奥利奥的味道，仿佛弥漫着甜腻的薄雾。有那么几分钟，我以为自己快要晕倒或吐出来了。

孩子们在前面玩着，一直在我们的视线内。我和斯蒂芬妮都很好奇：一个怎样的母亲在心智正常的情况下，会让她的孩子坐那种嘎吱作响的老旧过山车呢？我虽然也喜欢坐这种车，但觉得不能说出口。

孩子们认为不幼稚并且他们可以独自乘坐的，是一圈外形看上去像潜水艇的小汽车。小汽车被长杆连接在中心基座上，这个迷你潜水艇慢慢地转着圈，上升到空中，再缓缓地降到下面的水池上，的确是幼儿游乐设施。

虽然小汽车看上去十分安全，但我还是很惊讶向来过分保护孩子、神经质的斯蒂芬妮居然让迈尔斯坐。我和她倚在栅栏上，注视着孩子们在里面上上下下地转圈。我在想，她是否还记得《火车怪客》那部电影，我曾让她陪我一起看，而旋转木马的那一幕让她心神不安。我认为她根本就没看完原著，尽管她假装说她看完了。

斯蒂芬妮说："看看迈尔斯，他转过来的时候你仔细看。"

"他怎么了？"

"好好看看他，你还记得我给你看过我哥哥克里斯的照片吗？"

"当然。"我想起了一个身穿白色 T 恤和牛仔裤、皮肤黝黑、英俊潇洒的肌肉男。在镜头前他有点羞涩，又略带痞气。我看得出来她为何受他吸引，因为我也见过戴维斯的照片，她哥哥显然更有吸引力。我还记得除了他的照片，她还拿了她父母的结婚照给我看，指出父亲与克里斯、母亲与她的相似之处。

然后，斯蒂芬妮说："我要告诉你一件我从未告诉过任何人的事。"

她以这种开场白跟我谈起过好多事，其中一些事的确很有张力，比如她与同父异母的哥哥的私情，而其他"秘密"似乎完全无足轻重，我听过就完全忘掉了。

迈尔斯和尼基坐着小潜艇从我们眼前经过，他们微笑着朝我们挥手，我们也微笑着向他们挥手。

我在想希区柯克电影中的场景，旋转木马转得越来越快，越来越失控，而法利·格兰杰和罗伯特·沃尔克在上面打斗。唯一知道如何停下它的是一个小老头，他爬进旋转木马的转盘下，看着他置身危险，远比打斗更加恐怖和令人紧张。

如果迈尔斯和尼基转得越来越快，**我们**该怎么办？谁会救我们的孩子？那个卖票的女孩正拿着手机给人发短信。我意识到，自己产生了斯蒂芬妮会有的那些想法，我提醒自己，你是艾米丽，不是她。

我绕到斯蒂芬妮的另一侧，偷偷按下了那台价格昂贵的录音笔。为了这些时刻，就像等一下即将出现的秘密，我就开始随身带着录音笔了。

小潜艇里正在播放迪斯科经典舞曲，但声音并不太大。那个卖票的女孩把音乐的声音调低了，以免她听不到电话铃响。

斯蒂芬妮说："我很确定，我哥哥克里斯就是迈尔斯的父亲。"

"嗨，宝贝。"她大声叫着迈尔斯，我也朝尼基挥了挥手。

"你为什么这么认为？"我尽量镇定地问，"斯蒂芬妮，你真的确定吗？"

"我确定。那段时间，戴维斯不在家。他去了得克萨斯州的一个工地，而克里斯过来找我。迈尔斯跟克里斯长得很像，他一点儿也不像戴维斯。戴维斯的妈妈说，她从自己的孙子身上看不到她家人的任何基因。"

我早就知道她会这么说的。这么久以来，我一直在等待着这一刻。但听到她亲口承认的那一刻，我仍然感到非常震惊。

"迈尔斯长得像你。"我说。

"你觉得有人怀疑吗？"

"当然没有。"没有人会看出这一点，迈尔斯的老师们肯定看不出来。或许以后迈尔斯要求看他父亲和舅舅的照片时，自己会看出来。

我心想，除了你那死去的丈夫，没人会怀疑，但我不会这么说。

"艾米丽，你真了解我，我好爱你啊。能把这件事说出来而不必憋在心里，我感觉舒服多了。我是个糟糕的人吗？"

当孩子们的潜水艇再次经过时，迈尔斯和尼基似乎都深深入迷了。

"孩子们真棒。"我说，仿佛是对斯蒂芬妮那个问题的回答。她会认为，这就是我的回答。

在这轮结束前，两个孩子还可以转两三圈。斯蒂芬妮在压力下说话的语速更快了。"每次带迈尔斯去看医生，我都觉得自己是一个骗子、撒谎精。当他们问起孩子父亲家族的遗传病史时，我装出他们是在指戴维斯。显然我不会说他爸爸是我同父异母的哥哥。"

旋转游戏设备慢慢停了下来，两个孩子下了车，他们想分享这次好玩的乘坐感受。在这样的情况下，似乎已不大可能引导斯蒂芬妮继续谈论孩子父亲的话题了。

我真不敢相信居然有人会向我坦承这种事。这种信息会让别人利用你，不管他们想要什么，这种信息都派得上用场。斯蒂芬妮一直说，你永远不能真正了解一个人。但她自认为了解我，而且我是值得她信赖的人。这是她的失策，她选择忽略了我赖以谋生的特长正是控制信息，并以最有利的方式扭曲和利用它。

几天后，躺到床上，我给肖恩放了斯蒂芬妮在市集上对我说的那些话的录音。

他说："难怪她整天一副看起来害怕被抓的样子。"

这样的说法，是否透露我丈夫发现了她的魅力？我不这么认为。至少我以前不这么认为。这是老天和我开的另一个玩笑。

* * *

有一件事，我还没想出办法，就是该如何去做才会显得我像是真的死了，这样我们可以不必等到地老天荒时才能拿到保险理赔金。

一个解决方案主动送上门来了。于是我知道是该行动的时候了。至少肖恩是聪明的，他没有问这个解决方案是什么，他不知道最好。

如果当我说"不管发生什么，不要相信我真的死了"时，他真的相信我，一切会变得不同吗？或许他不会与斯蒂芬妮上床，而我也不用在我家后面的树林里恼怒地暗中监视他们。

斯蒂芬妮没有用那种害怕被抓的眼神看着肖恩。她应该觉得有负罪感，这件事应该给她无与伦比的负罪感。她用那种把我丈夫当成神一样的眼神看着他，仿佛他就是溜到厨房与愚蠢的厨娘鬼混的庄园主。

我选择斯蒂芬妮当我们的"鱼",其中一个原因是她在博客上着魔般地给她儿子吃各种健康食品。每次听到她说起这个话题,几乎都让人无法忍受,但如果我把尼基留给她照顾,至少她不会让他吃那些糖果色的谷物片、炸薯条和汉堡等垃圾食品。

当我看到她在我的厨房里时,我没料到她看起来如此快乐、如此满足(借用斯蒂芬妮的话),而我会如此愤怒。

我像一个平静的祈祷者,重复对自己说:"她在养育我的孩子。"当我想到她为我丈夫做的事,就让我更生气。

斯蒂芬妮知道肖恩早已得知迈尔斯的父亲是谁吗?我表示怀疑。她相信,自己已经取代了死去的闺密,让肖恩比以前更快乐,让尼基不那么可怜。她就是一个大善人。在她的想象中,如果我地下有知,一定会感谢她。

斯蒂芬妮让人一眼看透,肖恩却变得令人费解。**他**会怎样对**她**?他变成了陌生人。现在我不由得怀疑:这个男人**到底**是谁?当我的"朋友"在做饭时,他悄悄走到她身后,蹭着她的后颈,一副要不是孩子们在隔壁房间,他们就要在厨房台面上做爱的样子。我怎能不愤怒呢?肖恩已经爱上她了吗?他疯了吗?在我看来,这两件事都是同一件事。

我们说好,在六个月里不要跟对方联系。时间久了,人们对我们这个案子的兴趣就会降低。在这六个月里,我会是一个死掉的人。有人会认为这是自杀,但肖恩的律师会坚持这是一次酗酒嗑药的意外,而且他们会获胜。

但是我们的分离,不应该是永久性的。我们不应该去找新的对象,这是对我们计划的严重背离，它改变了一切。

在时尚行业工作的额外好处是每个人都只有十五岁左右。他们懂得如何使用一次性手机、如何弄到假信用卡账户、如何建一个假电子邮箱和取得假身份证件，并引以为荣。在纽约，这些事意味着年轻和单身所具备的技能，等同于犯罪、叛乱分子的身份。即使他们不知道如何做非法的事，也一定会认识个懂行的人，这样的人通常居住在布什维克。

我们为尼基办了护照，而我办了一个假护照，以备不时之需。我戴了假发和眼镜，改变外貌来拍照，而我之后会以这样的外表去旅行。拍完照片后，我花了大约十秒钟摘掉假发和眼镜，恢复成我本来的样子。看起来再次像我自己，真令人松了一口气。

我和肖恩彼此都留下宣誓书，同意对方可以带尼基单独出国。我将成为肖恩在欧洲遇到的一个陌生人，并在他妻子（也就是我）的哀悼期后的某个适当时候成为他的再婚妻子。我们可以靠着他第一位妻子（当然也是我）意外死亡后所获得的保险金过活。外人会认为我们是一对经济独立、富有又有魅力的美国移民夫妇。

我告诉公司的那些孩子们，说我有了外遇，需要一张假身份证来打电话和预订酒店。在听说了他们的中年公关上司、郊区中产辣妈，居然要背叛她那位优秀的英国丈夫时，他们简直爱死这件事了。他们非常乐意帮忙，并且发誓守口如瓶。我担心这些小孩会说出去，但他们没有。他们喜欢听秘密和风流韵事。

我的死讯公布后，他们真的非常难过。但他们也喜欢秘密八卦，喜欢知道我其实有了外遇的内情。不论是自杀还是意外，他们认定我的外遇与嗑药和酗酒有关。多么悲剧。

我想出了藏身的方式，先在我家北密歇根湖边的小木屋待一阵子，然后丢弃租来的车，改用我母亲的车，再搬到位于阿迪朗达克山脉的一处房子里，那栋房子的主人是我父母的朋友，我很小的时候去过那里。我知道那栋房子是空置的，甚至知道钥匙在哪儿。湖边小木屋和阿迪朗达克山脉的房子里都没有电视和网络。远离网络的日子真是太美好了。一般人会觉得这样的日子非常难熬，但我偏偏喜欢。我对我的生活毫不留恋——除了尼基。

直到后来我开始看斯蒂芬妮的博客，才知道了发生了什么；知道了她和肖恩之间的一切；知道了尼基的情况，或者说他在另一个女人眼里的情况。

平心而论，我很震惊。我花了好一阵子才缓过神来。我应该早预料到会有这种事发生。

一切都是因为尼基，所以我没办法就这么远走高飞。我不能看不到他，我非常想他。

就这么一次，当我同意斯蒂芬妮的观点时，我并未撒谎，她说成为母亲是一件震撼人心的事。我第一次把尼基抱在怀中时，对他的爱就已经泛滥了。我知道我是幸运的，有些女人要成为妈妈，会需要更长的时间。即使现在，每当我看到任何宝宝出生的影片，都会泪如泉涌。然而，我并不是一个爱哭的人，也不是一个多愁善感的人。

成为母亲就像是头被撞到的感觉一样，我想斯蒂芬妮的那个白痴的博客可以被浓缩成这么荒谬的一句话。

在隐姓埋名、假装死亡的那段日子里，我经常梦到尼基。我无时无刻不在想他，会猜他此时此刻正在干什么。

我甚至会觉得，如果看不到儿子，我一天也活不下去了。我不知道为什么会觉得自己能够承受得住这一切，好像一直有一种疯狂的力量在支撑着我。没有尼基的六个月，我就像失去了一只手臂、少了心脏一样。我对肖恩并没有这种感觉，即使是在我得知他和斯蒂芬妮的事之前也没有。

我在校园外的一个地方守候，在课间休息时，孩子们会在这里玩耍。我确保自己站在一个尼基看得到我，老师看不到我的地方。仅仅看上他一眼，就能让我感到发自内心的快乐。我朝他挥了挥手，然后把手指放在嘴上，表示我还活着的事，是我们之间的小秘密。

我决定住在附近，主要是因为我不能忍受见不到尼基这件事。

我在丹伯里的一家好客套房酒店预订了房间。这是一项大冒险，我在被认定死亡后却在离家这么近的地方出现。但只要能看到我儿子，这一切就是值得的。而且，我喜欢冒险，这是我最喜欢做的事。

现在有可能，或者说有非常小的可能，我正在将我们的计划置于危险境地。然而，这现在成了**我**的计划，一个全都是为了尼基的计划。

我对酒店的前台人员说，我会为使用网络而支付额外费用。我办理了入住，登录了网页，然后开始看斯蒂芬妮的博客，一口气看完了从我把尼基送到她家后所有的文章。

　　当我看到我没去接尼基后的文章，心想，斯蒂芬妮就是这样，真是太真实了。这个可怜的小东西被吓坏了。读着她向那些与世隔绝又充满压力的母亲们求助的文章，我还真是感动呢！仿佛那些劳累过度的女人除了走街串巷，去帮斯蒂芬妮寻找她甚至都描述不出模样的失踪好友之外，就没别的事要做似的；似乎换纸尿裤、做奶酪三明治、冲奶粉还不够她们忙似的。

　　我很想知道斯蒂芬妮对我失踪的说法，包括她的那套理论、对我的性格和动机的分析，以及对失去好友的悲叹。而这段时间，她却一直计划着引诱我的丈夫，试图取代我的位置，仿佛她可以做得到似的。

　　我永远不会原谅他们。

　　我永远也想不到肖恩和斯蒂芬妮会这么做，现在我不得不监视着他们，把他们留在视线之中，直到我决定要怎么做。

　　在和斯蒂芬妮成为朋友后，我会看她的博客，给予勉强足够的关注，为了能跟她聊起博客里的话题（就是养育孩子和她自己，主要是她自己）。但其实她那些胡言乱语我一眼都不想看，充满自欺欺人、装模作样的话语，像疯子一样把自己的孩子当作宇宙的中心。

　　而真正使我愤怒的，是读了她写的关于我和肖恩的博客之后，完全是自说自话、痴心妄想的谎言！肖恩是我的丈夫！她想取代我，抢走我的儿子和丈夫，希望他们忘了我。我之所以选中她，是因为我以为她能照顾好尼基，而不是想把我儿子占为己有。她就像那种从新生儿病房偷走婴儿的女人，悲伤而疯狂。你想要一个孩子，就抢别人的小孩，只是斯蒂芬妮没那么疯狂，而且她要偷的是我的孩子。

* * *

我喜欢好客套房酒店，这里还算干净，温和的米黄色装潢让我心情平静，而我也能容忍地毯上那些无法除去的污点。床单和被单都很干净，房间里没有难闻的气味，一切都井然有序。这里非常安静，让我感到安全，没有汽车旅馆的那些缺点。我不用到处去找东西来堵住浴缸的出水口，在为丹尼斯·尼龙出差的时候，我住过更糟糕的酒店。

我常常泡澡，还在路边的塔吉特百货商场买了还不错的沐浴露和洗发水。

街角有家非常好吃的萨尔瓦多乳酪饼店，在同一条路上，还有一家商品齐全的便利店，步行几分钟就可到达。便利店有新鲜的水果和我可以用房间咖啡壶煮食的拉面。店主一开始就很喜欢我，他看得出来我不会因为他是穆斯林就恨他。事实上他也不是，柜台后面的墙壁，有庇佑彩券的印度教象头神。

我的房间里有冰箱，大厅里有制冰机。我在酒类商店买了几瓶高档的龙舌兰酒，又到健康食品商店买了芒果汁。每天晚上，我都会用龙舌兰酒和芒果汁做鸡尾酒。这是我从丹尼斯·尼龙那学会的这个做法，这也是他最爱的饮料。

我在购物中心买了一个鸡尾酒杯，我喜欢一边喝着鸡尾酒一边看书。我在网上买了几本书，我以前从未看过贝克特[1]的书，他描述此时此刻成为我的感觉。

我竟然没有想起我的工作，这真让人吃惊，它明明曾经占据了我生活的一大部分。我一点也不想念那些让人不愉快的意外，如果当时我没有想出办法解决，那将会变成我的错。我不想念丹尼斯的狂欢派对，也不想念布兰奇那暴风骤雨般的怒气。我甚至不想念那些额外的福利、奖金和那些喧闹的兴奋感。在丹伯里的好客套房酒店竟然比我代表丹尼斯·尼龙去米兰或巴黎出差更快乐，这意味着什么？

房间的电视还不错，尽管他们没有额外付费频道，但有些节目是我喜欢的，像烹饪竞赛，或是人们在海边找到一些房子，在那里打造小型房车。我过去经常和肖恩一起看那些搜房节目，现在自己一个人看会更加有趣。我会非常享受看的部分，跳过那些讨论如何开始新生活的乏味对话。看过这些节目后，我会问自己：我们为什么不能这么做呢？真是笑话！现在，我被认定已经死亡，而肖恩已经开始了他的新生活，没有我的新生活。

如果我一直维持意外死亡的状态，他会把那笔钱占为己有吗？死了的女人无法照顾尼基，所以她必须有所行动。

当地新闻主要是交通事故、家庭暴力，以及哈特福德市、纽堡市和新英格兰的帮派暴力，就看有多少人被枪杀。许多记者都是黑人或

1　塞缪尔·贝克特（Samuel Beckett），知名作品为荒诞剧《等待戈多》，两位主角自始至终都在等一个名叫戈多的人，却苦等无人。——编者注

拉美裔，是拥有一头闪亮的卷发的女人。我每天上网一次，看斯蒂芬妮写的那些关于尼基、迈尔斯和肖恩的博客。他们就像健康和谐的《脱线家族》[1]。光是我想知道她在博客里写了什么，写了哪些我关注的内容，这一点本身就令人火大。

在我们还是"朋友"的时候，我只有在她坚持时才会看她的博客。

就在我打电话给斯蒂芬妮向她表示关心并告诉她我还活着的两天后，新文章便出现在她的博客里。

1　《脱线家族》（*The Brady Bunch*），是美国知名情境喜剧，讲述的是一个抚养三个女儿的妇人和一个抚养三个儿子的丧偶建筑师共组家庭的幸福生活故事。——译者注

26_

斯蒂芬妮的博客

死后世界

各位妈咪好！

你们有些人会认为我已经彻底失去了理智，会认为过去几个月里发生的那些改变人生的悲伤的事已经让斯蒂芬妮发疯了。

我只能说：我还在。不管怎样，我仍然是我自己，是斯蒂芬妮，是迈尔斯的妈妈。

今天，我想写一件除了在圣经课堂或教堂里没有人会讨论的事。当我们说"上天堂"或"下地狱"时，并不会去想天堂或地狱是我们最终要去的地方。我将要探讨的话题一般不会在我们喝酒、参加宴会或喝咖啡时出现。

死后世界。

就算我们从未去过教堂、犹太教堂或清真寺，大部分的人还是会注意到有了孩子之后，让人变得有宗教性。迈尔斯对我说，在我们死后，大家会在一片巨大的云上相聚，这是一种很好的想法。但成年人很少会问，你觉得我们所爱的人死后会去哪里？这个话题比性和金钱更无法触碰。

那些死去的人就在我们身边吗？他们能听到我们说话吗？他

们会回应我们的祈祷吗？他们会走进我们的梦里吗？我一直在反复思考这些问题，不知道艾米丽现在到底在哪里。我一直在问我自己：如果她能听见我说的话，我要跟她说些什么？

所以，我想把这个博客当作一个小小的实验，虽然是小小的……但远远超乎寻常。

写这篇博客，就当是我可以跟已过世的朋友交流，就当她可以看到这篇文章吧。我希望写这篇博客能够疗愈我，而我也鼓励大家写信给某个已经逝去但仍想与之交谈的人。

那么，我开始了。

27_

斯蒂芬妮的博客

（博客第二部分）

亲爱的艾米丽，不管你在何方

亲爱的艾米丽：

我不知道从何谈起。现在人们在电子邮件里都怎么写的？希望你一切都好！

希望你收信安息。

我相信，如果你能看到这封信，你想问的第一件事一定是尼基好不好。他长得越来越壮实了。当然，他每天都在想念你。我们也都非常想念你。他知道你永远都是他妈妈，没人能取代你，只是他已经不再像过去那样夜夜哭泣了。他之前确实如此，我知道你也不想他这样。

是不是？

有时，我希望死去的人——戴维斯、克里斯和你，还有我的父母——能跟我同在，在我身边，看着我、帮助我、给我建议，即使我对此浑然不觉。有时我也希望他们在看到自己去世后，家人的生活仍在继续，能够少一些痛苦。

亲爱的艾米丽，我知道看到我在你的厨房里煮饭，会让你感到痛苦。但我想让你知道，我在为你的儿子准备最美味、最营养的食物。我永远无法取代你的位置。我唯一能做的，就是爱你生前爱过的人，并努力让他们活得更好。

我知道，如果你爱他们，你也会想要如此。

安息吧，我最亲爱的朋友。

你永远的朋友
斯蒂芬妮

各位妈咪，你们觉得如何？请各自写下你们的信，表达你们的看法和关怀吧。谢谢你们一如既往的爱和支持。

爱你们的斯蒂芬妮

28_

艾米丽

那个满口谎言的贱人！我狠狠地把笔记本电脑合上，用力到我真担心会弄坏它。当我重新打开电脑时，看到有尼基自拍照的屏幕桌面重新亮了起来，才让我松了一口气。

没脑子的荡妇！她知道我没死，知道我在监视她，而且不是从天堂里监视她。她还没蠢到相信自己是在给一个死人写博客。或许她说服了自己，我给她打的电话完全是她自己想象出来的。或许她试图把这件事忘掉，却始终忘不掉，她心知肚明。

她不能把**这事**告诉博客世界里的妈咪们。她在跟**我**对话，也许我碰巧正在看她的博客。斯蒂芬妮假设我会看她的博客，她真是疯了，不过她搬到我家与我丈夫和儿子同住的行为更疯狂。

她已经习惯认定我死了，她喜欢这个想法。友谊不过如此，悲伤又有何用。所以，我决定让她知道，我并没有死。

我打过去的电话不会显示来电号码，所以除了通过博客，她没办法联系到我。她认为所有人都在看她的博客，而我就有非常好的理由。她或许希望我**真的**死了。这个希望我死了的人每天晚上都在替我儿子盖被子，与我丈夫上床。

她竟然还有脸在博客里说，这就是我想要的。或许她是真疯了，那就意味着，有个疯女人在抚养我儿子。

　　尽管很痛苦，但我不得不承认斯蒂芬妮说得对，你永远都不可能真正了解一个人。如果斯蒂芬妮想玩猫捉老鼠的游戏……她可能就是那只老鼠，而我就是那只猫。猫是有耐心的，老鼠是胆小的，老鼠的胆小，自有原因。

　　因为猫总是赢家，而享受这场游戏的也是猫。

29_

斯蒂芬妮

我已经不知道什么才是真实的了。我一度说服自己，艾米丽的那通电话完全是我的幻觉。这就像是有个忧心不安的疼痛，而痛感突然就消失了。刚开始，你努力忘记疼痛，然后就真的忘掉了。

我一直知道，我会因为自己与克里斯的情事而受到惩罚的，因为我欺骗了丈夫，与我同父异母的哥哥有了孩子。我真不该告诉艾米丽谁才是迈尔斯的父亲。这件事告诉谁都不可靠。我愚蠢地以为，如果我把这件事告诉了别人，所受的惩罚就会轻一些。我找错了忏悔的对象，现在惩罚就要来了。

如果她还活着，就有人知道我做了什么，就有人想要对我不利。

我一直知道艾米丽比我聪明，我不该让这一切发生。但是，如果我不跟肖恩上床，然后搬进艾米丽的家，我应该会死于孤独。

我不是她的对手。她或许在嘲笑我，认为她死了，以及通过博客来跟她取得联系的做法。她是唯一一个知道我的博客有多少谎言的人。

我不知道她跟肖恩说了多少事，但我觉得她并非知无不言。当我提起克里斯时，我从未发现肖恩在盯着我，或是打量迈尔斯身上有无因乱伦和近亲生育而造成的不良影响。

肖恩似乎很爱迈尔斯，迈尔斯的确值得疼爱，而我也疼爱尼基，但我和肖恩相爱吗？我不想思考这个问题。

艾米丽难道不想要这样吗？

如果她还活着又另当别论，而她的确还活着。或许，可能还活着吧，而我正在受惩罚。

我到底做了什么，要承受这一切？不过是想要交一个朋友，与我孩子朋友的妈妈成为朋友而已。一步错棋啊，斯蒂芬妮！

艾米丽接下来会做什么？没事，因为她死了。还是她就在外面，监视着一切？

我一直想象着有个人——像是警探——问我为什么要那么做，而不是这么做。我一直说，我不知道，不知道怎样才合理。我关注的是什么对迈尔斯最有益，但现在我不再确定，与我朋友的丈夫住在一起，是不是对迈尔斯最好的事。因为我知道，她正在监视着我们。

我放下窗帘，也起不到作用，她就在那里。或许，这依旧只是我想象出来的。

我不知道我为何没告诉别人。但实际上，我是知道的。我要告诉警方什么？记得我那位失踪的朋友吗？就是你们什么都没做的案子？呃，我现在与她丈夫在一起，而她可能回来了，他们可能会从她的假死中得到两百万美元的保险金。谁会相信我呢？我算什么？只是一个母婴博主而已。随时都有像我这样的女人被关进精神病院。她们声称见到了鬼魂，听到了一些声音，无法接受真相，坚信那些古怪的故事，直到儿童保护组织的人决定把她们的孩子送到寄养家庭。

我害怕和艾米丽的友谊，以及我与肖恩的关系，会让警察查出迈尔斯爸爸的真相。他们会收到一个假失踪人口案的举报，或许还有保险诈骗案，而自私的我，确定他们会注意到一个疑似的乱伦案。

不管艾米丽要做什么，她都可以信任我。那次在乡村市集上，当我们注视着迈尔斯和尼基坐小汽车的时候，我给了她那么大的力量。

我没有把艾米丽打过电话的事告诉肖恩，或许我并不完全信任他。我已经不知道该信任谁了。我信任迈尔斯，大多数情况下，我还信任尼基。

我几乎可以确定，肖恩相信她死了。如果她还活着，她为何不联系他。或许她联系过，但他没有告诉我。如果她对我和肖恩不满，为什么她单单责怪**我**呢？他是她丈夫，**现在仍然是**。

我想不到该如何告诉他，我找不到合适的时间。我与他在一起生活，但总不能说："我想，你死去的妻子打电话给我了。"

我发现，我写给假死朋友的博客并不奏效，反而会把事情变得更糟。但这是个不错的消遣，说出了我想说的话。

我的邮箱收到很多鬼故事，这很有用。各地的妈咪都说见过逝者，其中有些故事非常感人。有一个故事是关于一位去世的妈妈的，她的灵魂给女儿带来一本书，这本书正好翻到了关于一个死去的妈妈的故事。那个女儿感觉母亲依然在身边，她感到很安心。读到这个故事时，我不禁落泪，我想起了自己的母亲和她所经历的一切。

在所有妈妈的故事里，都没有最后其实发现死者还活着的情况。真让人安慰，我想是吧！

我没再接到艾米丽的电话，我已经说服自己她死了。一定有人开了个残酷的玩笑，模仿了她的声音，让我信以为真。或许是她公司的人，很可能只是个恶作剧。怎么会有人做这种事？人们总会做一些糟糕的事，但打电话的人竟然能知道我举起了几根手指，这又是怎么回事？

那纯属运气，仅此而已。

不再想它了，斯蒂芬妮。我仍然很爱也很想念我的朋友。但实情是，她死了会比较好，而不是在树林里监视我，监视我和她丈夫在一起的一举一动。

＊＊＊

艾米丽第二次打来电话，她又等到了我一个人在家的时候。来电显示依旧是"未知号码"。

她说："我还在。"

我说："艾米丽，你在哪儿？"

她说："总之不在天堂，因为我仍可以看得到你那些荒谬愚蠢的博客。写博客给死后的我，斯蒂芬妮，你也太愚蠢了。"

"啊！"我发出如愤怒的猫叫的声音。"太刻薄了，这可不像你的风格。"

她说："你怎么知道怎样才**像我**？你根本不懂，知道吗？你永远都不懂。"

"我知道。"我说，"我懂。"尽管我并不确定自己真的懂。但她有意压低了声音，这一次我必须确定。

我说："我怎么知道真的是你？"

"仔细听着。"艾米丽说。听筒那头一阵安静。我听到了静电干扰的声音,然后是咔嗒声,像是有什么东西靠着电话似的。然后,我听到了那次去市集时的音乐声……

我听到自己在说:"我要告诉你一件我从未告诉过其他人的事……"我听到自己坦承,迈尔斯是克里斯的儿子。

录音机咔嗒一声关上了。

"现在可是有惊人的声音识别技术。"艾米丽说,"必要时,可以去鉴定一下。"

"有谁在乎?"我假装镇定。

"所有人都在乎。"艾米丽说,"迈尔斯在乎,这是其一。如果他现在不在乎,以后也会在乎的。"

"我真不敢相信你会这么做。"我说,"你想要什么?"

"我想要尼基。"艾米丽说,"你可以拥有其他的一切,但我想让你就这一次把嘴闭上。"

"我会的!"我说,"我保证。"

"好,再联络。"艾米丽挂了电话。

之后,回家的本能突然出现。我想回家,哪怕只有一个下午也行。回到我自己的家,而不是肖恩和艾米丽的家,回到和戴维斯一起打造,我与戴维斯、迈尔斯一起居住,在戴维斯去世后我与迈尔斯又住了三年的家。我竟然以为自己可以搬进死去的女人空出来的地方,我真是疯了,而且那还是我所谓的最好的朋友。

我告诉自己,我们四人住在一起对孩子们更好,但这对我不好。当我开车回家的途中,我感到阵阵眩晕。我走了那么多遍的路,现在看起来却如此陌生。我提醒着自己专心开车。

最后，我终于到了我的家。它是那么真实，却又像是梦中的房子。我多么喜欢这栋房子啊！我不该离开它。

我到家了。草坪上铺着一层薄薄的雪。走上大门口的台阶，感觉好极了。我的脚知道每个台阶的高度，那是戴维斯在他短暂的一生中，花了好几个小时设计出来的。我的手知道如何在锁芯里转动钥匙，我的肩膀知道如何顶着门将门打开，即使双手抱着东西，我仍然可以进门。但是，我现在两手空空地回来了，就像一个难民。

我走进厨房，我好想念它，好渴望在这里为自己和迈尔斯下厨。我要和肖恩谈谈，想出另一种可以让我们经常待在自己家的安排。

我走进客厅，几分钟后，我才发现为什么觉得异样，为什么让我如此不安。

我闻到了艾米丽的香水味，我真不该把我家钥匙给她。

30_

斯蒂芬妮的博客

聪明的孩子

各位妈咪好！

最近发生了一件事，它说明了我们的孩子有多美好，他们的懂事程度超乎我们的想象，有时甚至比大人还懂得多。

我一向不擅长记住别人的生日，只记得我父母、同父异母哥哥、我丈夫和迈尔斯的生日。

所以，三月初，尼基问我们今年会不会庆祝他妈妈的生日时，我吃了一惊。

我告诉尼基："会呀，当然。"于是，我们买了一个蛋糕，上面只插了一根蜡烛。

我让尼基自己选蛋糕，他选了巧克力蛋糕，上面有霜糖做的漂亮花朵。

我们点了蜡烛，做了无声的祈祷，但没有唱生日歌。我想尼基很开心，这是孩子帮助我们疗愈所做的事情之一。

如果你能读到这篇文章，我亲爱的艾米丽，不管你在哪里，祝你生日快乐！

我们爱你。

斯蒂芬妮

31_

斯蒂芬妮

有人记得艾米丽的生日，肖恩家收到一张寄给她的生日贺卡。

那天下午，信箱里除了账单、垃圾邮件和因为艾米丽已经离去而再也没人看的时尚杂志外，还有一封寄给艾米丽·尼尔森的信，就与我在梳妆台里发现的那个卡片上的字迹和棕色墨水一模一样。

那是艾米丽的妈妈每年寄给她的卡片。看到这个信封，我不由得打了个寒战。

艾米丽的母亲是否认为她还活着？她的看护人没有把这个坏消息告诉她？难道她觉得艾米丽的妈妈不够坚强？还是有什么其他情况？难道是作为妈妈的直觉让这位老太太觉得，她的女儿确实还活着？

那天晚上，我把这张卡片拿给肖恩看。他盯着卡片，显然有些烦躁，他努力表现得不知道这是什么的样子，但是他知道那是什么。

他说："可怜的老人家已经失智到忘了**艾米**已经不在了。柏妮丝不忍心不断提醒她。我想，她可能想让尼尔森夫人以为，她的女儿还活着……"

有那么一瞬间，我怀疑他是否在撒谎。他以前从未把艾米丽叫成

"艾米"。而且艾米丽没死，肖恩知道吗？难道他们在跟我开什么残酷的玩笑吗？我是他们罪恶计划里的一个卒子吗？

我对此一无所知，又不能张口去问，这让我意识到，我和肖恩之间的信任是多么脆弱。尽管这并不影响我们之间燃起的欲望，虽然管不是每晚都有，却很频繁，我们俩都愿意为它而继续在一起。肖恩不是这个世界上最惹人爱的男人，我也不指望他是，毕竟他是英国人。我们做爱的时候，他的确非常周到，但事后他便转头就睡，仿佛想让我离开。

最后我终于开口："你一定要告诉我，你是不是觉得这样不好，或是有什么疑虑，请告诉我。你是想让我离开吗？"

他说："你在说些什么啊，斯蒂芬妮？"

这比他亲口承认还糟。

信封上的邮戳已无法辨认，但我能认出"密歇根"的字样。会不会是艾米丽本人寄的这张卡片？这是她扰乱我思绪计划的一部分吗？她此刻是不是正在门外的某处，看着我们为不在场的她端出插着蜡烛的生日蛋糕来庆祝她的生日？她又在寻求什么？她正在计划什么？

我问肖恩："我可以打开这张生日贺卡吗？"

他说："当然，打开吧。"

贺卡一如往常是用棕色墨水写的：**给艾米丽**，然后是**妈妈寄**。

除非艾米丽成功模仿了她妈妈的笔迹，不然绝不是她本人写的。而且，她为什么要从密歇根给自己寄生日卡，还要让它看起来是她妈妈送的？

唯一的解释是，她妈妈根本不知道她死了。或者就是她妈妈知道一些我不知道的事。

我无法把生日卡的事从我的脑海里抹去，它成了我的另一个执念。

不管这是第六感或其他什么，但我开始相信，如果我能见到艾米丽的妈妈，问她几个问题的话，就可以明白一切。这已超出对于一个人出身的寻常好奇心，我确信艾米丽的母亲能够揭开艾米丽去向的谜团，她是怎么失踪的，为什么又起死回生了。即使她母亲对所发生的一切一无所知，也会说出一些有用的信息。她真的像肖恩说的那样病得很重吗？到底是她还是别人记着艾米丽的生日。

我在网上找到了电话号码，当看到电脑屏幕出现"布卢姆菲尔德山市，温德尔·尼尔夫妇"时，我感到有点儿无法呼吸。

我拨了这个号码，拨了两次。第一次，电话铃声响了很久，没人接。第二次，一个声音尖细的老妇人接了电话。

"喂？"她说。我说不出话来，"又是隔壁那些该死的孩子在捣乱吗？我告诉你，我不在家。"

我挂掉了电话。

第三次拨通，我说："尼尔森夫人，我是斯蒂芬妮，您女儿艾米丽的朋友。"在正常情况下，我应该告诉她，我为艾米丽感到难过，但现在的情况并不正常。

"她从未提起过斯蒂芬妮这个人。"老妇人说，"我从未听过关于她的事。你刚才说，你是谁来着？"

我说："我是艾米丽的一个朋友，您的外孙尼基是我儿子最好的朋友。"

"哦。"她惆怅地说，"对，尼基。"

看来，这就是她状态好的时候。

"他今年几岁了？"

"五岁。"

"哦。"她说，"老天。"

我有点同情她，她有多久没见过他了？

我不知道怎么就鬼使神差地问了她："我可以去看望你吗？"

在等她挂电话或拒绝我的时候，我全身都紧绷了起来。

"什么时候？"她说。

"下周。"我说。

"哪一天？"她说，"几点？让我看一下时间安排。"

我知道肖恩不愿让我去。我编了一个住在芝加哥病得很重的凯特姨妈的故事。我问肖恩是否可以照看孩子们，他同意了。我们都很明白，我单独陪孩子的时间有多少。

我不能把实情告诉肖恩，这让我觉得其实自己无人可以依赖，始终是孤身一人。但我在最重要的事情上选择了相信他——在我外出过夜时照顾我的儿子。

我仍与肖恩同床，但我不能告诉他艾米丽给我打过电话，并且用只有她一人知道的秘密来嘲笑我。他会说，我把事情变得更糟，说我不能面对现实，或是说我开始脱节……

我**真的**疯了吗？我在胡思乱想吗？或许我仍然处于好朋友失踪和死亡所带来的震惊中，或许肖恩说得对，或许我在拒绝承认艾米丽已死亡的事实，让大家的状况都变得更糟。

尤其是我自己。

我飞到了底特律，然后租了一辆车。我找到了艾米丽母亲的家，一座有着立柱和门廊的宅邸，就像《乱世佳人》里的房子被搬到了中西部。屋外有一条环形的车道，杂草丛生的灌木丛遮盖了覆满褐色枯黄的草坪。

前来开门的老妇人身材瘦小、弓腰驼背，她穿着一件羊绒衫、时髦的褶裥裤和一双高得让我惊讶的昂贵的鞋子。她整齐的白发利落地梳到脑后，鲜红的口红涂得精致。她看起来有点像艾米丽，但更像是活到了 80 岁的格雷丝·凯莉[1]。

她带我到一间超大的起居室，里面尽是上好的古董家具和身影朦胧的暗色调厚框画，空气中弥漫着干燥玫瑰花的香气。

"再跟我说一次你叫什么名字？"她说，"我最近有点健忘，真是不好意思。"

"斯蒂芬妮。"我说，"艾米丽的朋友，我儿子是尼基最好的朋友。"

"我知道了。"艾米丽的母亲说，"你要去卫生间吗？"

"不用了。"我说，"我没事，真的。我没事……"我小声嘟囔着。

1　格雷丝·凯莉（Grace Kelly），20 世纪美国著名的电影女明星、奥斯卡影后，也是摩纳哥王妃。——译者注

尼尔森夫人坐在一把玫瑰色的天鹅绒椅子上，我坐在沙发上。这张沙发坐上去很不舒服，但却引人注目。旧式仿法式沙发，绣着闪亮的刺绣，就像粉色和白色条纹的糖果，这是艾米丽绝不允许在**她**家里出现的东西。

"我丈夫去世了。"她母亲说。

至少，她还知道她的丈夫去世了，今天一定是她状态**真正**好的日子之一。

"他生前在一家汽车公司的公关部工作。谁会想到艾米丽在见识到1988年的召回事件对她父亲的影响之后。仍然选择进入公关业呢？"

她把眼镜往下拉了拉，就像一只啄食谷物的小鸟那样前倾，第一次正视我。

她说："你不知道1988年的召回事件是什么，对吗？"

最好诚实一点，我摇了摇头。

她说："你真够笨的，不是吗？"

我立刻能够理解艾米丽为何要选择与她保持距离，我为她有这样一个不会说话的母亲感到难过！然后，我想起艾米丽也曾说我笨，那是她最后一次在电话里对我说的。她传递出因毒舌母亲而来的伤害。我常常在博客里聊到那些试图让妈咪们觉得自己愚蠢的人。我真的好反感和厌恶被人说是笨蛋，还有被刻意挑起自己是笨蛋的感觉，但我对此却无力回应。

如果艾米丽的妈妈以为我是笨蛋，如果她怀疑我是否真的是艾米丽的朋友，她永远不会把我想知道的事告诉我。我不知道她要告诉我什么，但等知道了才会明白。

我说："您想看看尼基的照片吗？"

"尼基？"

"您的外孙。"我说。

"当然，"她礼貌地说，"在哪儿？"

我把手机拿到她眼前，站在她椅子旁边，把迈尔斯和尼基的照片一张张给她看。她似乎看得很专心，我不知道她是否想让我停下来。

然后，她说："哪一个才是……"

"尼基。"我提醒了她。

"对，尼基。"

我指了指她的外孙。

"真可爱。"她犹豫地说。

我听到她说："可以了，他真的很可爱。"我真是松了一口气。

她看看我，往后靠了靠，说："我在电影里看过这样的场景，我和你在一部电影里，我在电视上看过。你想看一眼艾米丽童年的照片，所以你就是为这个来的，对吗？"

"是的，我想看一眼。"

就在我回答的时候，我意识到真的是这样，这**正是**我来这里的目的。

"你想喝点儿茶吗？"她说。

"不用了，谢谢您。"我说。

"好。"她说，"我想家里也没有茶叶了，我马上就回来。"

她站了起来，慢慢走出了房间。我听到有人在低声交谈，是尼尔森夫人和另一个女人，我猜是她的看护人。

我因而有了几分钟时间打量一下四周，一台大钢琴上垂放着一条刺绣的西班牙披巾。照明光线十分柔和，一个带镜子的橱柜，还有一幅艾米丽母亲的肖像，肖像中她穿着晚礼服，时间可能在几十年以前，或许那时艾米丽还没有出生。艾米丽竟然是在这样的地方长大，实在不合理，但我也明白我根本不知道怎样的地方才算合理，她从未跟我谈过她童年时的家。

尼尔森夫人晃着脑袋，把相册塞到我的手里，似乎有一种可笑的怒气，或许她只是想要匆匆坐回到她的椅子。

这相册就像是人们用来存放 CD 的那种小册子，每张照片都装在透明套中，散发出一股淡淡的塑料味。

在翻看了几页之后，我明白了这就是我要的东西。

在每张照片里，都有两个艾米丽，两个一模一样的小女孩。

两个一模一样的艾米丽出现在花园里和海边，她们站在约塞米蒂国家公园标识牌前的森林里。两个女孩都有一头金发、深色眼睛，随着我的翻动，两个艾米丽也逐渐长大。

"怎么了？"她的母亲说，"亲爱的，你脸色很差，你还好吗？"

我想到了艾米丽家壁炉架上那张黛安·阿布斯[1]拍摄的双胞胎摄影作品，我记得她当时对我说，那是家里最让她喜欢的一件艺术品。

她说："提醒我，哪个才是艾米丽，眼睛下方有一颗讨厌的胎痣的那个是她吗？天啊，我曾希望她把那颗痣拿掉。尽管这颗痣是我能

---

1 黛安·阿布斯（Diane Arbus，1923—1971），常以社会边缘人为摄影对象的美国知名摄影师。——编者注

分辨她们的唯一标志。当然，后来伊芙琳经常喝得酩酊大醉、嗑药上了瘾，再让我分辨她们两个，就容易多了。"

我说："我不知道艾米丽有个双胞胎妹妹。"

她皱了皱眉。"怎么可能？你确定是我女儿的朋友？你来这里到底想干什么？我警告你，我这里到处都装有摄像头。"

我环顾了四周，没有发现摄像头。

"这就奇怪了，"我说，"她从没提过——"

"伊芙琳，她的妹妹。"

"伊芙琳？"我问，"**她**住在哪里？"

"好问题，"她的母亲说，"我一直不知道。伊芙琳有些问题，有时候她会住进一些非常昂贵的戒毒所，猜猜是谁支付的费用。她一次又一次地音信全无，后来我才发现，她一直在街头流浪。艾米丽试过挽救她的妹妹，一次又一次地尝试过。我想，她最后还是放弃了。"

艾米丽怎么会从未提起过她有双胞胎姐妹的事实呢？她为什么要对此秘而不宣呢？霎时间，我想不起她的脸长得什么样。她是双胞胎中的姐姐还是妹妹呢？

我闭上眼睛，听到尼尔森夫人问我是否需要喝点儿水。

"我没事，只是一下子得知这么多信息，我需要冷静一下。"

她说："艾米丽因为伊芙琳的问题而怪我，但我告诉你——你有孩子吗？"

"我的儿子是尼基的朋友。"我提醒她。

"那么你就能理解，那不是我的错。孩子会依照他们的天性走，我们爱莫能助，每个当父母的人都要知道这一点。我对两个女儿的爱都是一样的，精神问题是我们家族世代遗传的，尽管谁都不被允许这么说，但我们有一半的表亲长辈都住在疯人院。"

"是的，两个女儿几乎一模一样。DNA都是一样的！但我从来不会认错她们，艾米丽的眼睛下方有一颗痣，而伊芙琳的耳朵上方形状很特别。"

我认真听她讲话，与此同时却联想到别的方面。尼尔森夫人身为母亲，我不知道她是否已知其中一个女儿已经死了。

其中一个女儿，这又让我深受冲击。**她们的DNA完全一致**。法医或许没能分辨出两者的区别。当他们在湖边发现那具尸体时，眼睛下方的痣和那形状特别的耳朵已经不再重要。

我的大脑飞速转动，努力找出逻辑。难道艾米丽杀了她的妹妹并把她的尸体沉入了湖中？这一切都是她精心策划的吗？她伪装死亡的方式是多么完美啊……

"请喝点儿水，"艾米丽的母亲说，"你看上去不太好。"

"没关系。"我对她说，"我很好。"

她的身体微微前倾，手扶在我的膝盖上，然后突然她用一种诡异的语气说："要不要听件荒谬的事？我丈夫还活着的时候，那时两个女儿还很小，我还需要掩盖我酗酒的习惯，就好像**我**还是个孩子。现在，我终于可以在鸡尾酒时间喝上一杯杜松子酒，身边再也没人会跟我说做这件事是否正确了，而且还是每个成年人都有权做的事。没有人能阻止我。你要不要一起喝一杯？"

现在时间是下午两点。"不了，谢谢你。"我说，"谢谢你的邀请。"

直到此刻，我才注意到她椅子旁边的餐桌上有一个托盘，里面放着一个酒瓶和两个玻璃杯。她给自己倒了满满一杯酒，然后愉悦地啜饮起来。

"你瞧，我感觉好多了。我说到哪儿了？哦，双胞胎。艾米丽和伊芙琳就像人们通常所说的双胞胎那样神奇。比如说，她们之间有心灵感应。在童年时，她们只要互看一眼对方，就能明白对方的意思。你能想象抚养这样两个孩子会是什么感觉吗？"

"艾米丽是强势的一方，她先出生，比妹妹重 170 克左右。她体重增加得很快，也是先学会走路的那一个。伊芙琳总是……比较瘦小，比较闷闷不乐，比较不自信。"

"她们在同一段时间里经历了叛逆的青春期。相信我！这对她们的母亲来说可是加倍的恐慌。她们的叛逆期一直持续到二十多岁，我觉得她们对男人、对她们的男朋友耍了不少花招。她们漂亮又受欢迎，极具吸引力。这表示，她们也喝酒嗑药。你确定不啜一口吗？"她把她的酒递给我。

"谢谢你，不用了。我很想喝一口，但我得开车去机场。"

"哦，好吧。我想起了一件事。她们在我和她们父亲面前大吵一架。那是个节日，圣诞节吧？或是感恩节？我记不起来了。反正，我们就是齐聚一堂，这件事发生不久后，伊芙琳**真正**开始堕落了，而艾米丽却开始上进。"

"她们吵得很厉害，我想是因为一个男孩，我记不清了，不过我也不太确定。她们互相扇了对方耳光，刹那间，争吵就停止了，她们各自回了房间。"

"第二天，她们去了底特律，刺了可怕的文身，以链式文身提醒自己，就是这只手打了亲姐妹。但也可能是其他的鬼话，反正就是承诺永远不会像那次一样吵架。我认为她们再也没有吵过架，到现在还是一样。"

到现在还是一样？看来她以为她们还活着。

除非艾米丽已经把我在乡村市集上跟她说过的话告诉了她的妹妹，否则应该就是艾米丽给我打的电话，而被冲上湖岸的尸体是伊芙琳。

"您刚才说艾米丽的妹妹住在哪里？"

"我最后一次听说是在西雅图。"

"还有更具体的信息吗？"我问，"您有地址吗？"

"我真希望我知道。柏妮丝会帮我寄生日贺卡。我才刚给身在康涅狄格州的艾米丽寄了一张，但最近一次我们给伊芙琳寄生日卡的地址，是西雅图一家破汽车旅馆。柏妮丝用谷歌查索了一下，我们都看到了旅馆的样子。"

她向前倾身。"亲爱的，提醒我一下，你来这里是为了什么事？"

她说"亲爱的"的语气，就像童话故事里的女巫，威胁又无礼。

"我不知道。"我说，"抱歉……"

在我拜访期间，她的眼睛就像一盏可以随时开关的灯，现在灯再次暗了下来，像是在说："晚安，晚安，没人在家。"

"我累了。"她说。

"抱歉，我无意要……感谢你。"我从粉白条纹沙发上起身，回身看看我是否把沙发弄脏或弄乱。"您能见我，真的太好了。"

"提醒我一下，你为什么想见我？"

"好奇。"我说。

"害死猫。"她说。我听出她的语气跟艾米丽一模一样，顿时感到又一阵恐惧，不由地哆嗦一下。老妇人注意到了，她喜欢这样。她抬起下巴，像小女孩般大笑起来。她又清醒了，就在这一刻。

"我要走了，"我说，"您要不要我……打电话给什么人？"

"她要走了！"尼尔森夫人说。

我听见一阵脚步声，一个身材高挑、风韵犹存的五十多岁妇人出现在门口，她穿着深蓝色的护士服，脖子后绑着一团灰色的脏辫。

"这位是柏妮丝。"尼尔森夫人说，"而这位是——"

"斯蒂芬妮。"我说，"很高兴见到你，柏妮丝。"

柏妮丝向我投来平和仁慈的目光。我察觉到她一直偷听雇主说话，并允许——或至少不介意——我们的谈话内容。先是尼尔森夫人，然后柏妮丝也伸出了手，我和她握了握手，表达谢意。

柏妮丝送我到门口，然后轻轻把身后的门关上，我们站在门廊上。

我说："我知道警方跟你说过。对于艾米丽的事，我深表遗憾。"

"如果那真的**是**艾米丽的话。"柏妮丝说，"他们一直分不清这两个女孩，即便死后也是。"

听到这个新信息、新想法和新推测，我很难一时间消化。我想到了迈尔斯，他总是能让我很快冷静下来。

我问柏妮丝："你向警方说过你的怀疑吗？你告诉过她们有关伊芙琳的事？"

"我任由他们自己认定。孩子，这里可是底特律，有富有白人的底特律，但仍然……最好不要反驳他们，也不要提出什么新问题。越少招惹警察，你的日子就越好过。我试过给艾米丽打电话，厘清事实真相，但她一直没接电话。她的妈妈最好不要知道，我不想让这件可怕的事给她原本已经痛苦的生活再雪上加霜。有时候，她认为她有两个女儿，有时候认为没有，有时候认为只有一个……我永远无法预料她心中想着什么，又忘记什么。很多时候，她想起来的事会让我大吃一惊……她提起过那辆车的事吗？"

"什么车的事？"

"她记得**那件事**。不久前，伊芙琳把她的车偷走了。两个女儿都有车钥匙，其中一个女儿夜里进入停库，把车开走了。我敢打赌，一定是伊芙琳。艾米丽租得起任何她想租的车。我说得对吗？"

我点了点头，这话听起来很合理，但却让一切变得更扑朔迷离。我想留下来，随时向柏妮丝提出问题。同时，我也想赶快回到酒店，静下来思考一下我所听到的这些事。

"尼尔森夫人变得歇斯底里，不停地问我她要怎样出去。我说不出口的是，她已经很多年都没开过车了。我说，我们可以乘出租车，像平时那样。我要她别担心，我帮她寄出了艾米丽的生日卡，这么多年都是如此。"

"柏妮丝，她有你帮忙，真幸运。"我说。

柏妮丝做了个苦脸，我担心这句话冒犯了她，但她似乎并不这么认为。

"她值得拥有一些好运。"她说，"她生下这两个女儿，运气实在很不好。在我们岛上，对双胞胎都非常谨慎，你也自己小心。"她听了听屋内的声音。"我得回去了……说不准她会怎样……祝你回程一路平安。"

我已经没时间去问她，她所说的**"非常谨慎"**和**"自己小心"**是什么意思。

离开郊区后，道路就变得颠簸难行。尽管底特律是个汽车之都，但我惊讶地发现，那里的路况却非常糟糕，让我不得不集中注意力，驶过坑坑洼洼的路面，无法疯狂地想着刚才听到的事。

艾米丽有个双胞胎妹妹。

我是如此紧张不安，当我把车开进租车处时，那些穿着统一制服的服务人员纷纷靠近车，其中一人还问我是不是不舒服。

我说："我没事，为什么大家一直问？"

我还了车，乘坐专线大巴去了底特律大都会机场酒店。我很高兴自己没有选择最便宜的方案，很高兴房间里有一个迷你酒柜，很高兴我可以喝两小瓶波旁威士忌。我很高兴酒店的床既舒适又干净，可以和衣躺进被窝里，很高兴我还够清醒，可以预约叫醒服务，让前台第二天叫早，我好赶早班飞机。

我拉过毯子盖住头，闭上眼。黛安·阿布斯拍摄的双胞胎照片从黑暗中浮现出来，我清晰地看到它，比艾米丽母亲给我看的那些照片的印象还深刻。我仍然能看得到她们的宴会礼服，却记不起艾米丽和她妹妹在全家照里穿的衣服。她们没有穿得一模一样，这是她母亲要告诉我的事吗？她从来不把她们打扮得一模一样。还是说这是我自己发现的？这又有什么区别？

最后一张照片似乎是在她们高中毕业典礼上拍的，她们戴着帽子，穿着长袍，看上去年轻而充满希望。

之后发生了什么事？尼尔森夫人认为伊芙琳在西雅图，却没有她的地址。老妇人多久就会完全忘记两人？艾米丽知道这件事，并指望着它帮助自己实现计划吗？

不管那是什么事。

我大可以有不同的反应，但结果我感觉到的是愤怒，就好像**我**才是饱受委屈的一方。我知道有些人可能会因为我跟艾米丽的丈夫上床而指责我。但我觉得，是她先对不起我，先欺骗我、利用我……还不告诉我她有一个双胞胎妹妹。让我和肖恩——或者仅仅是我——以为她真的死了。

然后，又决定让我知道她还活着。

强势那一方的双胞胎，她握有所有的力量。

肖恩知道她有个双胞胎妹妹吗？他从没提过，她是否刻意对她丈夫隐藏了这个秘密？

我躺在这里，思考着如何让艾米丽知道我已经知道了一切。

过了一会儿，我灵光一闪。艾米丽疏忽了，她不应该让我知道她在看我的博客，那就是我可以联系她的方式，这让我有了一点儿掌控权，让我找到了发出自己声音的途径。而且我无须担心肖恩，因为他不看我的博客。

我一夜未眠，想着如何在博客上措辞。我该如何让艾米丽知道，我去过她母亲家，而且知道了她的秘密——却用不着泄露这个秘密呢？

32_

斯蒂芬妮的博客

关于解脱

各位妈咪好!

我可以用一整篇博客来讲述"解脱"。不过,我也可以告诉大家,我是如何从我好朋友悲剧的意外死亡中得到解脱的。

这是个复杂的故事,但基本上是这样:

我拜访了艾米丽的母亲,艾米丽童年的家就在底特律的郊区。我还见到了善解人意又可爱的看护人柏妮丝。我坐在粉白色条纹的旧式缎面沙发上,艾米丽的母亲给我看了一本满是艾米丽童年照片的相册。

这很难解释,但当我们一起看她的童年照片时,我好像得到了一个了解艾米丽的机会,仿佛从一扇窗看到了好朋友的童年。就在我和艾米丽的母亲回忆了艾米丽的人生时,我觉得自己明了了一切。而我也了解到,艾米丽的人生故事比我想象的要有趣得多。

而我,终于可以放手让我最爱的朋友艾米丽离开。

各位妈咪,请尽情写下你们自己最感动也最满足的解脱时刻。

爱你们的斯蒂芬妮

33_

艾米丽

我一直知道那幢小木屋里会发生什么坏事，或许这就是让我害怕单独待在那里的原因。我常常梦到有种邪恶的……**存在**，在门廊等待着我。这里是我和妹妹在无数个童年夜晚的黑暗中轻声细语讲故事的地方：想象出一个只有我们两人的幻想王国，在这个王国里，我们永远生活在一起，没有任何大人破坏我们的乐趣，或告诉我们该做什么。

我们最喜欢的歌是"章鱼花园"[1]。我们一遍遍地唱、越唱越快，直到嗓子发痛，最后笑到停不下来。现在再想起这一幕，却让我流泪。要是我们中的一个人先遇到了章鱼呢？

我失踪的前一晚，电话响了。我和肖恩当时都已经睡了。

"谁啊？"肖恩咕哝着。

"丹尼斯。"我说。丹尼斯·尼龙经常在下班时间打给我，也不是什么奇怪的事。这意味着他又在狂欢，向戒毒所又迈进了一步。他会把工作通讯录上所有人的电话都拨一遍，直到有人接电话为止。我一

---

1 章鱼花园，英文为 Octopus's Garden，英国乐队披头士的歌。——编者注

般都会接，因为我知道假如没人接的话，他会继续打给通信录里的下一组电话：媒体朋友们，而我就必须为随之到来的风暴善后。相比之下，事先制止他则要容易得多，只要任由他漫无边际地说下去，直到听到电话那头打起呼噜，我就可以回去睡觉了。

"我去客厅接。"我对肖恩说。

我飞快地跑下楼，因为打电话来的不是丹尼斯。

"你要接受伊芙打来的付费电话吗？"

我总是回答："接受。"

我和妹妹称呼对方为伊芙和艾米，虽然这不算什么秘密，但我们不准其他人——谁都不可以——这么称呼我们。在我和肖恩刚刚认识不久，有一次他叫我艾米，我告诉他，如果他再这么叫我，我会杀了他。我想他相信我是说真的，或许我的确是。

我必须离开卧室去接我妹妹的电话，因为肖恩不知道我有个妹妹，没有人知道，除了母亲——如果她还能记起来的话——当然还有柏妮丝和高中时认识我们的人知道。但谁会在乎他们呢？我不得不处理掉许多老照片，那时我还会跟母亲联络，于是我把那些照片寄给了她，理由是我经常搬家，不想把这些照片弄丢。

"嗨，伊芙。"我说。

"嗨，艾米。"她说，然后我们都哭了。

我已经记不清从什么时候开始，不再告诉别人我有个妹妹，也许是在我搬到纽约的前后吧。我受够了当我说自己有个双胞胎妹妹时，那些陌生人开始问东问西，或自以为了解我似的。难道他们不知道，每个人都问我同样的问题，会很烦吗？同卵还是异卵？你们会穿得一模一样吗？你们很亲密吗？你们有秘密语言吗？有一个双胞胎妹妹会不会很奇怪？

这确实很奇怪，现在仍然很奇怪。但这完全不是我能、或想要解释的。在开始装作我没有妹妹之后，我几乎忘了自己有个妹妹。眼不见，心不烦，这样会轻松得多。痛苦少了，负罪感少了，悲伤少了，担忧也少了。

我的同事没人知道我有个双胞胎妹妹。在我和肖恩第一次玩"谁的童年更不幸"的游戏时，他说他是独生子，而我说："哦，好可怜！我也是！"后来，再让我费尽口舌去解释我为何忘记了自己还有个妹妹，实在是太复杂的一件事。就各方面因素来说，把伊芙琳的存在当成秘密，这样会轻松得多。假如她出现在我家，我将会非常认真地解释许多事，不过这件事从未发生。后来，我的工作已经把我变成了一个善于解释复杂问题和控制信息的专家。

有时，我也会试试自己的运气，赌赌看我身边的人能否辨认我和伊芙琳。当我用不菲的价格买了黛安·阿布斯拍摄的双胞胎照片时，肖恩会好奇吗？我为什么如此钟情这张照片？当然不会。他可能觉得这是一件艺术品，一项不错的投资。事情的真相会让他怀疑自己娶的太太到底是怎样的一个人，或者让他有更多的怀疑。

在斯蒂芬妮第一次来访时，我特意指了照片给她看，并说这是所有物品中我最看重的一件。但她只是以为这说明了我有绝佳也很昂贵的品位。无数人都欣赏那张照片，但一般人不会仔细看其中的细节，猜测这双胞胎谁是谁。

我是双胞胎里强势的一方。先从妈妈肚子里出来的是我，先学会走路和开口说话的也是我。我抢了伊芙琳的玩具，把她弄得号啕大哭，但我也保护着她、带她冒险。是我和她说母亲的杜松子酒在哪，然后用水替换了酒，邀请她和我的朋友们一起嗑药，是我帮她点了第一支烟。

我怎么知道她会比我上瘾呢？越来越难以保持神志清醒呢？还是说，我对乏味的恐惧对她来说也同样是一种折磨，只是方式不同，但对她的伤害更大？她是双胞胎里的弱势的一方。

我拿着电话走进厨房，打开灯。厨房里很冷，但我怕给自己拿一件毛衣的话会把听筒放下太久，我害怕她会挂电话，再次消失。

"你在哪儿？"我问。

"我不知道，密歇根的某个地方吧，你猜怎么着？我偷了妈妈的车。"

"很好。"我说，"这个世界因此而更安全了，我们就可以安心了。"

她大笑起来。"我想妈妈已经很久不开车了。"

"感谢老天。"我说，"你还记得吗？有一次，她在我们门前的车道倒车，结果掉进了路边的水沟，我们只好打电话叫了一辆拖车，用铁链把车从沟里拖出来。"

"我记得的事情不多，"伊芙琳说，"但我确实记得这件事。"我在想，我们是唯一记得这件事的人，我妹妹也这么认为。我看着自己握着听筒的手，目光锁定在近来几乎不曾注意的文身上。现在我可以看到伊芙琳，她的手腕、她的文身。

我们是在吵了最凶的一架之后才文的这个文身。当时，我在她的抽屉里发现了一个工具盒，里面有皮下注射器、棉球、勺子、橡皮管，还有一包白粉。

那年我们十七岁。

我已经怀疑了一段时间，她开始穿长袖，但她的手臂比我还美，因为我只要在阳光下晒过就会长斑。在发现这些东西前，我就已经知道自己会发现什么了，但当我真的发现时，仍然很震惊。是真的，我的妹妹不是在开玩笑。

我开始冲她大吼大叫，说她不能这么对自己，不能这么对我。她说，这不关我的事，我们是不一样的人。

我们争吵的声音很大，我担心母亲会听到。但母亲正在她自己的房间里过酒瘾，不亦乐乎。

我给了妹妹一耳光，她也还了我一个。我们都被自己的行为吓坏了，因为从小到大，我们从未向对方动过手。

第二天，我们就去文了文身，还偷了妈妈的止痛药以减轻文身的疼痛。我们没有承诺彼此不再嗑药——要求这种事就太沉重了，这样我们只能向对方撒谎。但我们保证，永远不会再那样吵架。我们确实没再这么做，也不再有了。

母亲一直以为这次争吵的原因是为了一个男生，但男生永远不值得我们去这样做。

我妹妹身上所发生的事，似乎像是我做错了，是我犯下的错。我们离开家之后，伊芙琳去了西海岸，我去了东海岸。我逐渐戒掉了毒瘾，但她没有，距离让我越来越相信她的问题不是我的错。我想念她，但我让自己不再对她思念。

我们可以控制自己的想法和感觉。

不想念任何人是我最擅长的，比如我的母亲。我最后一次见到母亲，是在父亲的葬礼上。伊芙琳没有回来。母亲喝得酩酊大醉，然后对我大发雷霆，说我妹妹的问题是我无情无义、自私自利的结果。我说，把一件在我出生之前就已经开始的事归罪于我，这很不公平。这是一场我从未赢过的争吵，我不再跟母亲说话，也不想听她说那些让我害怕的事。

我并不是没有尝试帮助伊芙琳，试着拯救她。在丹尼斯·尼龙公司工作，恰好让我对各家康复中心的优缺点了解很多。我已经记不清自己多少次飞去西海岸，假装出差欺骗肖恩，假装家里有急事欺骗公司。不过，这的确是家中急事。

不管伊芙琳在哪里，我总能找到她。幸好，她始终希望被找到——这就是她总是惊恐万分地三更半夜打电话给我的原因。那样的飞行旅程一直持续，我会在一些破旧的汽车旅馆找到她，通常正与某个长相还过得去的陌生男人同居。然后，我会把她送进戒毒所，母亲负责支付费用，这是她唯一可以做的事。伊芙琳从戒毒所出来后，会定期给我打电话，告诉我保持清醒是一件多么奇妙的事，食物的味道尝起来多么美味，她终于可以享受明媚的阳光而不觉得眼睛刺痛。

不久之后，这些电话就戛然而止。

只要你曾经爱上过有毒瘾的人或家中有染上毒瘾的人，就会知道这是怎么一回事。戒毒过程中永无尽头的希望和失望，总是绕了一大圈又回到原点，所有人都变得心力交瘁。

我最后一次得到伊芙琳的消息，是从西雅图寄来的明信片，上面除了我在康涅狄格州的地址外，什么都没有写。在明信片正面是色彩亮丽的旅游照片，许多鱼被整齐地摆放在派克市场的冰块上。全是死鱼，这就是伊芙琳的幽默感。

"你还在听吗？"我问道，我能听到妹妹在电话的那头抽噎。

"算是吧。"她说。

"不要挂电话。"我说，"拜托你。"

"我不会。"她说。

"你嗑药了？"

"能听出来我嗑药了？"

"能。"

"你要去哪儿？"我问，"你现在开着妈妈的车？"

"我想我会去小木屋，就是湖边那里。"

这句话让我的情绪稍稍提振一些。或许伊芙琳准备尝试再次戒毒，告别旧生活，重新开始崭新的生活。湖边的小木屋是我们的避难之地，是我们的安全地，是我们私人的精神疗养院。

"你要去那里冷静一下？"我说。

"可以这么说。"她苦笑着，"我要去那里自杀。"

"你在开玩笑吧？"

"没有，"她说，"我认真极了。"我听得出来她是认真的。

"拜托你，不要这么做。"我说，"等着我，不要做任何傻事。我会去那找你，尽快赶到。答应我，不对，向我**发誓**。"

"我答应你，"她说，"我答应在你到达之前什么也不做，但我还是打算这么做，我已经下定决心。"

"等我。"我又重复一次。

"好。"她说，"但是快一点。"

　　我整夜未眠，天亮之后，我知道自己要做什么，也知道即将发生什么事。我知道，但也同时不知道最后会如何。

　　我妹妹握有打开监狱大门的钥匙，也有能够替我们屠龙的魔咒。她是我和肖恩的小游戏中的秘密玩家，拥有协助我们获胜的力量。我不想让我妹妹死去，我不会帮助或鼓励她自杀，我爱她。但我会做她需要我为她做的事，即使这意味着会失去她，即使这意味着承认：我早已失去了她。

　　没时间可以浪费了。第二天早上，我早早起了床并收拾好行李，订了飞往旧金山的航班，我根本没打算去旧金山，但我希望这个航班可以暂时误导那些试图寻找我的人。

　　我打给斯蒂芬妮，问她能否帮我一个忙，只是举手之劳。问她晚上尼基是否可以待在她家，我下班后就会去接他。当然，我大可以告诉她，我正打算外出几天，但我想让她尽快达到完全恐慌的状态。这会让我的失踪事件显得更可信、更令人担心、也更加紧急。如此一来，等到保险公司调查理赔案时，就会看到警方曾经介入。

　　或许，还会有一具尸体，一具看上去跟我长得一模一样，且和我的 DNA 完全吻合的女尸。

　　那天早上，我送尼基到学校的时候，刻意迟到了五分钟，这样就不会和斯蒂芬妮相遇。因为我不想让好管闲事的斯蒂芬妮看到我跟尼基吻别的时候流泪。

我知道自己会有很长一段时间都见不到他了，心都要碎了。我紧紧抱着他，他说："妈妈小心一点，你把我弄疼了！"

"抱歉。"我说，"我爱你。"

"我也爱你。"他说，然后头也不回地跑进校园。

"晚点见。"我说。这样我对他说的最后一句话就不是谎言了（虽然我要晚好久）。

我一直告诉自己，尼基日后一定会感谢我们。谁不想在欧洲最美丽的地方度过童年？他会有一个比他的父母更好的童年，不像他的父母是在英格兰荒凉的北部和底特律乏味的郊区长大。尽管康涅狄格州已经不错了，但我也不知道为何还不够满意。我猜，也许永远都不会够。

我想做一些刺激的事，我想找到活着的感觉。

我开车回家接上肖恩，一起前往北线车站乘火车进城。然后，我们从中央车站打车去机场。在我失踪以前，必须让他坐上飞往伦敦的飞机。我故意站在国际航班离境大门前与肖恩吻别，以免警方找到那位送我们去肯尼迪机场的司机，但他们竟然从未想到这一点，很多证据表明，他们根本就没太用心找我。在我们依依不舍道别时，我让出租车司机等我。我们的身影会出现在监控录像里：一对相亲相爱的夫妻，为离别而难过，哪怕只是短暂分别几天。

"时候到了。"我低声对肖恩说，"你知道该怎么做。"到了伦敦，他会与几个客户见面，这些客户都是他以前没能签下合同的人，他们很喜欢他，并为无法投资几百万美元给肖恩公司的不动产项目而感到真心抱歉。他们同意跟他喝上一杯——这就为他提供了不在场证明。

"你要去哪儿？"他说，"如果我需要跟你联系，我该怎么办？如果有紧急情况，我该怎么办？"他的声音里充满了恐惧，就像一个孩子，真是太丢人了。

"别担心。"我说，"**这**是紧急情况，不管你听到什么……我都没死，我会回来的。相信我，**我绝对不会死**。"我需要他相信这一点。

"好。"他半信半疑地说。

"很快再见。"我小声地说，以免旁人在听，但并没有任何人在意。

"很快再见，亲爱的。"他说。

我回到出租车里，前往租车公司。

我上路了。微风吹着头发，我有种飘飘然的坏女孩的感觉，这个计划很可能成功，而且远比我现在的生活有趣多了，比许多人眼中那些好玩的工作更好玩，我想要来点特别的东西。

我不介意与肖恩暂时分别，正好我可以在湖边休息几天。从我们备受束缚的生活中抽身而退，与过去的生活说再见并找到生活中重要的东西，这不正是这个计划的全部意义吗？很多人都会萌生这样的想法，但并非每个人都会付诸行动。如果他们这么做，人类文明早就崩溃了。

事后证明我想得没错，与尼基分开并不容易，而且就结果看来，我对肖恩能否坚持执行计划也心怀疑虑。我当然完全没料到肖恩去睡那条"鱼"，我更没想到斯蒂芬妮会找到我母亲的家。

生活真是充满了惊喜。

我买了很多书，查尔斯·狄更斯的全套作品和詹姆斯·M.凯恩的《小夜曲》，还有一本我不记得是否读过的海史密斯的小说。我还买了足够吃上一段时间的食物，还有一台 CD 播放机。我可以听我喜欢的音乐，而无须被迫去听肖恩青春期就喜欢的那些可怕的呐喊的英国乐队。

我竭尽所能隐藏行踪，只去我认为可能没有摄像头的便利店，不过当他们开始找我，应该还是能找到我的踪迹。但我猜，他们并没有认真去找，不管他们装得多么认真，或又是怎么告诉肖恩的。

湖边小木屋里没有互联网也没有电视，所以我后来才知道情况。

* * *

我从没设想过，这个计划会把我的双胞胎妹妹牵扯进来。现在，重新思考后，我意识到我需要妹妹才能让计划一步步成功。我需要她，就像我一直都需要她的那样，即使我试图回避、否认或漠视这个念头。从一开始，我一定都知道伊芙琳将是计划的一部分，但我不想让事情像那样发生。

我一定早就知道了，无法解释，也无法了解我们是**怎么**知道的，但我和妹妹总是如此明白对方。

在前往密歇根的路上，我有很多时间思考。有时，我的想法像一个正派的人；有时，我的想法却像一个狡诈的疯子，而这才是我真实的一面。我在桑达斯基的一家汽车旅馆过了一夜，因为那里可以现金支付。

第二天，我到了湖边小木屋，妈妈的 1988 年款别克汽车就停在车道上。我希望这只是一辆车，一辆旧汽车，但它却是妈妈在我们童年时无数次差点杀死我们的那辆汽车。在她因酒后驾驶而被吊销驾照后，这辆车就一直停在车库里。柏妮丝偶尔把车开出来热热引擎，而那些被母亲撞出的凹痕和划痕，也因为车被迫退休而保留下来。我告诉自己，现在这辆车属于伊芙琳了，但这却让我感觉更糟。因为我很快——太快——意识到，这辆车可能会属于我了。但我要怎么处理它呢？妹妹可能就要死了，而我将会在另外一个国家开始生活，母亲这辆破别克车对一个百万富翁毫无用处。

　　小木屋的门是锁着的，我敲了敲门，没人应声。没人修理门廊上坏掉的窗户隔板，我就从那里钻了进去。屋里的味道像是有东西死在了墙里。我和伊芙琳小时候，闻到这种味道时，就会吓对方，说有尸体被砌到小木屋的墙里了，因为埃德加·爱伦·坡是我们最喜欢的作家。

　　通常可能是蝙蝠死在了墙壁里，而现在所有的蝙蝠都濒临死亡。丹尼斯·尼龙向蝙蝠疾病研究基金会捐了一笔钱，来推广我们的蝙蝠女孩装计划，那是我的主意。而我现在忽然想起来，当时的工作就是在挽救那些濒死蝙蝠的生命。

　　老天，我讨厌一个人待在小木屋里。伊芙琳改变主意了吗？她最好还在这里，别让她死。

　　在厨房的台面上，我看到橘色的能量饮料、几袋棉花糖和薯片，这是伊芙琳嗑药的时候会吃的这些东西。我是说，如果她还吃东西的话。

　　"伊芙琳？"

　　"我在这儿。"

我跑过去。当前面门廊冷得让人无法入睡的时候，她会在这个房间睡觉。我们一直共用一个房间很多年，因为和对方聊天、讲故事和吓唬彼此是充满乐趣的事。后来，我们为选哪个房间而吵了很多年。最后，我们终于确定了谁睡哪个房间，这也是我们有生以来的第一次分离。

我打开了门。

在看到另一个自己的时候，总是让人震惊，就像看到了镜子里的自己，却更加怪诞。最奇怪的是，现在我们看起来如此相像又如此不同。伊芙琳的头发蓬乱，就像有小动物在里面筑巢。她的脸不均匀地肿胀着，皮肤像脱脂牛奶般苍白，还有不少瘀青。当她对我露出笑容，我看到她少了一颗门牙。她穿着好几件毛衣，一件又一件，而且缩在毛毯下面，但仍然浑身发抖。

她看起来糟透了，但我爱她，我一直爱着她，并且永远爱她。

爱的力量抚平了一切，抚平了多年的争吵和担忧，抚平了不知深夜来电的她身在何处所带来的焦虑，抚平了带她去戒毒所的那些失望和害怕。所有的愤恨、挫折和恐惧，都因为和她身处一室、因为她还活着的快乐而烟消云散。我怎么能忘掉我生命中最重要的人呢？我从未像爱我妹妹一样爱过任何人，除了尼基以外的任何人。妹妹不知道尼基的存在，尼基不知道，而且或许永远也无法知道她的存在，这种痛苦让我几乎无法承受。

我跑过去拥抱了伊芙琳。我说："你需要洗个澡。"

"天啊！你还是这么爱管着我！"伊芙琳说。

她拖着疲惫的身体从床上坐起来。"我需要的是一杯波旁威士忌、一罐啤酒和两粒维柯丁止痛片。"

我坐到了床边。"你又嗑药了。"

"你真是太了解我了。"伊芙琳平淡地说。

然后她说:"我想死。"

"你不想。"我说,"你不能死。"我真是疯了才会认为她的死可以帮得上我和肖恩。我都忘了自己多爱她,多希望她能活下去。我要想想其他的事,我要带她回家,我会把真相告诉肖恩和尼基……

她说:"这可不像那种戏,就是整部戏都在不停地告诉妈妈女儿要自杀,然后她就真的去做了,或者没做?我记不清了。总之,这可不是那样。"

"告诉我,你不是认真的。"我说。

"**这是**认真的。"她指着我后面的斗柜,上面整齐地摆着十几瓶药,像透明的圆柱炸弹一样正等待着引爆。"我不会像业余人士那样,弄得一片混乱,我保证。"

"我需要你留下来。"我说。

她说:"我们已经很久不联系了,或许你还没注意到吧。"

"那是可以改变的,从现在就可以开始。"

"一切都可以改变。例如,我变得干净整洁,计划把厨房收拾干净,把床铺好。我不会在家里自杀,不然你就得处理我的尸体。我打算在外面做这件事,让大自然承担起这沉重的工作。"

我说:"你仍然觉得,这只是个到底该由谁来清理小木屋的问题吗?"

"等等。"伊芙琳说,"我有一个想法,跟我一起来吧。我们最后一次在湖里游个泳。两个死掉的双胞胎，怎么来就怎么去。我们不必为对方担心，不必想着对方，也不必害怕变老或死去，也不会有半夜醒来时的恐惧。你可知道这有多美妙？再也没有担心，再也没有愤怒，也不再乏味，不再有欲望，不再有悲伤，不再有——"

"听起来很吸引人。"我说。有那么一瞬间，我也这么觉得。与伊芙琳一起赴死，将是我们最后一次大冒险，也是彻底告别乏味和单调的最佳途径。肖恩、斯蒂芬妮和丹尼斯你们就准备忍受这一切吧！但是，尼基也将不得不面对这一切。

"谢谢，但我不能，我有尼基。"

一说出这句话，我就立即后悔了。

"但我没有。"她说，"我没有一个需要我的可爱小人儿，一个你始终没让我见的外甥。"

"我没办法……你当时是那么……我始终不敢确定……"

"艾米，不要担心，反正现在也有点儿太迟了。所以，没有可爱的小人儿，我拥有的只是这个强烈而无耻的求死愿望。"

她把自己的手腕放在我的手腕旁，两个手链文身放在一起拼出了一个压扁的数字 8。

"不再争吵。"她说。

"不再争吵。"我说。

"听着。"我说，"我有话要跟你说。"

"你已经不爱肖恩了。"她说，"好大的惊喜。"

"这跟他没关系，或许也是事实，至少有那么点关系。听着，计划了这次失踪，我要假装死亡，这样就可以拿到保险金了。"

"真像芭芭拉·斯坦威克和弗莱德·麦克莫瑞，"伊芙琳说，"我喜欢这样。"

别人是不会这么说的，肖恩也不会，斯蒂芬妮当然也不会。或许，有朝一日尼基会这么说，但那还要等很多年。

她说："你真是疯了。但是，等等，我想我懂了……信号来了……如果我死了，这会对你有用。你可以装作死掉的人是你，这是一个双赢的局面，我们都是赢家，对吗？"

"你怎么会这么想？"她是唯一一个了解我的人。

"因为我知道你在想什么。"她大笑着说，"能为你而死，我很乐意。"

"不是这样的。"我说。

"开玩笑的。"伊芙琳说，"为什么有幽默感的人总是你？这真是太有意思了，十分完美。现在我们都得到了自己想要的东西，或许是有生以来第一次。"

我说："你可知道，双胞胎中的一个死后，另一个大约有五成概率会在几年内也跟着死去。"

"我知道。"她说，"这是我们在你大学宿舍里一起上网时看到的。我很抱歉，你会活下去的。我们两个留下一个继续活着就足够了。"

"我一直在找你。"我说，"我一直在想办法帮你，你可以找到合适的机构去戒毒，然后——"

她说："去你的，你是在补偿我，要为你挤着我而做出补偿。在我们出生之前，你就总是挤着我。"

"我的天，你的口气真像妈妈，总为我们出生之前的事而责怪我。"

"不要装了。"伊芙琳说。

一阵沉默。伊芙琳想再说点儿别的，她松松手腕，将手掌向外伸展，像在推着什么，然后又轻轻往后晃动。这是我们小时候就会做的信号。这让我们可以从房间的另一端传送求救信号：快点救我离开爸妈，离开这个派对客人、离开这个家伙。

她说："假如我得了可怕的癌症或渐冻症，我求你帮我结束生命，我知道——我就是知道——你一定会帮我的。唉，这种痛苦难以忍受，这是核磁共振中无法看到的。"

我说："好，够了，我累了。你能向我保证，今晚不要做任何疯狂的事吗？"

"疯狂？"她说，"我不会淹死自己的，如果你要问的是这个问题的话。"

"我爱你，"我说，"但我需要睡觉。"我把伊芙琳往里推，爬上床躺到了她身边。她身上有股马厩的味道，但仍有一股淡淡的小时候的味道。

我没睡着，或许我只睡了一会儿。我不断醒来把手放在她的胸口，就像我总是把手放在刚出生的尼基的胸前，好确认他还在呼吸一样。

我想念我的孩子，假如伊芙琳有自己的孩子，她就不会说这样的话了。不过，世界上也有许多母亲选择了自杀。

伊芙琳的鼾声非常轻，沉浸着酒精。她的呼吸均匀而轻浅，偶尔有一两个短暂的停顿。

多年来，我对妹妹一直有着忧心和恐惧的感觉，似乎一直在为那些无止境的预演而准备着。我不禁回想起我们的童年，想起她说过，假如她得了绝症，我就会帮她。我尽量不去想，她的死亡正是我们那个疯狂的计划所需要的。

当我醒来，已经是早晨了。几分钟之后，我才想起自己身在何处。我伸手去摸伊芙琳，她却没在。

我冲进厨房，伊芙琳正坐在客厅，小口咬着饼干。

她说："你**知道**自己的呼噜声有多大吗？你总是打呼噜打的最大声的人。好吧，一个好消息，一个坏消息。奇怪的是，它是同一件事。好消息是，我已经改变主意了，决定要活下去。坏消息是，我改变主意并决定要活下去。"

我的第一反应是由衷地高兴，我妹妹会挺过一切！我可以送她去做戒毒治疗，这一次我一定会选择一家合适的戒毒所。我可以修补一切，让一切维持完好。我会把她介绍给肖恩和尼基：这是你的小姨子，这是你的姨妈。

"我好幸福。"我拥抱了她。

她也拥抱了我，但时间更长。

就在这时，我有了一种说不清的感觉。我似乎感到有一点点失望，一种被欺骗的感觉。我见过尼基最难过的时刻，也是他最接近于愤怒的一次，是他期待某件事要发生的时候，他在脑子里事先计划好一切。他想象出了整件事的全部过程，甚至把这件事作为生活的支柱——然而，这件事没有发生。

这就是我对妹妹死亡的真实感受。我想象了整件事，想象着我会怎么做、怎么说，包括我将会产生什么感觉。我全都想好了。

而现在，这件事却不会发生了。

我真不应该把那个保险计划告诉她。毕竟我们是姐妹，她可能会找我麻烦，因为她可以这么做，也知道如何做到，她可是我妹妹。

"我有个建议。"我说。

"你总是有这样或那样的建议。"她说。

我仿佛是在听别人说话。一个想我之所想的人，但她敢于把想要的说出来。那个人说："在彻底戒毒之前，我们最后再放纵一次吧！只有你和我，就像从前那样。"

伊芙琳冲着我笑了笑。我仍然爱着她，但少了颗门牙很难看，假如她活下来，我必须带她去补牙。

"最后一次。"我说，"让我们完全释放一次吧，然后把心魔永远赶出去。"

"这的确是个好建议。"我的妹妹说。

当我想到妹妹打电话给我是为了在她生命最后几个小时寻求安慰，而不是找到一个活下去的理由（有一部要归功于我）时，我就随手带了三瓶标有特殊设计的龙舌兰酒。

我找到两个小酒杯，上面满是白色的蜘蛛网，里面还有老鼠屎。我昨晚没有想过这件事，现在才惊讶地发现（与去年夏天我和肖恩一起来时一样），小木屋居然还有水有电。妈妈（实际上是柏妮丝）还在付账单，她花钱请人把管道通过了吗？我把杯子洗干净了。

我说："我们坐到餐桌那里去吧。"

厨房里到处是鬼魂。我说得没错，小木屋里闹鬼。爷爷、奶奶、爸爸、妈妈全都在厨房，注视着我和伊芙琳在早上八点钟喝上几杯。如果这都不算坏事，还有什么才算呢？伊芙琳很开心地拿着杯子，才不管杯子里是什么东西，她几乎没注意到，我只给自己倒了一点点酒。或许她像个双胞胎那样想：给她少一点，给我就多一点！

喝了四五杯之后，伊芙琳说："你有我们出生之前的记忆吗？"

听她这么说，我知道她已经快要醉了。因为她喝酒时经常会这么问我，而且忘了以前问过我同样的问题。

我说没有。她说，她记得被踢过的感觉。

"噢！"她发出了刺耳的声音，"我们来说说温馨的事吧。"

我说："你有哪些药？"

她说："黄色、橙色和白色的药。"

"我们来一粒吧。"我说，"一人一粒，就够了，不要太多。"

"你说服我了。"她说，"医生，这不是我的错！是双胞胎姐姐教唆我的。"

我跟着她走进了卧室，她走路已经有点摇摇晃晃，她像个药剂师般犹豫着该选斗柜上的哪瓶药。最后，她终于决定拿了两粒浅黄色的药丸，一粒给了我，另一粒留给自己。

"我过一会儿再吃。"我说。

"我现在就吃。"她说，"如果你不介意的话。"

"吃吧。"我说。

"其实我在想，要不要把这些'母亲的小帮手'[1]拿进厨房，省得在房间里来来回回地拿。"

伊芙琳拿起药瓶，我本应阻止她，但我没有。最重要的是，我虽然没有亲手杀死她，但我也没有阻止她。

她把那些药瓶排在厨房桌上。她说："我真不应该吃。"然后，她沉默了片刻，仿佛在给予这个思绪一点时间，让它不留痕迹地离开。"我的药物治疗时间。"她打开了第一个药瓶，取出了一粒蓝色、心形的药丸。

妹妹越来越飘飘然，甚至有些多愁善感。过了一段时间后，我感觉她并不是在跟我说话，只是在消磨时间，只是在等待，但已经上路了。

"说说我们最初的记忆吧。"我说。

"一个有马儿图案的枕套。"她说。

"壁纸。"我说，"我们护栏旁边的壁纸上画着菠萝。"

"那我呢？"妹妹说，"你记得我吗？"

"我记得，你说的第一个词是我的名字。"

"果然。"她说。她把杯子倒满，又吃了一粒药。

她说："我酒量很好。"

我说："以前我也是，你知道的。"

"这对你有好处。"妹妹说，做出小小的敬酒手势，搭配从妈妈那

1　母亲的小帮手，英文为 Mother's Little Helper，本为滚石乐队的歌曲，歌词说一种安眠药物对家庭主妇日常的放松有疗效，这里借指安眠药。——编者注

里学来的生气甩头的运作。"敬我的姐姐。"

"我爱你。"我说。我需要把这条信息告诉给她,越快越好。

她没有说她爱我,而是闭上了眼睛。她就这样坐在餐桌旁边,双眼紧闭了许久。

然后她说:"我能再改变主意吗?我**真的**很想死。"

我本应说:"这是酒精和药物的作用,等你冷静下来再说吧。"我妹妹会相信我吗?

但我却说:"有时候,你要遵从自己的内心,知道什么是你最好的选择。需要怎么做,你就去做吧,不要担心我。我会想念你的,但我会活下去。"

妹妹苍白的小脸因为震惊而变得煞白,她瞪着我,我在同意她的请求吗?我想让她去死吗?我没有鼓励她继续活下去,也没有主动提出要保护她。

她把自己的脸埋在双手里,然后转身离开,朝走廊望去,她说:"你知道吗?我想去游个泳……冷水会让我清醒……我五分钟后就回来。"

"不要去。"我说。

"别担心。"我妹妹说。

我应该拦住她,并把她关在房间里吗?

我想要相信,冷水的刺激会让她清醒,让她认识到自己并不想死。她会回到小木屋向我求助,我会用浴巾把她包起来、拥抱她,然后我们再重新开始。我有足够的时间把她送到医院,让医生给她洗胃。我要做的就是给她换上干净的衣服,然后把她送上车。

忘掉那笔保险金吧，我会过上更好的生活。我会让妹妹与我们一起生活，她和尼基会喜欢对方的，肖恩会习惯这件事……我会给她在丹尼斯·尼龙公司找一份工作。我们会每天通勤上班，丹尼斯可以成为她的赞助人，他爱死这种疯狂的事。

伊芙琳又吃了一颗药，又干了一杯酒。

她站起来，在走到门口之前，差点儿跌倒。

"等一下。"我说，"我有件东西要给你。"

我取下了肖恩母亲的蓝宝石钻戒，戴到了她的手上。她的手因为饮酒而肿胀，我费了一番工夫才帮她戴上。

"哎哟。"她说，"这是什么？"

"我想把它送给你。"

我真正的意思是，我想让人找到它。之后，伊芙琳也懂，我们向来都有心灵感应，直到最后一刻。

"真漂亮。"她说，"谢谢你。"

"小心一点。"我说。我妹妹正要去寻死，而我却没有阻拦她。

我真的相信她会回来，或许我只有一半信心，也或许我只是一厢情愿地相信这一点。这段时间我昏昏欲睡。我喝了远比我以为还多的酒，并继续喝着。我难以入睡，也什么都没吃，我已经忘了如何保持以前的坏习惯。

我躺在沙发上，昏睡了半小时。

醒来之后，我走出小木屋去寻找伊芙琳。我沿着湖边奔跑，大喊着她的名字。四周没有一个人，我无能为力。

我回到小木屋，拿了妹妹的两粒药，就着龙舌兰酒一起服下，一下睡了 36 个小时。

醒来时我头脑清醒，知道我杀了自己的妹妹，但仍然试图说服自己没有。是她自己想死的，强迫她活着是一件非常自私的事。或许这是生平第一次，我帮了她——真正地帮了她——让她遂心如愿。

一个人待在小木屋里已经不再令我恐惧，或许这是因为最坏的事情已经发生了。我反而很庆幸终于有时间可以独处一会儿了：有时间来习惯伊芙琳的死亡，有时间来回忆我们的人生，有时间去思考我是谁，她生前是谁，失去她之后我又是谁。我应该立即报警，但我告诉自己，妹妹不愿意这么做，她会希望我留在小木屋里厘清思绪，度过一些时光。

我把蛋黄酱涂在白面包上，做了火腿三明治填饱肚子，像个十岁孩子的食谱，而且我绝对不会让尼基吃这种东西当餐，但这却是我想要的。在吃三明治的时候，我想装作我和伊芙琳十岁时在湖边小屋过暑假的样子。

我在小木屋里踱来踱去，不敢到湖边去，害怕我可能看到的景象。这几天，我很早就疲惫不堪地躺上床，一觉直到天亮。我与肖恩生活在一起时，在照顾尼基和为丹尼斯工作时，都一直有些失眠，但现在，我立刻就睡着了。

一周过去了，然后又过了一周，我失去了时间的概念。

我收拾了小木屋，最后一次清理了伊芙琳留下的杂物。或许是她留下的其中一部分，因为我留下了药瓶和酒瓶。我把租来的车丢在了树林里，然后徒步回到小木屋，开走了妈妈的车。

我开车去了阿迪朗达克山脉，在那里住了一阵子。

或许那里并不是我隐藏的最好地方，但我已经没有足够的精力另寻他处了。我想在自己的床上好好睡一觉，最重要的是，我无法遏制地想念着尼基。我想听到他的声音，跟可爱的他傻傻地对话。我想闻闻他头发里散发的奶香味，想拉着他的手在大街上漫步，想看到他放学后在人群中发现我时的表情。很快，对他的想念让我抓狂。然后，我又感到无比悲伤，仿佛死去的人不是我妹妹，而是尼基。

　　我离开了山区，前往貌似更安全的丹伯里，这里似乎很安全，就像是一个大家互不认识的城市。我住进一家汽车旅馆，这时，我又用上了电脑，与世界重新联系上了。我上了网，然后发现斯蒂芬妮和我的丈夫搞在了一起。

　　我让妹妹如愿以偿地死了。但现在我在想，假如我那时已经知道肖恩是一个懦夫和叛徒，而我们的计划不过是个笑话，我是否应该再努力一下挽留她。如今，肖恩和斯蒂芬妮同居了。而我则孤独一人。

　　现在，斯蒂芬妮还骚扰了我母亲，把我所认识的每一个人都卷入她要替代我的那个病态的计划里。斯蒂芬妮在她的博客上，省略了她坐在那张粉白色条纹沙发上，看着我小时候的照片时所看到的**真相**。

　　她看到了两个我，两个艾米丽。

　　大惊喜：我有个双胞胎妹妹！

　　我能明白这件事多么辜负她对我这个闺密的信任，多么令她错愕，因为她一直相信我会把自己的一切都告诉她。所以，我怎么会忘记向她提起如此重要的事呢？

　　肖恩相信我已经死了，但这仅仅意味着我在机场向他道别时，他并不相信我。我需要跟肖恩谈谈，跟他见一面，看一看他心里到底是怎么想的。在我看来，他就是用下半身思考的动物。

我又给斯蒂芬妮打了一次电话。和之前一样，我一直等到家里只有她一个人的时候才打。

我说："如果你把你在我妈妈家所发现的一切告诉肖恩，我会杀了你。我会把你和迈尔斯都杀掉，或许我会杀掉迈尔斯而让你活着。"

"我发誓我不会。"她似乎被吓坏了。"我发誓。"

这就是斯蒂芬妮的愚蠢之处。即使知道我经常向她撒谎，她也总是相信我。

我和肖恩约定了一个在紧急情况下使用的暗号，我把这个暗号用手机短信发给了他，他也回复了短信。

这个暗号是："**偷窥狂**"。

我告诉他，就约在我们当初约会的时候经常光顾的一家意大利餐厅一起吃晚餐。餐厅位于格林尼治村，在这里花钱，是为了享有与邻桌保持更大的空间。食物不是让人选择它的理由，安静的氛围才是。人们会到这家餐厅来谈生意、订婚，甚至分手。

当我到达的时候，肖恩已经坐在那里了。我原本应确定再次见到他会有怎样的感觉，现在我知道了。他那张毫不掩饰的蠢脸，让我觉得气恼，接着是怒火中烧。不管我曾经多么爱他，如今这份爱已经死了——比我妹妹更为冰冷。

肖恩看着我走进餐馆，他的样子就好像看到的是一个死人。他以为之前给他发短信的人是谁？我的鬼魂吗？

他站起身来，仿佛想要拥抱我。

"别站起来。"我说。

我坐了下来。幸好桌上放的火山花挡住了我看向丈夫的视线，因为我不想看他，只想拿牛排刀戳到他的身上。我杀错了人。我告诉自己：要耐心点儿，听听他要说什么，你还不知道他心里怎么想的呢。

"我以为你死了。"他说，"我真的以为你死了。"

"显然你错了。"我冷冷地说，"我跟你说过，别相信我死了，你没听懂这句话吗？"

"但是有尸体，"肖恩说，"还有那枚戒指。"

"你不需要知道细节。"我说，"你最好别知道，不然，你会马上告诉斯蒂芬妮。"

我听见自己声音里的愤怒，这是一个错误，我需要保持冷静——至少**看上去**冷静。

"我一直在看她的博客。"我说，"她一直在博客里写你们的幸福家庭，你这个白痴。"

"对我来说，斯蒂芬妮什么都不是。"**他听见自己在说什么吗？他可知道，这句话就像最拙劣的午间肥皂剧中的台词吗？**

"证明给我。"我说。

"怎么证明？"他说，他的神情比他刚刚看到我时显得更加警惕。

"伤透她的心，折磨她，杀掉她。"我不是真的建议他杀掉斯蒂芬妮。我恨她，但把她杀掉也于事无补，我只想看看他会做何反应。

他说："别这样，艾米丽，理智一点。她对尼基一直很好，也帮了我们不少忙，尼基喜欢她待在我们家。你以前说得对，她是个完美的保姆。只要我们的钱一到手，我们就把她赶走。"

他是在告诉**我**要理智一点吗？

和他见面这真是一个天大的错误。我必须离开，但我仍然说：“我们应该吃点儿东西。”我饿了。吃完之后，我得开车回丹伯里。

肖恩要了一份全熟的小牛排，我不禁向他眼前那发出火葬场般焦炭味的牛排投去厌恶的眼光。斯蒂芬妮按他的口味为他做饭。想到这一点我就感到愤怒而反感，一阵恶心。

我要了意大利面，是比较柔软的食物，因为我不知道拿到刀子会怎样。

“别这样，艾米。”肖恩说。我告诉过他不要这么叫我，这是伊芙琳叫我的方式。如今，我妹妹死了。而这个白痴——我的丈夫——甚至连我有个妹妹都不知道。斯蒂芬妮知道，但我很肯定我已经吓住了她，她会对关于伊芙琳的秘密守口如瓶。

他说：“我们的计划行得通……现在还是行得通……我们很快就能拿到那笔钱。”尽管他这么说，但我知道，如果拿到这笔钱意味着我要与肖恩一起度过余生，那我宁愿不要这笔钱。这笔钱不值得我付出这样的代价。

我说：“你和斯蒂芬妮上床可不是我们计划的一部分。”

“我会让她离开的。我会告诉她，我和她不合适。我和你会再次团聚，一切都会回到从前，你、我和尼基——”

“我们再也回不到从前了，”我说，“这是你造成的。”

“但我们以前是那么快乐。”肖恩说。

“是吗？”我妹妹死了。尽管我知道，从逻辑上说，伊芙琳的死并非肖恩的错，但我始终觉得这一切都是肖恩的错。

我说：“我永远不会原谅你这件事，你会为此**非常**后悔。”

"这是威胁吗？"肖恩问。

"可能吧。"我说，"说到这一点，你最好不要告诉斯蒂芬妮我还活着，并且还见过我。我不想让你们俩谈论我，揣测我的意图。你和斯蒂芬妮加起来的智商也不够用。"

我说完就站起身走了出去。

我对他的恨甚于斯蒂芬妮。尽管斯蒂芬妮为她那些黑暗的秘密和她那愚蠢的博客而骄傲，但她就是个头脑简单的人，我不能为现在所发生的事而归罪于她。她让我想起了逆水而上的西班牙猎狗，又像个不太聪明的孩子，只是想要交朋友，让人喜欢她。

肖恩则不同，他是除了我双胞胎妹妹之外，唯一与我稍稍亲近的人。除了尼基之外，我唯一信任的人。

肖恩背叛了我，我会让他后悔的，我是认真的。

PART 3

第 三 部 分

34_

肖恩

我害怕我太太，这不是做我这一行或做任何一行甚至是任何男人，愿意承认的事。我知道，艾米丽是个麻烦人物，但这也是她吸引我的地方。假如一个女人在第三次约会时便邀请你看《偷窥狂》，你会怎么做？假如一个女人嫁给你五年，却从未带你去见她的母亲，你会怎么想？假如你的太太从来不让你看她小时候的照片，假如她拒绝向你提起她童年时的事，而只是说她的母亲经常酗酒并骂她蠢，你会怎么想？

你让步、你投降、你屈服，然后你失去了力量，再也找不回来，就像萨姆森参孙和情人黛利拉[1]、大卫王和拔示巴[2]。圣经里充满了这样的故事，但圣经里没有提到的是，性爱是如此美好。

我爱上了艾米丽，在对她没有太多了解的情况下就跟她结了婚。她在丹尼斯·尼龙公司的慈善晚宴上曾当众流泪，让我对她产生一种

1　萨姆森参孙和情人黛利拉，原文为 Samson and Deliah，圣经中记载参孙对爱人黛利拉透露力大无穷的秘密，她却为了利益而泄密，害参孙深陷牢狱。——译者注

2　大卫王和拔示巴，原文为 David and Bathsheba，大卫王和拔示巴是圣经中的人物。大卫王爱上有夫之妇拔示巴后，设计她丈夫战死。——译者注

美好的幻想。很难相信，这个为妇女们没有清洁饮用水而流泪的人与偷我母亲戒指的人竟然是同一个人。很久之后，艾米丽才承认她并不是为那些可怜的妇女们而哭，而是因为不得不在慈善晚宴上处理那么多的麻烦，以及又一次无法逃避丹尼斯的大发雷霆。这样一个具有同情心和怜悯心的流泪女子，其实根本不存在。

我应该在从英国回来的飞机一落地就立即离开她。当时我们才刚结婚，刚度完蜜月，大可以诉请婚姻无效。在我告诉艾米丽必须把戒指还给妈妈，而她却威胁说要毁掉我的生活时，我就应该有所行动。我应该告诉她，我犯了一个错误，但反而我却在飞机的洗手间里跟她做爱——这就敲定了交易，她拥有了我。我爱她，我爱她的狂野不驯、意志坚定和叛逆不羁，这是她吸引我的地方，也是我自己不想放弃的原因。

只要是她想得到的东西，就会不择手段。每当我向她投降并答应按她所说的去做时，总有一种不安的感觉，但我似乎已经对这种感觉上瘾了。

知道艾米丽怀孕的消息后，我很开心。但我始终没能摆脱对这个孩子的担忧，总感觉哪里不对——如果不是生理上的问题，就是心理上的问题——一个在维珍航空公司头等舱里怀上的孩子一定哪里会有问题。

尼基非常完美，但艾米丽因为生他而差点儿死掉。我不知道她是否知情，医生没有说太多，至少没有太直接说出口，但从医生走进产房时的表情，我看得出事情的严重性。尽管他们把产房布置得像一间舒适的卧室，仿佛这样就可以减轻产妇分娩的痛苦。

自那以后，她有了改变。她深爱尼基，却与我日渐疏远，就好像她爱上了她儿子，却不再爱她丈夫（如果她真的**曾经**爱过的话）。我听同事们抱怨过类似的事情，他们大多在抱怨有了孩子之后就没了性生活。但我和艾米丽则不同，我们仍然有性爱，非常棒的性爱。我们缺少的是另一些东西：温暖、情爱和尊重。

每次下班回到家，看到她不在，总是让我有些惊讶。或许她之所以与我在一起，是因为我是尼基的父亲。倒也不是尼基得到我许多遗传，他长得像她，遗传了艾米丽的外貌。但他有一个地方跟我很像：他比艾米丽亲切，这一点更像我。我爱他，我们三个是一家人，一个小小的家庭。我愿意付出一切来保护这个家，让我们的生活更美好，给予艾米丽想要的一切。

我告诉自己，我就是爱她这样，她不是那种喋喋不休地诉说自己的感受、又想知道你所有事情的那种女人，她让我有自己的想法。但是，艾米丽有时候似乎有些……太自我了。即使在那些美好的日子里，在我休息的时候，我、艾米丽和尼基会开车去一些好玩的地方，享受我们在一起的时光。当我望向他，还是会看见她眼里的焦躁不安，甚至比焦躁不安更糟，就像鸟儿困在屋内的那种惊慌感，而这种表情是男人绝不愿意在太太的脸上看到的。

和艾米丽相遇时，我才结束跟大学里那些酷小子同窗的时光，加入华尔街和同事们共处。他们当然不是那些酷小子，尽管他们自认为是，也不过是会做事的白痴奴仆，而且仅会做一件事，就是知道如何赚钱。但与艾米丽在一起，证明了我仍然有很酷的地方。我娶了最漂亮、最酷的女孩，她总是挑战我，敢于冒险，让我成为她的犯罪伙伴。

　　我不敢不加入，不敢违抗艾米丽的疯狂想法，最后就走向了那个荒谬可笑的诈骗保险金计划。我从不觉得这个计划会成功，我是一个务实的人，在现实中脚踏实地，在华尔街拥有一份重要的工作。然而，她说服了我，因为假如我指出她那份计划中存在的显而易见的漏洞的话，她会认为我是个懦夫。我告诉她，两百万美元不值得我们冒这个险。我挣的钱已经足够我们生活，而且我还可以要求加薪。但她一直说，这不是钱的问题，而是与刺激和冒险的感觉有关、与活着的感觉有关。天知道我多想让我的太太有活着的感觉。

　　这原本应是非常简单、绝妙的计划，她会假装意外死亡。我没有问过这部分，她也对此非常满意。我参保了公司提供的配偶保险，等领到一笔不菲的保险金之后，我、艾米丽和尼基会在欧洲某个天堂般的地方团聚，保险金足够我们过上几年丰裕的生活，之后再做打算。

　　我想要相信这个计划能够成功，但我做不到。但我知道一点，假如我拒绝的话，我们的婚姻将无法持续下去。艾米丽在威胁我，尽管我们永远也不会承认这一点。她令人抓狂的做法，让她的威胁看上去似乎更像是我与她的合谋。

　　她真不应该死掉的，我不知所措，不理解这一切到底是如何发生的。她告诉过我，不要相信她已经死了，但验尸报告——DNA检测结果——令人信服，况且，比我们更完善的计划都有可能严重出错。

　　关于自己，她的确说过一件事，就是在她很年轻的时候，曾经有滥用药物的问题。她告诉我，她手腕上的文身就是用来提醒自己嗑药是多么惨痛的事情。后来，她很早就戒掉了。

我绝不相信艾米丽自杀了。她永远不会撇下尼基，让他成为一个没妈的孩子，我坚信这是一次意外。她嗑了药，又喝了酒，接着去游泳，然后就溺水了。她手上还戴着妈妈的戒指。验尸报告上提到，她的肝部严重受损而且长期嗑药，这实在毫无道理，他们一定是弄错了。医生们经常犯错，他们做手术时会弄错病人，甚至把肝脏错误地移植到其他病人身上。

我为艾米丽哀伤，我的心悲痛到麻木。或者更准确地说，我在麻木和极度痛苦中失去了理智。但我不得不为了尼基而坚强起来，即使每天早上我都那么害怕起床。起初，我真的不想活了，我怪自己听从太太那贪婪可怕、异想天开、非法又愚蠢的游戏。

我相信——真的相信——我太太已经死了。或许验尸报告里有些问题，但我不得不相信证据，那是我太太的 DNA，以及我母亲的戒指。

这是我允许自己与斯蒂芬妮亲近的唯一理由，假如我认为艾米丽还活着，我永远不会那么做。

不管怎样，斯蒂芬妮什么事都会按照我的喜好去做，她从来都不会让我害怕，从来不会挑战我。斯蒂芬妮会放我喜欢的音乐，我喜欢她做的饭，完全不会像艾米丽那样貌似和善地取笑我——我知道，这只是她用来掩饰对乏味的肉食英国人居然喜欢全熟牛肉的鄙视。

我不爱斯蒂芬妮，从来没有爱过，也永远不会爱上她。但我不介意跟她在一起，我知道每天她都会在家等着我。她不会问太多问题，也从来不会显得冷漠。她活着是为了取悦迈尔斯、尼基和我。和其他所有方面一样，她也乐于在床上取悦我。

与她一起生活让我感到平静，而同时期，我已经发现了艾米丽计划的负面影响：一是尼基很痛苦；二是被警察一再盘问；三是斯蒂芬妮的猜疑。

当然，最大的负面结果是艾米丽的死亡。

斯蒂芬妮大可以怀疑，她是艾米丽口中扑克玩家称为"鱼"的人。斯蒂芬妮一直在暗示她过去生活里的那些黑暗，说她想成为特别好的人，以此来弥补早年犯下的错。**特别好的人**？这**到底**是什么意思？当斯蒂芬妮说出这句话时，我居然没有夸张地翻白眼让她注意到，感觉像是不忠实于艾米丽。

她并不知道我已得知她哥哥就是迈尔斯父亲的事实，可是我知道了又能怎样？我有什么好在意的？她觉得这个秘密把她置于世界的黑暗中心，但唯一在乎的人只有她自己而已。

她和我太太都疯了。要不是艾米丽要去物色一条"鱼"，或者艾米丽能够经营好友谊，她们可能真的可以成为朋友。

我从未想象过会和斯蒂芬妮在一起，但我在失去妻子的悲伤中痛苦挣扎时，她给我带来了安慰和帮助。结果，却发现我妻子根本没死。

我在公司工作，突然收到了一条短信：**偷窥狂**。

我闭上眼睛，又睁开，这三个字仍然在手机屏幕上。这三个字太危险了，无法在办公室里看。我把手机塞进口袋，乘电梯下楼。办公室里的烟枪们全按照标志指示站在离大门口至少 7 米的地方。我向他们挥了挥手，然后匆匆绕过了大楼拐角。我需要一些个人空间、我需要空气，我再次查看了那条短信。

那三个字还在那里，这不可能，绝对不可能。要么是我太太还活着，要么是有人找到了她的手机，她真正的手机。

我回复了短信：**偷窥狂**。

我等待着。

一条信息回复过来：**晚餐**？

打字时我一直按错键：**在哪儿**？

多尔索杜罗餐厅。

那是我向艾米丽求婚的餐厅。

我的太太还活着。

多尔索杜罗餐厅是艾米丽选的地点。

我选择将其视为一种宣言，一种浪漫的姿态。她仍然爱着我，我们仍然会在一起，是一对夫妻，事情还是有解决之道。

见到她穿过餐厅向我走来的那一刻，我立刻知道，只要我还活着，就永远不会再爱上第二个人了。她是如此夺目、如此时髦、如此优雅、如此性感。大家都转头去看她，她像是具备某种能量，当她走进来时，全场的气氛也跟着改变。不管她是独自一人，还是身边有个幸运的男士都一样。我不禁想，斯蒂芬妮走进来，别人只会以为她一定是与某个可怜的家伙一起来的，而那人不是迟到就是找不到停车位，或是根本打算放她鸽了。

我不想去想斯蒂芬妮，她是我现在最不愿意想起的人。

再次见到艾米丽就像在做梦，一场美好快乐的梦，任何人都想拥有的梦，是我们一直希望能够成真的梦。在这场梦里，我深爱的人并未真正死去。

艾米丽看起来美极了。这么久以来，她是如何将她身上那套黑色的丹尼斯·尼龙套装保持得如此完美？总之，她比我们在机场吻别时更漂亮了。

如果斯蒂芬妮是温顺听话的西班牙猎犬，那么艾米丽就是聪明灵敏的灰狗；如果斯蒂芬妮是现代，那么艾米丽就是奔驰；斯蒂芬妮会做我喜欢的牛排，但艾米丽却从来不会让我感到无聊。

我起身想要拥抱她，但艾米丽的目光让我尴尬地停住了，我半坐半站地僵在那里。突然间，我意识到眼前所发生的一切已经不是相爱的人在死而复生后重聚的美梦。我能看得出来这将是一场可怕的噩梦。

"别站起来。"艾米丽说。

餐厅经理为她拉开座椅，我们一直等到身边没人能偷听之后才开口说话。

"我以为你真死了。"这是我最想说的话。

"显然，你错了。"

"我很抱歉，我真的非常抱歉。"

"你不相信我。"她说，"你不信任我。"

"那么，死的人**到底**是谁？那是谁的尸体？戴了妈妈的戒指？"

"你不需要知道。"艾米丽说，"如果我告诉你，你也会告诉斯蒂芬妮。"

"艾米丽，这不公平。"

"你难道没有看过她那愚蠢的博客吗？"我太太问，"内容全都是你们快乐、健康、完美的重组家庭，还有她如何去安慰失去妈妈的小可怜尼基。"

"我从未想过要去看她的博客。我没有……我不会……"

"哦，你真的应该读一读。"艾米丽说，"我可以告诉你，她的博客信息量非常大。"

"我很抱歉。"我说，"我不知道该如何告诉你我有多么难过。"

"不必。"艾米丽说，"请你不要。"

话说到这里，我们应该起身离开。我们的谈话已经无法继续，只能停下来，但我仍抱持希望。

艾米丽说她饿了，我们就点了餐。

我告诉艾米丽，我根本不在乎斯蒂芬妮，从来没有。她就像我们不花钱的保姆，而且她很有用，或许我不应该用"有用"这个词。

艾米丽往后靠，坐得很挺。我看到她在摇头，这是无情说不的方式。我试图告诉艾米丽，她就是我的唯一，一直都是，还有我很抱歉，但她打了个哈欠。

太迟了，我是一个傻瓜，正如我太太一直背地里——也或者不能算背地里——认为的那样。她说她永远不会原谅我，说我会后悔的。

非常后悔。

她在威胁我，但她又能对我做什么呢？又一个愚蠢的问题。艾米丽无所不能。她曾指责我低估她，但她错了。

她起身离去。

服务员走了过来，站在我身边眼看着她离开。

"最毒妇人心。"他说，"莎士比亚说得一点儿都没错。"

"滚蛋。"我说，"这话才不是莎士比亚说的。"

服务员耸了耸肩。他又招谁惹谁了？几分钟之后，他派另一名服务员送来账单。我后来真的吃完了小牛排，它只有五分熟，非常难吃，但我已经饿得要命。我给服务员留下一笔不菲的小费表达歉意。有何不可？整个晚上我都在道歉。

我赶上了从中央车站发出的最后一班火车。

回到家，我直接走进尼基的房间拥抱了他，尽管他已经沉沉睡去。我没有吵醒他。假如斯蒂芬妮走进来，用那种令人生气、反感的妈妈队长式口吻对我下令，告诉我放儿子回去睡觉的话，我不知道会做出什么事。

我回到自己的房间，躺在斯蒂芬妮身边，翻过身来背对她。我不能碰她，也不想让她碰我。

"糟糕的一天？"

"你绝对想象不到。"我说。

我一直没动，直到听到斯蒂芬妮发出轻微的鼾声，而这让我几乎发疯。

我从床上坐了起来，躺到了客厅的沙发上，整夜未眠。

斯蒂芬妮性格中最糟的部分，似乎对我产生了影响。她的焦虑，她的疑神疑鬼，谁能想到这种事也会传染呢？

我觉得艾米丽就站在窗外的黑暗中，我抑制不住这种想法。我觉得她正在目不转睛地注视着我们的房子，她知道斯蒂芬妮住在这里。

从斯蒂芬妮第一次问我是否确定艾米丽真死了的时候，到现在已经多久了？我那时当然是认为她死了，斯蒂芬妮说过，她怀疑艾米丽还活着，而我却不相信她。

我已经不知道该相信谁、该相信什么了。

从那之后，我一直失眠。我尝试了斯蒂芬妮那没用的顺势疗法：草药、难闻的茶，诸如此类，但都不管用。她说我不给它们机会，我没理她。当她觉得自己被无视时，声音会变得更加讨人厌。

我的医生开了一些安眠药给我，同时警告我曾有两位病人在服用后产生了一些不适的副作用，其中一位精神病发作。我说，如果我继续失眠，才会发疯呢，我愿意冒险用药。

当斯蒂芬妮问我为什么如此心神不宁时，我将其归因为安眠药。我说，我的坏心情需要安眠药，因为失眠会更糟，紧张只是一种副作用，有些人还得了精神病。

我没有提和艾米丽见面的事，也没问她是否联系过斯蒂芬妮。如果我跟斯蒂芬妮说我太太没死，这就像是对我太太的再次背叛。当斯蒂芬妮说艾米丽可能还活着的时候，我还以为斯蒂芬妮是在妄想，但其实我才是那个妄想的人。

我没有借口，我在试图将这一切瞒得天衣无缝。跟我在一起生活的女人不是我想要的，太太威胁我，而我承受了巨大的压力，无法清晰地思考。

这是我的借口，一直是我的借口。我没有借口。

一个星期六的下午，一辆车开到了我家门前的车道上，停在了房子前。一个肤色不深的中年非裔男人下了车，他拿着一沓文件对照了一下我家的地址，然后走到我家门前。我从窗户里注视着他，他让我想起一个人……

蓝色外套、白衬衫和深色领结，突然唤起了我的记忆。我想起了我小时候认识的一个人，雷金纳德·巴特勒先生。巴特勒先生是当地一家教堂的牧师，属于某种宗教团体，大概是曼彻斯特兄弟会的慈善教派，他的教区居民都是移民和有色人种。他来敲妈妈的大门——就像眼前这位陌生人一样——寻求捐赠或者把募捐来的温暖冬衣分发给他的信众。妈妈邀请他进门，他们感觉很友好，直到妈妈喝多了雪利酒，说了些让巴特勒先生感到冒犯的话，我们就再也没见过他。我一直不知道她说了什么，而妈妈也从未告诉过我。

现在他出现了，来到康涅狄格州。我打开了门。当然，他不是巴特勒先生。

男人开口说："是肖恩·汤森德先生吗？"

我说我就是。

"我是艾萨克·普拉格，来自联合保险公司。我负责您太太意外死亡的赔偿事宜，并致上深深的遗憾。"

他是说他为艾米丽的死亡而感到遗憾吗？还是为他负责这个案子而感到遗憾？还是为这笔保险金而遗憾？而我刚刚得知艾米丽并没有死，这是一个巧合吗？我还没有时间，也没有足够平和的心态，来厘清我下一步的思路。我是否应该在与我那位已被推定死亡的太太吃过饭回家后，就立即通知保险公司呢？要把已发生、未发生以及我以为发生过的事情解释清楚，真的太让人头疼了。尤其是要解释我们原本计划的事，更是难上加难。任何我想到要说的一切都会让我们像是有罪。我想，我们的确是。所以将头埋进沙中，装作一切都没发生，抱持乐观态度，说我来说比较容易。

尽管直到最近，我都还不知道准确的原因，但这正是我恐惧的时刻，这是让我们的游戏成真的时刻。或许我以为艾米丽会在这一刻到来之前，放弃我们充满破绽的小游戏。我不知道我当时在想什么。

普拉格说："我想过在你工作时间联系你，但我觉得这种谈话你可能更愿意在家中进行。我试过先拨打你家的电话，但是——"

"抱歉。"我说，"对于陌生号码，我基本不会接。"

"没关系，我完全理解。"普拉格先生说，"很多人都是这样做的。"

我们仍站在门口。

"抱歉。"我说，"请进屋坐下谈吧。"

"谢谢你。"普拉格说，"我尽量不占用你太多时间，这只是例行公事。"

例行公事！我把这当成个好兆头。当然，如果他来这里是要说我和我太太筹谋一个欺诈他公司的计划，这样的谈话将会需要一些时间，那就不仅仅是例行公事这么简单了。

我希望斯蒂芬妮不要出现，继续在厨房里做她妈妈队长的活动。但少管闲事完全不在斯蒂芬妮能力范围之内，她出现在门口，穿着牛仔裤、旧运动衫和泡泡袜。当她走进客厅，脚上的那双袜子发出了恼人的沙沙声，我真希望我说："普拉格先生，这是我们的保姆斯蒂芬妮。"天知道接下来会发生什么事。

但我却说了比这句话更糟的话。

"普拉格先生，这是斯蒂芬妮，她我亡妻的朋友。"

"原来如此。"普拉格上上下下打量了她一番，"见到你很高兴。"他们握了握手。

"普拉格先生是保险公司的人。"

"**什么**保险公司？"斯蒂芬妮问。真是天才，我想。或许斯蒂芬妮的智商比我所认为的要高出几分。

"我和艾米丽买了份保险。"我说。

"真的吗？"斯蒂芬妮说，"我不知道。"

"准确地说，是两百万美元的保险。"普拉格先生说。

"哦，对，没错。"斯蒂芬妮说，"我在博客里写过。"她在为自己掩饰，免得普拉格先生看过她的博客，而我早应该好好看看她的博客。

斯蒂芬妮一屁股坐在了沙发上，我坐在她的身边，但没有太靠近。艾米丽买的这张沙发很宽敞，有足够的空间。普拉格先生则坐在单人抚手椅上，但只贴着边缘坐着。

斯蒂芬妮问普拉格先生要不要喝咖啡、水或茶，但他礼貌地拒绝了。

他说："我相信你们都了解，每个人都一样。每个人都有自己的做事风格和做事动机。只是我们很少可以真正了解一个人做了什么或者他们为何这么做。不过，你可以说，了解别人正是我的工作。好了，就是这样。"

"普拉格先生……"我开口。

"哦，对。"他说，"关于您的亡妻艾米丽，我一直在思考如何用最不让人心烦意乱的方式说出这件事，但除了直截了当之外，我真的没有别的更好的办法。"

"您要说什么？"我无法掩饰自己的不耐烦。

"是这样的，"普拉格先生说，"我们认为，您的太太或许还活着。"

我竭尽全力不让自己畏缩。"你们到底为什么会这么认为？"

我从眼角的余光瞥见斯蒂芬妮向我投来一个"我就说吧"的眼神。斯蒂芬妮就是一个白痴，她根本**不知道**这件事会带来多大的灾难。

普拉格摇了摇头，很难判断出他到底是哀伤还是开心。

我说："但我亲眼看过验尸报告。"

普拉格说："当然，你看过……但是……恐怕有些不太愉快的细节，你也许不愿听。有些人情愿逃避某些重要的细节，这也可能是你的选择。就像我刚才所说的，每个人都不一样。"

"我不知道。"斯蒂芬妮说，"我可能就是那种不愿意把某些细节放在心里的人。"

"那么，你可以离开。"我说。

普拉格先生的身体不由自主地往后坐，就像是一些有教养的人看到他人家务事的反应一样。

"我去看看孩子们，就回来。"她说。她的话似乎有些警告的意味。

在她离开客厅后，普拉格先生说："请允许我解释一下我的意思，我跟您谈一下验尸报告吧。"

"我亲眼看过。"我说。

"还是那句话，每个人对事情的解读都不一样。在我阅读那份报告的时候，我想到了一些别人可能从未想到的事，只有从事我这个行业的人才会想到的事。例如，报告显示，这位女性死者的一颗门牙已经掉了很久，久到那颗牙槽的骨头都已经长出来了。汤森德先生，我猜您应该很清楚您的太太到底缺不缺一颗门牙。"

"我想是的。"我说。

此刻我已经被吓到了，真的吓到了。如果死者不是艾米丽，又会是谁呢？显然，当我在曼哈顿的餐馆里见到艾米丽的那一刻，就应该问清楚这个问题。但不知为何，我却把这个问题抛之脑后。就好像是我说服了自己，那位死者——拥有我太太 DNA 的尸体——不仅没死，而且压根就不存在。

"我想也是。"普拉格说，"你应该很清楚这一点，而且由于您太太从事时尚业，我们认为，如果她真的掉了一颗门牙，她一定会做植牙，可以这么说，这是她的行业文化需要的一部分。"

"我认同。"我的头突然开始发沉。

"然而，湖中出现的死者根本没做过任何植牙，只是缺牙。"

"那么，她就不是我太太，"我说，"只是她的 DNA 比对是符合的。"

"我们认为，那可能是她的妹妹。"普拉格先生说。

"妹妹？艾米丽是家里唯一的孩子啊，哪来的妹妹？"

普拉格先生用手按了按他那渐秃的头顶，用一种明显的惊讶眼神注视着我。

"汤森德先生，"他说，"您真的不知道您的太太有个双胞胎妹妹吗？"

"你在编故事吧？你**确定**你没弄错？"

"汤森德先生，这怎么可能？请别介意我这么问，一个人与另一个人生活了好多年，结婚好多年，却不知道她有妹妹，这可能吗？而且，还不只是妹妹，而是双胞胎妹妹。"

"我不知道，我无法解释。她一直说，她是家里唯一的孩子。我觉得，她——或者**任何人**都——不会在这种事上撒谎。"普拉格看得出我在说实话，至少在这件事上我说了实话。看出是不是谎言，这正是他的工作。

普拉格说："我只能说，你的太太是个与众不同的女性。"

斯蒂芬妮说："发生什么事了？"

我没听到她进来。

我说："斯蒂芬妮，你知道艾米丽有个双胞胎妹妹吗？"

"你在开玩笑吧？你一定是在开玩笑。"斯蒂芬妮真是个糟糕的骗子。她知道，她怎么可以不告诉我？怎么可以不说这件事。我想我和斯蒂芬妮之间有很多事都没告诉对方，像是我不知道有什么理由去提及迈尔斯是她哥哥的儿子这个事实。或许我和斯蒂芬妮以这种方式相处比较好，或许与一个人和谐相处的唯一办法就是假装自己什么都不知道。艾米丽当然是撒了弥天大谎，但斯蒂芬妮是什么时候发现艾米丽有个双胞胎妹妹的？她一直都知道这件事吗？这个信息也出现在她的博客里吗？

就像普拉格先生所说的，我怎么可能不知道呢？这让我对一切都产生了质疑，我过去的全部人生突然变得模糊不清，我的婚姻到底是一场什么样的婚姻？

我、斯蒂芬妮和普拉格先生都注视着壁炉架上黛安·阿布斯拍摄的照片，就仿佛我们都在同一时间注意到它，好一阵子，没人说话。

"好了，就这样。"普拉格先生说，"还有几个待解决的问题，当然较大的问题是，我们该何时、以什么方式告诉法律部门，他们无疑会据此展开另一种调查，也可能他们不会。或许他们会跟现在一样，不会做出比我更多的调查。但事实总会水落石出的，当然，是在支付保险金之前。"

"当然，你认为什么时候会有个结果？最迟何时？"我试图不让我压抑的声音中流露出恳求之意，却徒然无功。

"就快了。"普拉格先生说，"此外，尽管这并不在法律赋予我的权力范围之内，但出于好意提醒，我想请二位不要离开去太远的地方。"

"当然不会！"我说，因为我认为这种语气会表明我的清白。

"我们的孩子都要上学。"我觉得妈妈队长在用一种自以为是的语气说，但我不能怪斯蒂芬妮打出了妈妈牌。

"当然。"普拉格先生说，"我可是你博客的粉丝。"

他站起来，掸了掸身上的灰尘，他和我们握手道谢，给我们每人一张名片，并说不管什么时候，只要我们想聊聊这件事或有其他事情，尽管随时打电话给他。不用说，如果我们有我太太的任何消息……他要我们保持联系。

他说我们不必送他，之后便自己离开。我和斯蒂芬妮别无选择，一时无法从沙发起身，就这样目送他离开。

"之前你知道？"我说，"你怎么知道艾米丽有个双胞胎妹妹？你怎么可以不告诉我？"

"有些事你也没告诉**我**。"她说，"每个人都有秘密。"

35_

斯蒂芬妮的博客

朋友当真求助时

各位妈咪好！

作为妈咪，我们如何知道何时该当真呢？我们如何判断孩子是真生病，还是为了不想上学而假装生病？前几次，我们可能会弄错，但慢慢就学会分辨了。我们如何知道朋友是真的非常需要帮助，并且对于曾有过的复杂情绪和尴尬时刻一笔勾销？然后伸出援手，做出她所需要的事，因为这次是真的。

这是身为妈妈所发展出来的天赋，是一种天然的探测器，一种判断真实的本能。它可以在尚未成妈妈的人生中协助我们，并且在身为母亲、同时拥有各种职业及追求艺术时，让我们有所依循。这就是女性在所谓的专业护理和普通的家庭护理方面如此专业的原因，也是因此，我们才能交到知心朋友。

我们知道，当朋友向我们求助时，当对方要的帮助是真正的一次举手之劳时，那就是朋友寻求帮助的方式，而我们无论如何都会按照她的请求去做。

关于这一点，我还有更多话要说，但现在我必须离开了。我要去见一个朋友，还有很重要的事要办，这或许会让我有好一阵没办法写博客。

我会尽快回来。

爱你们的斯蒂芬妮

草笔

36_

斯蒂芬妮

普拉格先生的到访让人烦心，我和肖恩不再交流。可以确定的是，我们不相信对方，或许我们之间从未有过信任。

知道普拉格先生读过我的博客，倒是引起了我的兴趣。这是另一个信号，说明我的瓶中信漂了多远，而它又冲到了多远的海岸。我忍不住重新浏览了一遍博客，看看是不是有些文章已经成为某种罪证，但我又能害到谁呢？

普拉格先生离开后，我问肖恩发生了什么事。他会一五一十地把真相告诉我吗？他和艾米丽是否佯装她死了，以获得那笔保险金？他们是在利用我吗？我是他们这场阴谋中好骗的傻瓜吗？现在是否仍然还是？

他坚决否认事情是这样的，声称他和我一样困惑。他之前真的相信艾米丽已经死了，否则……他用不着解释，我知道他的言下之意——**否则**他就不会让我进入他的生活。

我可以理解他为什么会对艾米丽有个双胞胎妹妹的事实感到困惑了。而我不得不承认，对于一个已经结婚六年的丈夫来说，知道妻子的这个秘密，是一件特别奇怪的事。在我发现这个真相后，也是大为震惊，而我只是她刚刚认识的一个朋友。

艾米丽到底有没有和我说过实话？肖恩现在说的话可信吗？一无所知应该让我痛恨他们两人，但诡异的是我却没有。

我必须做出一些改变，或许这些改变是他们促成的。假如肖恩和艾米丽都进了监狱怎么办？如果最坏的情况发生，我是他们挑选的来照顾尼基的人吗？艾米丽从未想过可能发生的最坏的情况，她甚至没有想过尼基，或是那两百万美元。谎言和游戏让她兴奋得忘乎所以，她向所有人都撒了谎，尤其是对我。

我一度幻想，假如艾米丽和肖恩被送进监狱，而我获得了尼基的监护权呢？我一直想再要一个孩子，允许这个想法出现在我脑海里，即使是一闪而过，都会让我有罪恶感。于是，我使劲掐了掐自己，让自己清醒过来。

肖恩有太多问题都没问普拉格先生。如果死去的女人是艾米丽的双胞胎妹妹，那她是怎么死的？他们目前知道她是溺水而亡的，体内检测出了大量酒精和药物。

＊＊＊

大概在普拉格先生造访一周后，那个显示为"未知号码"的电话就打来了。

我知道我应该恨艾米丽，因为她欺骗了我，恶劣地对待我，背叛了我们的友谊，甚至恐吓我。她在她屋后的树林里监视我，趁我不在家的时候进入我的房子。但是，我无法解释当我听到她的声音时那种快乐的感觉是从何而来的，即使是对我自己，我也无法伪装这种情绪合情合理。

艾米丽说："斯蒂芬妮，是我。我**非常**需要你的帮助，**拜托**了。"

她说"拜托"时的语气，让我好想在博客里写篇文章，写写关于如何帮助真正需要帮助的朋友，如何判断一个朋友是否真的需要你。我从来不会把全部实情写出来，但我想写写我为什么无法拒绝她。或许如果我写出这篇博客，就会了解自己，以及为何会做出那些事，为何愿意忘记或至少忽略艾米丽对我做过的一切劣行。

我现在只知道艾米丽需要我的帮助，她让自己身陷险境。

她说："有个男人在跟踪我，差不多几周了。他并没有刻意躲藏，我不知道他到底想干什么。"

"他长什么样？"我问。

"肤色较浅的中年黑人男子。经常穿着西装打着领带，长得有点儿像美剧《火线》里的职业杀手。"

"我没看过《火线》。"我在拖延时间。

"天啊，斯蒂芬妮，没人在乎你是否看过《火线》。"在我们交朋友期间，她从未用过这种语调对我说话。为什么不把真话告诉她呢？反正大家都在撒谎。

"有一个人听起来与你描述的那个人相符。"我说，"他是保险公司的调查员，他在深入调查你和肖恩申请的理赔案，就是调查你的意外险。"

"我知道。"艾米丽说，"我说不上为什么，但我就是知道。我从那家伙身上感觉到的。真是太糟了。肖恩告诉他我在哪里了吗？"

"艾米丽，"我说，"冷静下来。肖恩不知道你在哪里，**我**也不知道你在哪里。记得吗？我最后知道的是，你在树林里监视我。"这是我有史以来对她说过的最重（最大胆）的话，我屏住了呼吸，但艾米丽心中想的不是我的语气，也不是我们的友谊。

"我不知道他是怎么发现我的，或许是一些监控拍到了我妈妈的车牌。"

"小心一点。"我说，"他可不蠢，虽然他给人一种笨手笨脚的感觉，但我觉得他对每个细节都能留意到。"

"斯蒂芬妮，我要见你一面。"艾米丽带着哭腔对我说。我从未听过她这种声音。"我得和你谈谈，我需要你的意见，我需要朋友。"

我知道现在说话的对象，曾在某些非常重要的事情上欺骗过我。她对她的丈夫撒了谎，对我撒了谎，或许对自己也撒了谎。但我也撒过谎，而她是我的朋友，我相信她。

这或许是我能得到解释、了解她真实想法，以及她到底是怎样的人的机会。她把那么多秘密藏在心里，艾米丽的秘密和我一样黑暗，或许比我的秘密更黑暗。

可以说，我们就是**注定**要成为朋友的，我们仍然可以互相帮助。

"好。"我说，"我会来见你，但你必须保证这次要把真相告诉我。不再撒谎，不再有秘密。"

"我保证。"艾米丽说。

＊＊＊

艾米丽要我在州际公路旁的喜来登酒店的酒吧里跟她会面，那里离我们的小镇有 50 公里左右。时间选在工作日的中午，我们都用不着提孩子们在学校、肖恩在城里的事。我们用不着提及他们的名字。

她说，她要在一个公共场合见我。公共场合但又要私密，不太显眼的地方。"不能让认识我的人看见我们，我们或许应该在地下停车场会面。"

我不知道她到底是什么意思，但是我大笑起来。

"斯蒂芬妮，你明白吗？"

我又说了一次我明白，尽管我根本不明白，但或许我很快就会明白了。

她说："我可以请你再帮我一个忙吗？哦……或许是两个忙。"

"什么忙？"我警觉地问。我帮得忙还不够吗？

"你能把我的戒指带过来吗？"她说，"肖恩给我的订婚戒指。"

"我知道他把戒指放哪里了。"说完我就后悔了。这么说是多傻啊。这只会提醒她，我熟悉肖恩和他的习惯。

"我知道。"她说。

"你怎么知道？"

她没有回答。有没有可能在我翻看肖恩的书桌时，她就在窗户外看我？或者，她只是在虚张声势，试图让我更加不安？

"另一件事是……这听起来有点奇怪，但你能把肖恩的梳子给我带来吗？你懂的，不必清理梳子。"

我感觉到了麻烦，真正的麻烦。在这段糟糕的日子里，我还没接受教训吗？我对朋友的信任不是已经被伤到无法修补了吗？我仍然相信友情吗？我仍然相信妈咪之间有那种天然的联系吗？

我的大脑已经不听使唤了，如果说它以前还好使的话，现在是我的心在发号施令。我的心在跟我的朋友说话，我的心说："可以，哪一天？什么时间？什么地方？我会准时到达。"

我有意提前到了会面地点。艾米丽挑选了一个奇怪的地方，一家仿佛是另一个世纪的酒吧，彻底的复古风格。酒吧的装潢就像是个假的图书馆，一部分墙纸图案是假书，旁边还有燃烧着假火焰的假壁炉。它就像一个英国绅士俱乐部，只是它位于州际公路旁的一处小斜坡上的酒店里，四周空无一物。

所有的假装饰，难道是艾米丽为了暗示我们的友谊的虚假本质吗？

酒吧很舒适，等待她到来前，我不介意吃一些在微波炉里加热的烤土豆。酒吧里还有两名客人，一对年老的观光客夫妇，他们已经开始吃甜点、喝咖啡了。丈夫去了卫生间，好久才回来。然后，是他太太去，也很久没回来。等她回来时，她丈夫又去卫生间了。看着他们的一举一动，实在太乏味。我想起了戴维斯，我们永远也不会像那对夫妇一样一起变老了。

我吃下了两份芝士烤土豆，我又饿又紧张，不知道该期待什么，或者等下会遭遇什么。艾米丽是在算计再次背叛我吗？这会是另一个阴谋、另一个骗局吗？在她的计划里，下一步是要惩罚我和她丈夫上床这件事吗？

我告诉服务员我在等一个朋友，我不知道他是怎么想的，男朋友？或是女朋友？除了偷情之外，谁会安排在这里见面呢？

这绝对不是那种情况。来的人是我的朋友，艾米丽。

我从她的脸上搜寻着生气的表情和挥之不去的恨意，或是她有意再次伤害我的神情。但我完全看不到一点情绪，我所能看到的是那张熟悉的脸。尽管发生了那么多事，我仍然爱着她，而她也仍然爱着我。

我立刻起身，两位年长的观光客注视着我们拥抱。艾米丽身上的味道仍然和以前一模一样。我向后退了一步，好好看了看她，她看起来就像艾米丽，光芒四射、美丽动人，就像一切都从未发生似的。

但也有点不一样。她看起来……我不知道，她似乎很悲伤，像是失去了一半的自己。

她穿着通勤装，几个月前的那个晚上，在她本应以这身打扮从丹尼斯·尼龙公司下班回家来接尼基的。

但她没回家，她欠我一个解释。

我要了杜松子酒和奎宁水，尽管我从来不在中午时喝酒，尤其不在去学校接孩子回家之前这么做。艾米丽喝了一杯玛格丽特鸡尾酒，然后又喝了一杯。我们一直没说话，直到我终于撑不住了。

我说："那个跟踪你的男人……"

她说："斯蒂芬妮，拜托，我们晚些时候再谈这件事可以吗？首先，我要知道你信任我。我相信你一定有很多问题想问，你想知道什么，就直接问我吧。"

她如此坦率，反倒让人无从提问。不管我问什么，都像是一种干涉，我不知如何开口。你为什么要假装死亡？为什么要把我拉进你的计划？你还在为我和肖恩之间的事而生我的气吗？你在想什么？你到底是怎样的人？

但我只说了一句："我为什么不知道你有个妹妹？你为什么不告

诉我你有个双胞胎妹妹？"

我不知道我为什么会先抛出这个问题，我有太多的其他问题可以问，我可以指责她，可以让她解答一个又一个的谜团。我想原因在于，这是出现在我脑海里的第一个问题。

"我不知道，我真的不知道。"艾米丽摊开双手又合上。这是我熟悉的动作，但又有一点儿不太一样。她没戴戒指，而那枚戒指出现在密歇根湖边的那具尸体上，现在它就在我的包里。

"我把自己的生活划分得很清楚。"艾米丽说，"事情就是这样，你一定了解，有些人就是无法谈论甚至思考她不愿意思考或谈论的事，甚至又如何拥有连她自己都不想知道的秘密。这是我们成为朋友的原因之一。"

我以前从未想过这个问题，但艾米丽说得没错。

"你妹妹叫什么名字？"我说。

泪水立刻从艾米丽的眼睛里滑落而出。

"伊芙琳。"

"她怎么了？"

"她在密歇根湖边的小木屋里自杀了。我急忙赶往那里想去救她，这就是我没有联系你的原因。我很抱歉让你经历了这些，但伊芙琳让我抓狂，我没时间跟不知道我有个妹妹的人解释太多。你能理解我的做法吗？"

"能。"我说，但这次我对自己是否理解她仍然不十分肯定。

"我试过所有办法来帮助她。起初，我以为我成功了，我已经说服她要活下去，她向我发誓她绝不会自杀。"泪水沿着艾米丽的双颊流了下来。"但她趁我睡觉的时候，还是自杀了。我永远都无法走出这件事，永远无法。有时我觉得自己也像死了一样。我知道你和肖恩以为我死了，对我来说，死倒是更让我轻松一些。我不想见任何人、不想说话。我无法解释，也不想存在。"

"但是，我太想念尼基了，而且我也想你。"

我说："你觉得这对我们公平吗？"

"**我们**？"艾米丽说，"你在开玩笑吧？"

"对不起，"我说，"肖恩很**相信**你啊。"

"其实他根本不相信我。"她说，"我想得没错，我不能相信他，这也是我从来没跟肖恩谈起过伊芙琳的原因。我从未跟他提起过，我对妹妹的爱和恐惧已经控制了我的全部人生。在这个问题上，我不信任他。我的工作就是管控信息，但我无法控制这种……私人的信息。真的好痛苦。"

我看着我的朋友，看到了是一个完全不同的人，一个饱受折磨的人。而不再是那个有私人助理，在时尚行业里呼风唤雨、美丽迷人、无所不能的职场妈咪。现在的她比较复杂，比较像个普通人。

她说："肖恩无法理解，因为他是独生子。我对我妹妹的爱和恐惧，是造成我过去酗酒、嗑药的部分原因，在自我毁灭的酒瘾和药瘾中，我们互相陪伴。后来，我远离了那条路，而她依然一意孤行。"

艾米丽终于诚实地面对她滥用药物的过去，还有她妹妹的事、她丈夫的事。我们的友谊永远不会再像以前一样了，永远会有一个小疙瘩，濒临……不安的地步，我们可能要把这一点归因于肖恩。

"你把戒指带来了吗？"当她开口时，我觉得她似乎在读我的心。

我从包里拿出戒指，为了安全起见，我把它放在带拉链的夹层里。

"你怎么知道戒指在肖恩那呢？"我说，"你又怎么知道我知道它在哪儿呢？"

一阵沉默，我屏息以待。

"我并不知道。"她说，"我只是这么希望，伊芙琳死之前，我把戒指送给了她，我想让她拥有它。这是我当时身上唯一可以给她的东西，也是我觉得唯一能够长久陪伴她的东西。我知道，它对肖恩意义深重，我们交往不久，他就把这枚戒指送给我了。对我来说，这是他给我的定情之物，是对我们相爱之初那些快乐时光的纪念。戒指原本是他母亲的，她给了儿子，而他送给了我。"

听到艾米丽与肖恩在一起的幸福时光，我以为自己会感到痛苦，因为肖恩永远不会像爱她那样去爱我。但事实是，我一无所感。与朋友在一起的感觉太美好，我与肖恩已经结束了，肖恩已经成为历史。

艾米丽把戒指戴在手指上。

"看，"她说，"戴上去都松了，在我……离开的这段时间，我的体重一定降了不少。"

"我不知道。"我说，"你看起来光彩照人。"的确是这样。

她戴上那枚戒指，看上去就像……变了个样，我只能这么说。她从一个为了妹妹而悲恸不已的女人变回了我认识的那个魅力四射的女人。感觉像是某种决心恢复了她的活力，也或许只是因为她开始在我面前挥舞双手，就像从前的那个艾米丽，而戒指上的宝石捕捉了酒吧里的光芒。

艾米丽又回来了。

她脸上淌着眼泪，终于把可怕的真相告诉了我：在结婚几个月之后，肖恩就开始虐待她。

"他知道如何打我而不留痕迹，但他很少动手。大多数情况下，他只是威胁我。不管在什么时候，只要我不如他的意，他就会说，要让他公司的那些精英律师帮忙，全纽约最厉害的监护权律师会证明，我是个不合格的母亲。他们可以利用我的酗酒和嗑药史，在法院里毁了我。他们会利用我在时尚业工作的事攻击我，让我的工作听起来像是在所多玛和蛾摩拉[1]当公关。"

我的朋友一定非常恐惧，即使在我吐露了那么多，清楚告诉她完全可以信任我之后，她仍把这些事藏在心里。我一直以为，我是这段友谊中神经质的一方，但事实上她才是，疑神疑鬼，小心翼翼。想想看，录下我的坦白，以备将来用它来对付我！她为什么非要用一些**东西**来对付我呢？成为朋友，就意味着我们立场一致，她并不信任我令我伤心，但我知道难以信任是什么样的感觉。

艾米丽真的以为她是唯一被丈夫虐待的女人吗？我知道这种幻觉通常是虐待的典型特征之一。丈夫会让妻子觉得她在世界上是孤独的，但艾米丽从来不是一个人，她有尼基、她有工作、有我这个好朋友。

我说："一直在跟踪你的那个家伙……"

"对，等一下。"艾米丽举起手说，"有些事我要先跟你说一下。斯蒂芬妮，我不怪你，因为你以为我死了。我甚至也不怪肖恩，但我

---

1 所多玛和蛾摩拉，《圣经》中的两个城市，都代表着"邪恶之地"。——译者注

不能原谅他做的那些事，因为他的所作所为让我不得不离开尼基、离开你，可是这个真相我却谁也不能说，即使是你。我唯一欣慰的是，他没有把他的愤怒转嫁到你身上。"

一时间有太多东西需要消化了。肖恩从来都不像是一个有暴戾之气的人，即使普拉格先生来访后，我也没见到任何让艾米丽如此惊恐的愤怒迹象。肖恩只是看上去一直有些悲伤，并没有其他情绪。但根据艾米丽的说法，他是一个演技娴熟的演员，而且极为邪恶。一个人居然可以如此成功地装作另一个完全不同的人，这真让人吃惊。

在酒店酒吧坐下后，她向我讲述了她如何度过震惊和悲伤的过程。她在失去妹妹、见不到尼基的情况下努力让自己活下去。尼基用他的爱、热情和可爱给她带来了巨大的安慰和帮助。但她却不得不离开尼基并隐藏起来，因为她害怕肖恩和他可能对她做的事。

我想再要一杯杜松子酒和奎宁水，但我必须开车回去接尼基和迈尔斯。

"肖恩会说，是我抛弃了尼基。他会声称这一切都是我的主意。他会让你为他做证，你会做出什么选择？他会把一切都归罪于我，而他其实才是那个提出骗保计划的人。他在工作中也很失败，公司很乐意让他只工作半天，因为他们明白，解雇一个妻子失踪、儿子尚幼的员工会影响公司形象。他会说，所做的一切都是为了我，因为这是我想要的，但那只是他自以为是的谎言。两百万美元并不是一笔大钱，但对于一个很有可能要失业的男人来说，这是一笔很有吸引力的'黄金降落伞'。"

"我没有一天不在担心，肖恩会突然对付我，带走尼基并毁掉我的人生。你得相信我，斯蒂芬妮。"

忽然之间，一切都合理了。艾米丽为什么会失踪？我为什么成了她有勇气联系的唯一人选？在试图与我取得联系前，她为什么会先出现在尼基面前？

这也解释了在我提出艾米丽可能还活着的时候，肖恩为何如此顽固否认的原因。他知道她还活着，所以他才试图让我相信这一切都是我的想象。他知道，她只是在装死。他想让她消失，要我留在暗处，这都是他那罪恶计划中的一环。

肖恩怎么能对尼基这么做？尼基是他的亲生儿子。即使我对肖恩有疑心的时候，对于他是一个慈爱的父亲这件事，我也从未怀疑过。我的天！我去底特律的那段时间，还把迈尔斯留给他照看。现在回想起来，我不禁后怕起来。

我理解艾米丽为什么要隐瞒她有一个双胞胎妹妹的理由了，对她来说，这必定是一件极为苦恼的事。妹妹失而复得，又得而复失。现在，她真的永远失去了妹妹，就像她长久以来一直害怕的那样。

我一直认为艾米丽是我最好的朋友，但我却并不了解她。现在，我必须帮助她，她看上去如此茫然，如此身心俱疲。这一次，我必须掌控全局。

"那个一直在跟踪你的人，"我说，"我们来谈谈他。"

"好，"她说，"我直接找上了他，同意跟他见个面。事实上，见面的时间是今天。"她看着手表。"正好，斯蒂芬妮，你愿意跟我一起去和他谈谈吗？你愿意去支持我吗？我想我应该早点儿问你——"

我考虑了一分钟，或许再次去见普拉格先生是个好主意，这次我的身份是艾米丽的朋友，这次去是为了证明我是个值得信任的朋友。这是一个有爱又正派的家庭，虽然他们有一些问题，却不是罪犯！我不会与诈骗犯成为朋友。我坚信事情一定会水落石出的，一切都会有一个简单且无罪的解释，普拉格先生的调查结果不会有任何违法或可疑的部分。

"你什么时间见他？"我问艾米丽。

她又看了一眼手表，尽管她刚看过。显然，她很紧张。

"半小时后。"

"在哪儿？"我说。

"在停车场，相信我，我们再喝一杯吧。"

"在停车场？"

"你一定要相信我，斯蒂芬妮，你能相信我吗？"

我甚至无法相信自己会开口说话时，却点了头。

在与普拉格先生见面之前，我们还有半个小时的时间要消磨，于是我们坐在酒吧里商量对策。我们要如何对付肖恩？艾米丽有几个想法，其中一些听起来……嗯……怎么说呢，我想是可以充满报复意味，但另一些似乎很合理。就让他罪有应得吧！我们必须小心谨慎，但对付像肖恩这样的骗子和恶人时，我们应该把过分的做法排除在外吗？

我才是那个被震惊到的那个人。跟我同居并相恋的——或者说几乎爱上了的——那个人竟然是一个恶魔。

现在，肖恩那些复杂且让人困惑的行为都有了简单而清晰的解释。他想让我站在他那一边，这样他可以把我当成他的证人，在艾米丽的"复活"一事中为他做证并说出真相。我们永远无法真正了解一个人，每个人都有自己的秘密。我居然让自己忘了这重要的事实。

我信任艾米丽，我相信她。我为她所经历的一切感到难过，但我和她会撑下来的，我们和孩子们会渡过难关，并且为孩子们创造良好的生活，不再回忆过去。我们会一起重新开始新的生活。

"好了，"她说，"好戏来了！去见一下我们的朋友普拉格先生，跟他来一场刺激的对话。"

艾米丽用现金埋了单，我们走出酒吧。外面湿润寒冷，但令人精神振奋，寒冷让我们充满能量。艾米丽戴上了手套和羊毛帽，帽子遮住了她的半边脸。当我们穿过停车场，我觉得我们就像卡通片里的人物——超级英雄和超级好友，走在获得正义、说出真相的路上。我们即将对一个以我朋友不曾犯下的罪行来调查她的男人说明一切。

我认出了停车场另一头的那辆车，那辆曾停在我家附近的车。靠近车子时，我有种非常奇怪和不自在的感觉，就像是在表演，但观众是谁？

普拉格先生坐在副驾驶座上。

"看，"我说，"他睡着了。"

"他没睡着。"艾米丽说。

"你这话什么意思？"我说。

"他死了。"她说，"我们的朋友醒不过来了。"

"你怎么知道？"我说，一阵恶心向我袭来。

"我杀了他。"她说。

"不可能发生这种事。"我说。

这说不通，如果艾米丽是无辜的，就像她在酒吧里所说的那样，那她为何要杀掉他？我们要做的，只是跟他谈一下，把事情解释清楚就够了。

"技术上来说，这件事正在发生，"她说，"这是真的。"

"为什么？"我说。

"因为我不能去冒险，我不认为他会相信我，而且我很肯定他不会相信我。我跟他谈过一次，所以我知道。我不想蹲监狱，更不想失去尼基。斯蒂芬妮，如果我和肖恩进了监狱，尼基怎么办？如果我和肖恩被抓，你觉得尼基就会归你吗？"

我无法看她的眼睛，她怎么知道我有过这个念头的？

"斯蒂芬妮，这些理由足够吗？你还需要更多理由吗？"

我不想看，但还是忍不住瞥了一眼车里。车内没有血，没有搏斗过的痕迹。尽管我知道普拉格先生已经死了，但他看上去真的就像睡着了一样。

"你是怎么做到的？"

"在我的另一个人生中，"她说，"我很擅长使用皮下注射器，我知道在哪里能弄到，也知道里面放什么。我敢自豪地说，现在仍然会用。这位先生用药过量，谁会知道保险怪人先生有这个既烧钱又令人不快的嗑药习惯呢？"

艾米丽的话让我感到一阵不安——几乎像是在吹嘘。我想到迈尔斯、戴维斯，想到了我热爱的人生。我让一切都置于危险之中，将自己卷入了一场犯罪、一场严重的犯罪、一件谋杀案。

但我有什么选择？我可以跑回酒店，向警方告发艾米丽；也可以坐进我的车，驾车离去；或者就待在这里，看看接下来会发生什么；当然，我也可以选择信任她，不管发生什么事。我知道，我并没有想清楚，我几乎无法思考。我现在的状态无法做出人生重大决定，但我选择了相信我的朋友，一步一步解决事情，然后看下一步会发生什么。

艾米丽走到了我和车之间，挡住了普拉格先生的尸体。我心想，她可真是考虑周到。

她说："这正是我真正需要你帮忙的时候。只是举手之劳，好吗？"

"好。"我低声说。

"我们要开车走一小段路，你开车跟着我。我会开着布拉格先生的车，到一个我已经找好的偏僻停车处。再往前一点，是一条几乎没有车经过的小路，不会太远。当你看到我驶离主路并开往一个小山坡时，你就停车。我会开得很快，这样看起来像是普拉格先生开车失控，然后冲出主道。你要把车准确地停在我的轮胎痕迹上面，虽然不太可能有人来，但万一日后有人偶然驱车经过，才不让人起疑。"

艾米丽的呼吸越来越急促，兴奋得双颊泛红。如果从远处看看，听不到她说的话，我心里一定会想：这是一个多么快乐的女人啊！

她说："到时候我会在悬崖边上停车，另一侧是陡峭的崖壁，其实就是一个断壁，崖壁几乎是垂直而下，方圆数百里，没有一户人家，不会涉及任何人，我们把普拉格先生的车推下悬崖时绝不会有人发现。情况好的话，车子推下后会爆炸燃烧，一切都化为灰烬，被烧得干干净净，只有法医鉴定才能证明普拉格先生的身份。情况坏的话，汽车会好端端地留在悬崖下，直到有人发现它。对了……你把肖恩的梳子带来了吧？"

我从我的包里拿出梳子，递给了艾米丽。当我用手碰到肖恩的头发时，不禁打了寒战，感到毛骨悚然。

"我差点忘了这件事。"艾米丽说，"我算哪门子的犯罪大师呀？"

她从梳子上揪下来几根头发扔进车里。

"最坏的可能是，有人发现了这辆车，然后警察来取证，你猜会怎样？凶手会是肖恩，有杀人动机，有作案机会，有头发做物证。"

我说："我不知道……我得准时到家，去接孩子们放学。"好荒诞的借口啊！听起来好软弱，毫无说服力。

"我保证，"艾米丽说，"这件事不需要太久，这一定会让你大吃一惊的。它几乎用不了多长时间，也不费任何力气。"

这件事似乎让人觉得充满乐趣，这实在恐怖。我曾听到有人说过"第二种乐趣"，说的就是那种可怕得让人觉得有趣的事。我开车跟着我的朋友，而在她的车里，一个死人正坐在她的副驾驶座上，这一切显得如此不真实，就像一场恐怖电影，我却被吓到了，相信它是真实生活。

幸运的是，路上空无一人。不过，经过我们的人也不会注意到任何可疑之处。艾米丽一定把普拉格先生放倒了，所以从外面看，她好像是独自驾车。要真是这样该多好！要是刚刚发生的一切只是一场噩梦，那该多好！

我不停地看着表上的时间。事实上，我知道这时已经到了我去学校接孩子们放学的时间。但还是感到困惑——一个在接孩子时从不迟到的责任心很强的妈妈，怎会与帮朋友掩盖一起谋杀案的人是同一人呢？

突然间，艾米丽开车出了主道，车沿着山坡颠簸前行。我停了车，把车泊在了路肩。在我爬上山坡时，看见艾米丽从普拉格先生的驾驶座上下了车。

这是我至今做过的最坏的事。回首过去，我与克里斯的私情、生下了克里斯的孩子，欺骗戴维斯说迈尔斯是他的孩子，甚至后来跟我那"死去"的闺密的丈夫上床……但无一比得上这件事，以前那些事都是小儿科，而奇怪的是，这件事让我感到解脱。似乎做了这么一件更坏的事，而使我以往做的所有坏事都得以赦免。而且，我还是与另一个人共同行动，我的朋友！我一点儿也不孤单！

山坡越来越陡，艾米丽竟然把普拉格先生的那辆旧车开到山顶却没有半路抛锚，她是如何做到的？难道她在其他地方练习过？我猜想，全凭坚强的意志力吧。我轻轻地喘着气，努力吸入一些氧气，山风吹拂着我的发丝，我有一种兴奋感，一种冒险和快乐的兴奋感。

我从未感到如此有活力。

艾米丽向我挥手，示意我向上走。"快点。"她说。

到达山顶后，她拥抱了我。"《末路狂花》[1]。"她说。

以前，我常常听不懂艾米丽的电影推荐，却总是装懂。但这次，我完全明白了。《末路狂花》是我最爱的电影之一。

"那就是我们。"我说，"开始吧！坏女孩亡命天涯。"

艾米丽探身钻进车内，挂上空挡。

"像这样。"她一只手放在后保险杠，另一只手平推车身。我加入

1　《末路狂花》(Thelma and Louise)，1991 年上映的美国电影，影片讲述了生活不如意的家庭主妇塞尔玛和同样孤独的女友路易斯去郊外散心，却因意外杀人而逃亡的故事。——译者注

她，跟着她一起推。

"一——二——三——"她说，我们一起用力推。"再来一次！"

"一—— 二——三——"我说，我好惊讶自己竟然能数到三，我简直头晕得厉害。

"集中注意力。"我说，"往前推。"

我和艾米丽闷声喊着用力推，尽量不去想这感觉有多像在分娩。因为这两件事都在最终成功之后，有一种同样的……轻松感，也涌现一股熟悉的纯粹的快乐。

车掉落悬崖，它翻转着、滚动着，然后突然着了火，我们开心地大叫起来，就像两个孩子。

"太棒了！"艾米丽说，"我们真幸运。"

"这与运气无关。"我说，"这是妈咪力量的大爆发。"

我和艾米丽欣喜若狂，互相拥抱。

"看看我们。"她说。我们的手套和靴子都湿了，上面沾满了泥。艾米丽脱掉手套，扔进了我车的后座，我也做了同样的事。

爆炸和火焰让人兴奋，就像儿时看的烟花表演。我们站在悬崖边注视着底下的状况，我尽量不去想正被焚烧的普拉格先生。

我开车送艾米丽回到了她的车旁，我们在停车场拥抱道别。

"我们很快就会再联系。"她说，"我为我们之间所发生的一切感到抱歉，但这样的事不会再发生了，我保证。"

"这次我为什么要相信你呢？"我微笑，让她知道我是在开玩笑。

艾米丽没有面露笑容。

"因为我们现在是一条船上的人了。"她说。

37_

斯蒂芬妮的博客

我们能够赢得这一仗

各位妈咪好!

除了紧急情况,我一直努力让这个博客尽量维持阳光和灿烂的一面。我们妈咪已有不少压力,不用我再过多提及。但我一直在思考一个需要说出来的问题,因为它影响了许许多多的妈咪,以及各地的女性。而且这件事还是必须正面面对的、无须掩盖或为之羞愧的事。

我要说得就是家庭暴力问题。这方面的统计数据显示:被丈夫和男友虐待的女性比例越来越高。当那个似乎一直非常和善的人突然变成一个恶魔时,当以为完全可以信任的人最终变成敌人时,我们这些女性成为家庭暴力受害者的概率越来越大。

有时,家庭暴力会突然发生;但也有时,当我们回顾往事,才会发现那些被我们忽略的征兆。看着我早前的博客,我不得不思忖,为什么我会被那部有关妻子、情人和施虐狂丈夫的法国电影深深吸引呢?

有时候,我们会自欺欺人地以为,一个对前妻或前女友有过虐待行为的男人会成为我们的天使。妈咪们! 不要上当! 如果一个男人有了第一次,他就会有第二次。要认清连续施虐者,通常都不太容易。那些身上有文身、身穿摩托夹克的男人并不都是暴力狂,反倒是那些留着精致发型、穿着体面的商务西装的男人也一样有可能。

也就是说：**任何男人**都有可能。

有时，事情发生得很快，但更多时候，这种虐待是需要相处一段时间才开始的——直到我们身处泥潭而忘掉了在认识这个男人之前的生活，或是直到我们有了孩子。而我们则不停地想，下一次他不会再这么做了。他道了歉，他爱我们……我们都知道这样的套路。

有些男人出手会留下痕迹，像是熊猫眼和被打断的鼻子等，直至她们被送到急救室、善良的社会工作者那里和受虐妇女庇护所。但真正的恶魔是那些会隐藏痕迹的人，他们不断对女性施加心理虐待，直到她们身心被完全摧毁。

同样的事可能会发生在任何人身上，比如我们的同事或闺密，而我们却毫不知情。有时，等到秘密大白于天下时，已经太晚了。有时，真相来得正是时候。女人或是妈妈们，在得到帮助之前，可能会试图逃跑，或被迫做出一些极端的事。

究竟该怎么办？一定要发出你的声音，让我们的立法者知道，妇女需要法律的保护，让更多的人自愿为妇女提供庇护，教育我们的儿子成为永远不会虐待女性的男人。

假如这样的事发生在朋友身上呢？

提供她所需要的一切帮助，尽可能地帮助她。

好了，各位妈咪，我说的话题太沉重了。你们可以与我分享自己的受虐经历，并让我知道你们对这个话题的看法。

爱你们的斯蒂芬妮

38_

艾米丽

我其实希望他们两个都去死，但我不知道为何对肖恩有这么大怒气，而不是斯蒂芬妮。或许是因为斯蒂芬妮如此天真、愚钝、顺从，她可以帮我得到我想要的一切，而肖恩似乎是阻止我前进的障碍。

首先，我要报复肖恩。至于为何我愿意与所谓的闺密、一个与他上床的女人一起谋划对付他？因为我知道这样做肯定能得手。

而且，我还想拿回我的戒指。不是因为这枚戒指是我从肖恩妈妈那里偷来的，也不是因为戒指代表了我和他之间的某种情感联系，而是因为戒指是我妹妹临死前最后接触过的东西。

就在我与保险公司的人会面时，我已确定要让斯蒂芬妮加入我的计划。斯蒂芬妮与我丈夫上床，所以她对我有亏欠，而且……她还是个天生做"鱼"的人选。

我想我应该有点儿罪恶感，因为所谓的虐待，其实是我编出来的。不是因为说谎，谁敢说婚姻的真实面貌是怎样？而是因为我要装出有一个家暴丈夫的样子，但这其实是许多女性面对的真实问题。为了得到我想要的结果，我必须假装成这样，这让我感觉很糟。

但我沉迷于此，无法自拔，一定要让肖恩为背叛我和破坏了我们对未来的计划而付出代价，否则我将寝食难安。何况，他还逼我不得不杀了我妹妹。

我任由伊芙琳死去，因为她的死可以帮助我和肖恩。而现在，"我和肖恩"这个说法已经不存在了。我希望，这个说法从来就没有出现过。他所做的一切都是为了他自己——即使是在我对伊芙琳放手的时候。以前是我和妹妹相依为命，而现在则是我和儿子。

我所做的一切都是为了尼基和我自己。我想独自抚养儿子，不需要一个我已经不爱了、也无法再信任的男人来"帮助"和"支持"我。

让肖恩放弃尼基，可能会有点棘手，但我能做得到。而且斯蒂芬妮会帮助我的。我要做的，只是向她提起"**虐待**"和"**暴力**"，她就会立刻放弃肖恩，并且原谅她曾失联已久的闺密，不管她曾经觉得我做过什么事。我要做的，就是让她以为，这件事是我们两个人一起解决的。而事实上，在我们眼泪汪汪地在酒吧重聚之前，我就已经想出了这个主意。

我改变了一些细节，从而让我的故事更加可信。我告诉她，肖恩因为工作不顺而感到压力很大。事实上，他在工作中顺风顺水，而且几乎已赶上在我失踪之后，他在家工作时所落后的进度了。所幸我在信息控制和修改信息方面有不少经验，编故事可是我赖以谋生的技能。

哦，还有可怜的普拉格先生。他成了间接受害人，只是因为他出现在错误的地方、错误的时间，以及从事了错误的职业。他提的问题太多了——太多的错误问题。让他闭嘴，而且让斯蒂芬妮帮我处理他的尸体，这是个一石二鸟的做法。此举不仅解决了普拉格给我带来的麻烦，也让我重新获得并确认了斯蒂芬妮对我的忠诚，一劳永逸。世界上，最牢固的纽带就是同谋犯罪，末路狂花，真是太好了。如果有必要，斯蒂芬妮会愿意为我去死。斯蒂芬妮是幸运的，因为我不觉得会有此必要。

我接下来做的事是给丹尼斯·尼龙打了个电话。我需要跟他谈谈，我只找到了他那个贱人私人助理阿德莱德的联系方式。

她说："你是怎么知道这个号码的？艾米丽·尼尔森已经死了，这笑话太无聊了。不管你是谁，听好，艾米丽死了！你的行为真令人反感。"

我告诉她要淡定，然后我说了丹尼斯的几次危机和几次出入戒毒所的经历，而这只有我——艾米丽——才会知道。我几乎可以猜到，阿德莱德的下巴都要掉下来了。于是我说："废话少说，阿德莱德。是我，艾米丽，我没死，马上给我接通丹尼斯的电话。"

丹尼斯说："我就知道你没死。我的灵媒告诉我，她在另一个世界找不到你，所以你一定还活着。"

"你对那灵媒一定非常有信心。"我说。

"有钱能使鬼推磨。"丹尼斯说。

"我需要见你一面。"我说。

"那就在鸡尾酒时间吧。"他说，"我等着你。"

我看到他躺在工作室的沙发上，他放下手中的书，起身亲吻了我的两颊。

阿德莱德端着托盘走了进来，上面是两杯马丁尼，那是丹尼斯最喜欢的麦斯卡尔芒果鸡尾酒，酒杯的边缘抹着辣椒粉。这酒喝起来比我在好客套房酒店里自制的鸡尾酒好喝多了。

"敬你。"我说，"味道不错。"

"为你的归来而干杯。"丹尼斯边说边举起酒杯。

"回来的感觉真好。"我说。

丹尼斯两三口就喝光了，而阿德莱德知道何时端着另一杯鸡尾酒再来，并把他手中的空杯换走。

"我就知道你一定会采取一些行动来摆脱那场婚姻，但我没想到你会用假死这招。公司的每个人都十分震惊，除了我之外。我知道，这一切只是在逢场作戏，就像我所知道的，幸福的婚姻都是骗人的一样。"

"**你**怎么知道的？"我说，"我都不知道。"

"我不是要故意显得愤世嫉俗，但大多数婚姻就是这样。而你的情况……全世界都知道。顺便说一句，公司有几个孩子说，你有婚外恋，还有嗑药史和其他不良嗜好，你曾请他们帮你弄假身份。我不知道你为什么没找我，我可以为你弄最好的假证件。亲爱的，你那位英国丈夫很可爱，但他没有与你匹配的智商或能力，他不能与你这样的鲨鱼共游。我们都知道，你厌倦了一切。如果不是为了可爱的儿子，你或许早在几年前就离开了，而你的儿子现在原本可以成为一个更有趣的孩子，现在却是一个破碎家庭的儿子……"

对尼基的思念像一把毒剑一样剧烈地刺痛了我。

"我需要一些帮助。"我说。

丹尼斯说："如果你想回到原来的岗位上，完全可以。我们还没聘任其他固定员工。自从你失踪了之后，'作战区'的生活也完全变了样。"

我说："真的？那真是太棒了。但我首先要处理一些……棘手的事。有些事我必须先处理一下，所以还不能完全确定，我可能需要先跟律师谈谈。我知道，你有几个不错的律师。"

"要离婚律师？"丹尼斯说。

"我不知道，"我说，"家庭纠纷吧。"

"我认识一个特棒的律师。"丹尼斯说，"在那个疯狂的脱衣舞男告我的时候，这位律师把他打退了，你可以考虑一下是否找他。那个灵媒也是，如果你需要的话。"

"谢谢。"我说，"如果需要，我会告诉你的。还有，我需要一些漂亮的衣服。"

39_

斯蒂芬妮

我仍然搞不清这一切是如何发生的，但艾米丽明确地说，我们**绝不能**谈起死了的保险调查员的事。我们的沉默誓言——或者说是她的禁言令——就在我们把他的车推下悬崖的那一刻就即刻生效了。

我载着艾米丽到了她停车的地方后，她让我跟着她的车走了一阵子。我们一直沿着小道走，直到艾米丽停到一家餐馆前，然后我拐进了停车场。

我们在窗边找了一张餐桌坐下，故意与其他顾客离得很远。艾米丽点了一杯咖啡和奶酪三明治，听起来真不错，事实上太完美了，所以我点了同样的食物。尽管我在酒吧已经吃了那么多烤土豆，不应该感到肚子饿，但我还是觉得非常饿。

而我还在思考着该如何开口说出我想要和需要说的话时，艾米丽说："刚刚的事你就当没发生过。"

"你说什么？"

"刚刚的事从来就没发生过，普拉格先生……和那辆车……都没出现过。"

我想了一下，说："好吧。"这样当然解决了不少问题。"但是，早晚会有人发现的，这样做一定会有后果的。"

"后果。"艾米丽翻了个白眼，她的表情似乎在说，"后果"是英语里最愚蠢和最无礼的词了。服务生送来食物，我们陷入了沉默，默默地吃掉了食物。

艾米丽似乎非常自信，但我确信会有人追踪到我们。我只是去给朋友帮忙，而如今却变成了罪犯，成了一个不法之徒。我想象自己出现在通缉犯的海报上。与她现在对我做的事情相比，艾米丽在乡村市集录下的录音根本不算什么。

我们不能再讨论这件事了。

"记住，刚刚的事从来就没发生过。"艾米丽说。我们吃完饭，就起身离开了餐馆。

一周又一周过去了，什么都没有发生，也没有任何后果，我几乎相信她是对的。

什么事都没有发生，也没有任何后果，或许这一切只是一场噩梦，全都是我凭空想象出来的。

但现在，当我到学校接迈尔斯，当我给儿子读了故事听，哄他上床睡觉后，我已经不是以前的我了。我是一个妈妈、一个博主，还是一起谋杀案的共犯。

40_

肖恩

第一件让人惊慌的事是，有两辆车出现在我家门前的车道上。其中一辆是斯蒂芬妮的车，这有点儿奇怪，因为她已经从我家搬走整整一周了。不过我们可以说是仍在共同抚养孩子们，每天要在两个住处之间接送他们，而且她还是每天下午去学校接孩子们放学，只是我已经很久没见过她了。

至于我们之间的关系——如果可以称之为关系的话——从一开始就注定了无疾而终。而且经过普拉格的来访后，更是毫无继续下去的可能。艾米丽还活着的可能性——或者说是事实——也使我们之间毫无可能。斯蒂芬妮从未对我说过，我的妻子有个妹妹，这让我大发雷霆。而斯蒂芬妮对我也十分愤怒……我不想历数斯蒂芬妮到底在哪些事情上有理由冲我发火。

不过，我也并不遗憾。斯蒂芬妮不在我身边了，也就不会一个劲儿地让我和尼基吃她做的那些所谓的营养食物。重新回到父子二人世界，真是太好玩了，父子俩匆忙抓起比萨就走，这种感觉挺好的。我们很高兴又回到了家，只用在意彼此，而且我们一直相处融洽。

我又再联络了艾莉森，这样当我必须加班，又不想让尼基和迈尔斯在一起时，就有人可以帮我照顾小孩的人了。

所以，现在斯蒂芬妮出现在我家门口，实在有点儿不太正常，这让我感到不安。嗯，或许她只是来取回忘在这里的东西。但另一辆车是谁的呢？斯蒂芬妮是和谁一起来的？另一位保险调查员？自从上次普拉格先生造访后，我就再也没得到他的任何消息，而我不喜欢这样，没有消息并不一定就是好消息。

另一辆车是挂着密歇根州牌的棕色旧别克车。除了艾米丽的母亲，我不认识其他密歇根州的人。其实，我也算不上真的认识她，因为我们从未见过面。

或许是艾米丽。

我在公司度过了糟糕的一天，精力很难集中，这是可以理解的。最近我手头上有太多事要办了。

卡灵顿先生是国际不动产公司的副总裁，他也是把我招进公司的人。或许同为英国人，他让我觉得值得信赖。卡灵顿暗示我一些迫在眉睫的棘手问题。最明确的暗示发生在牡蛎酒吧我们吃午餐时，我俩各自喝了三杯苏格兰威士忌，吃了奶油炖牡蛎后，他说希望我不要掉队，尽快回到状态中……但我认为我一直努力工作，表现良好。但回家发现路边有两辆车停在我家车道上时，我突然想起来，有个项目本该派给我，最终却给了刚进公司的一个犹他州小伙子。

我记得尼基今晚会在斯蒂芬妮家过夜，所以我买了一瓶上好的苏格兰威士忌，打算窝在电视前，看电视剧《摩斯探长》时把它解决掉。

我打开大门。

"有人在家吗？"我说。或许是有守护天使，还是一种有用的本能阻止了我（也救了我）叫出一个名字。

我走进客厅，见到斯蒂芬妮和艾米丽坐在沙发的两端。我告诉自己，集中精神，肖恩，集中精神。

艾米丽说："我们觉得这会非常有趣，你不觉得这很有趣吗？"

我说："发生什么事了？你们在这里干什么？"

"问斯蒂芬妮。"艾米丽说，"她才是一直住在这里的人。"

我看着斯蒂芬妮，心里不断地想，告诉她你已经搬出去了，告诉她我们已经不在一起了，仿佛这样做就能挽回局面似的，仿佛这样做就能让事情有所差别，但无疑艾米丽已经知道了一切。

"孩子们在哪儿？"我问。

"在尼基的房间玩。"斯蒂芬妮说，"让他们玩吧。"

斯蒂芬妮以为她是谁？我需要她来告诉我让我儿子怎样吗？我向艾米丽投去寻求支持的目光，这实在不像她的风格，居然袖手旁观，让另一个女人告诉我应该如何对待尼基。真让人不安，因为她并非只是另一个女人，斯蒂芬妮可是我们找来帮助艾米丽完成疯狂计划的"鱼"。

艾米丽怒视着我，我为什么要问斯蒂芬妮尼基在哪里？艾米丽眼中那片怨恨和轻蔑的乌云掠过斯蒂芬妮笼罩在我的头顶。

"真令人作呕。"斯蒂芬妮说。

"什么？"我说。

"你居然虐待你这么好的妻子。"

"**什么**？我从来没有'虐待'过她。"我忍不住弯着手指对这个词做了强调的引号，尽管我知道这不是个好办法。"你我都心知肚明。"

"我看到了。"斯蒂芬妮说,"你当着我的面掌掴了她。"

"你撒谎。"我只想得到这句话。现在是二比一,我说完,换她说……然后换她说。

"那你对我妹妹所做的事又该如何解释?"艾米丽说,"我怎么可能原谅你这件事?"

我说:"我从来没见**过你**妹妹。你嫁给我六年了,却从来没跟我提过你有个双胞胎妹妹,该死的,你怎么可以这么做?"

艾米丽转向了斯蒂芬妮。"你不觉得英国人骂人的方式非常讨厌吗?"然后她又转向了我,她那双美丽的眼睛再次注视着我,过去我认为她的双眼充满了爱,但现在却闪烁着冰冷的光芒。

"你自始至终都知道她,你见过她不下几十次。说不知道她的存在是你在演戏,是又一个谎言。我说的是,上次我们在湖边小木屋聚会时,你是如何对待她的?她在你生日的那个周末不请自来,你的反应是极为恼火。你嘲笑她,故意惹她生气,说她不该活着,应该去死;说她应该帮姐姐一个忙,马上去死。你说,她活着没有一点意义,如果她死了,世界会变得更美好。直到最后,她终于相信了你的话。虽然这件事几个月以后才发生,但你的话确实奏效了。当我一个人去找她时,我在小木屋见到了她。那天夜里,趁我睡着后,她吞下了所有的药,喝光了所有的酒,然后走进了湖里。"

"你妹妹在的时候,我根本没去过那里。"我说,"艾米,你知道的。"

"别叫我艾米。"我的妻子咆哮着,"我**跟你说过**,别这么叫我。那是**她**对我的称呼,而现在,因为你她死了。"

我说:"我不认为你认定的那个人是我,那是你编出来的魔鬼,你、你——"

"你这疯了的贱人。"艾米丽说。

"你才是疯了的贱人。"我说,"套句你说的话。"

斯蒂芬妮倒抽了一口气。

"疯了的贱人们。"斯蒂芬妮说,"你听到他说什么了吗?疯了的贱人们,他说的是我们。"

我和艾米丽转头看她,心中都在想:**闭嘴**,至少我们还有个共同点。我觉得自己似乎正在遥远的天上注视着我们三人,我看上去是多么渺小可怜,幻想着被原谅,绝望地寻找着艾米丽仍然跟我站在一边的信号(我和艾米丽都希望斯蒂芬妮马上闭嘴!),但难堪的事实表明,艾米丽所做出的不实指控将把我投入大牢。

"去和验尸官说吧。"艾米丽说,"问问他们能否精确推测出死亡时间,问问他们敢不敢断定伊芙琳自杀的时候,你绝对不在小木屋。"

我知道,她说了什么并不重要,因为她的话毫无逻辑,而我也可以证明自己无罪,但我无法思考。"你说谎,全是胡说八道。"

"撒谎的是你才对。"艾米丽说,"我可不想让我们的儿子长大后成为像你一样的骗子。你说我们一起参与了,但显然,并非如此。"

"肖恩,你的医生警告过你,那些安眠药会让你精神错乱。"斯蒂芬妮说,"你可能做过一些事,自己都不记得做过。你可能去了外地,但却记不得任何细节。你可能把一个人逼死,却对自己所做的这一切毫无印象……"

艾米丽看着斯蒂芬妮,就像老师看着一个原本愚钝的学生忽然说出一些聪明意见似的。斯蒂芬妮一定是自行脑补出了安眠药的这番言论。如有必要，我会证明我的医生是在艾米丽失踪一段时间后才给我开了安眠药，但我真的需要证明这点吗？

"我要尼基。"艾米丽说，"现在就要，我还要说得清楚些吗？"

看到斯蒂芬妮微笑看着我那勇敢无畏的妻子，我退缩了。

艾米丽冷静而理性地解释了她回来的原因，她决定把尼基带走，斯蒂芬妮会帮助她，都十分坚定。艾米丽的说法会受到支持，她有证人说我掌掴了她；说我把她的双胞胎妹妹给逼死了；说我强迫艾米丽失踪并假装死亡。我计划了对保险公司的诈骗；我强迫饱受惊吓、虐待的妻子按我的计划行事。

被两个女人合谋对付简直像是男性幻想中的典型的惊悚片，但我从未把自己当成抱有那种幻想的男人。我喜欢女人，也从来不怕她们——直到现在。不管怎样，这一切都不是幻想，这是事实。这两个女人为了把我跟我儿子分开，会不惜一切代价。她们会说谎，会作伪证。天知道她们还会做出什么事。

斯蒂芬妮说："我只是说出了真相，说出我所看到的你的所作所为。"我突然意识到，她竟然相信她说的话。我不知道她是如何说服自己的，但她做到了。这一切从一开始就错了，我们把自己的命运交到了一个不会思考、只有感觉的女人手中。

"你也脱不了干系。"我说，"我会找律师，而且现在保险公司已经开始调查了，这一次我会把真相告诉他们，不管结局如何——"

我在虚张声势，那又如何？我很希望普拉格先生能在这个时候按响门铃。他会看到我们三个人在一起，他能察觉到气氛的异常，也就能了解，然后查清真相，并一次性把问题解决。他很聪明，绝不会被斯蒂芬妮和我妻子愚弄。要有另一个男人在场，我就觉得好受多了。看到我们三个人同时在场，他的调查就会豁然开朗！

"去呀！"艾米丽说，"去找律师吧。我已经聘请丹尼斯·尼龙的法律团队帮我，他们会告诉警方，说你威胁我如果不配合你的诈保计划，你就会带走尼基。所以，在威胁之下，我才同意了。或者……我们也可以换成另一套说辞，我需要离开家一段时间，而你惊慌失措就报了警，这是一个天大的误会，非常抱歉！而你投保的事实，只是一个巧合。谁都没做错，也不要责怪，也不用赔偿。如果你同意离开并把尼基留给我，我很乐意配合你执行第二套说辞。"

我做不到，我无法放弃我的儿子，让我的妻子——我疯狂的妻子——抚养他。一定还有另一条路。

我说："我在努力搞清楚怎么回事。听着，大家都先冷静下来——"

两个女人交换了一个意味深长的眼神。

斯蒂芬妮说："我们知道你对艾米丽所做的一切，而艾米丽也知道下一步要怎么做。"

"哦，**拜托**。"艾米丽不耐烦地说，"每个人都知道发生了什么，关键并不在于此。"

我很害怕就这样离开她们，把事情留在这种状态，但我需要空气，直到现在我才意识到，我甚至还没有脱掉外套。

"我要出去一会儿。"我说，"我听不下去了，但我想先见一下尼基。"

我从她们身边走过，进了我儿子的房间。他正和迈尔斯一起用乐高盖一个停车场。

"嗨，孩子们。"我说，"真棒啊！"

孩子们几乎头都没抬。

"嗨，爸爸。"尼基说。

"嗨。"迈尔斯说。

我亲吻了儿子的额头，一阵悲伤油然而生。

"妈妈在家。"尼基说，仿佛她从未离开过。

"我知道，"我说，"这是不是很棒。"

"**我**妈妈还在外面吗？"迈尔斯的声音有些不安，难道他以为现在轮到**他**妈妈失踪了？

我真希望斯蒂芬妮**可以**消失，只是我不希望这件事发生在迈尔斯身上。

我说："你妈妈和尼基的妈妈都在客厅。"

我的家已经没有了家的感觉，它已经被我的妻子和她的朋友占据和破坏。如果不用点儿她们指控我的那种暴力手段，我无法让她们离开。我需要出去，走进自己的房间，收拾了一套西装、换洗的衣服、一些旅行用品、安眠药和笔记本电脑。

我向我的妻子和斯蒂芬妮说再见，她们没有回应，像是没听见我的声音一样。她们给自己倒了白葡萄酒，伸展着身子坐在沙发的两头。

我开车去了车站，坐第一班火车回到城里，预订了卡莱尔酒店。这家酒店价格昂贵，超出了我的负担，但我告诉自己钱就要用在这样的时候。

我向公司请了病假，一整天都躺在床上。晚上，我去了华丽的卡莱尔酒吧，这里装饰着路德威格·比梅尔曼斯[1]的壁画。我一直认为，这里是纽约最有风格、最高雅又时髦的地方之一。

我需要风格，我需要高雅时髦，以及客户服务。我的生活已经变得一片黑暗、孤独无助、无比艰难。我不想去思考，在我相信艾米丽死亡之后的那段日子里，我的人生远比现在快乐多少。

我从一个文明的服务员那里点了一杯文明的马丁尼（冰镇不加冰、多加橄榄），酒送来的时候，冰得正好，我环顾这个文明的地方。在喝了两杯马丁尼之后，想象着我和艾米丽之间的事——我想，现在斯蒂芬妮也掺和其中——如何可以以一种友好而文明的方式解决。

我回到自己的房间，吃了两片药。这是医生建议服用剂量的两倍，然后陷入了无梦的睡眠。

第二天早上，我在豪华的洗手间冲了个澡，用了每种昂贵的洗浴产品，浑身散发着百花香的味道。我点了咖啡，享受了送餐服务，给了服务生不菲的小费，然后穿戴整齐。

上班后，我直接去了卡灵顿的办公室。

我有些担心，我要问卡灵顿是否认识一个可能（我必须对此谨慎一些）会接我案子的律师，如果可以的话，我可否要求以公司的价格来支付费用？

我该跟律师说些什么？我又陷入无法思考的窘境，我的妻子已经把我的脑子弄乱了。

1　路德威格·比梅尔曼（Ludwig Bemelmans，1898—1962），奥地利童书画家。——编者注

卡灵顿靠在椅背上，把椅子推离办公桌。

他说："我的天啊！肖恩，你难道是这个世界上唯一一个没看到这个的人吗？"

他把显示屏转过来，为了看清屏幕上的内容，我只好蹲在他的桌前，这姿势真是太尴尬了。

屏幕上显示的是脸书的页面，个人头像是卡灵顿的太太在她的花园里捧着一把大黄，这是露西·卡灵顿的主页。

一个日志标题写着——

> 妈咪博主解决了谜案。
> 听听这位妈咪对于朋友的失踪案有什么话要说。

卡灵顿把鼠标递给了我。

"点开它。等一下，你过来，可以坐在我的椅子上。你看的时候，我用不着在场。"

我说："你可以把这个转发给我。"

他说："我不知道怎么转发。"

他离开了，我点击链接进入了斯蒂芬妮的博客。

41_

斯蒂芬妮的博客：

谜题揭晓！

各位妈咪好！

首先，请允许我说，希望你们选一个舒适的位置都先坐下来，比如你们的书桌旁或厨房餐桌旁。对于那些需要了解事情来龙去脉的人，我会把有关我与艾米丽之间友谊的文章链接贴在这里，然后再贴上有关她失踪和死亡的系列文章。无论如何，我们全以为她死了，但我现在要说一个截然不同的故事。当你们读完了这些博文，就基本了解了全部情况。

总之，最新的一篇博文会将一切真相都大白于天下。

各位妈咪，你们准备好了要听重磅消息了吗？准备好要听震撼的新闻了吗？

艾米丽还活着！！！

我将跳过几个阶段，省略我对艾米丽没死的怀疑。不妨把我的怀疑叫作母性的直觉吧。这种母性的第六感再次被证明是准确无误的。

在我写下关于死后世界的那篇文章，就是那篇你们许多人都转帖了的文章时，实际上我是在尝试与艾米丽取得联系，假设她还活着，便可能会读到我的文章。我想让她知道，我对她的想念从未停止，也一直为她祈祷。

在之前的文章中，我写过当有朋友向我们求助，我们该如何判断那到底是不是属实（链接），艾米丽就是我在博客中写到的那个朋友。

我想尽可能直截了当地说：**她的丈夫是个虐待狂**。

她非常害怕他，所以只好假装自己失踪和死亡。但更糟的是，他还想出了一个诈保计划，在她失踪并确信死亡后来骗取一大笔保险金。这种事通常只能在电视上看到，但我它竟然在真实的生活中也发生了。

事实上，死的是她的双胞胎妹妹，而妹妹的死却是她那残忍、冷漠、虐待狂的姐夫逼迫之下的绝望之举（公平地说，她的死有一半的原因是被逼的）。

那个人就是肖恩·汤森德。

我在博客里盛赞的那个好男人和好爸爸，居然是一个坏人，若要说这似乎有些令人吃惊，但我能说，这世界就是如此。诈骗犯、连环杀手通常把善良的女人当成下手的猎物。我并不是在暗示说，我闺密的丈夫是个凶手。我的意思是，他并不是实质上的杀手。

肖恩是个大坏蛋，我不太了解保险法，但据艾米丽说，一位名叫艾萨克·普拉格的先生正在调查此事。他找到了艾米丽，并与她取得了联系。他提出一个交换条件，只要她把真相告诉他，就保证不把她牵涉到本案中。当然，她跟普拉格先生说了肖恩的事。艾米丽从普拉格先生那里得到的最后消息是，他和肖恩在我们小镇 50 公里外的地方安排了一次会面。

　　我和艾米丽又是朋友了。她非常勇敢地向我求助，而我会永远为她提供帮助。再一次，我们这些妈咪在同样的困境中联合了起来。所以，谨以此文向妈咪们和美好的友情致敬。

　　　　　　　　　　　　　　　　　爱你们的斯蒂芬妮

42_

肖恩

卡灵顿在他办公室门外等待，就像医生等待着病人脱衣服后再走进检查室。

"真够坏的。"他进来时说，"女人啊！亲爱的伙计，我很同情你。"不管他相信我的无辜与否，我还是对他保持礼貌而心怀感激。我忽然有种感觉，昨夜吃了太多的药，或许几个小时后会发现这些事情都没发生，只是我的幻觉而已。但是，我知道自己没吃**那么**多，这是真实世界。

我说："这是谎言，我发誓。这不就是网络暴力吗？在美国，诽谤罪是如何定罪的？这些话没一句是真的。"

我和他说了我的版本。我说出来的情况与事实有一点点背离。我装作不知道自己的妻子计划诈骗保险金，这让整件事不那么难堪，也不那么复杂。我说，我看不出我的保单与她后来的失踪有任何关联，直到警方指出二者的关联，我才恍然大悟。不管发生了什么，这一切都是她的主意。她一直是个追求刺激的人，总爱扮演坏女孩的角色，我说这个特点并没有随着艾米丽的年龄增长而减退。

卡灵顿拉了拉他的袖口，这个肢体语言表示**你说得太多了**，我们可是英国人啊。

然而，我还是觉得他会相信我。

卡灵顿说："我会问一下我们法律部的同事。显然，互联网与纸媒有所不同，互联网有太多的灰色地带。还有，你需要什么？我还能做些什么？"

这是"少有人走的路"的情况，我必须选择一条路，希望自己能感觉到指引，甚至得到指引。我有这种感觉，也的确得到了。或许药是个好东西，至少它让我停止胡思乱想。

俗话说，第一个想法总是最好，只是不见得绝对是最好的。我刚才应该提一下普拉格。

我说："我需要保持距离和争取时间。"

艾米丽休了一段时间的假，现在轮到我了。离开这里，去另一个地方，好好思考。等待尘埃落定，所有的迹象和征兆都指向一个方向。

卡灵顿说："这篇文章被转载到脸书上，已经有数百个赞了。就像大家所说的，它像病毒一样传播。这是轻度的病毒，或许还可以治愈。"他干笑了几声。"所谓的真相，并不重要。"

"天啊。"我说。

"确实令人震惊。"卡灵顿说。

"这意味着什么？对我来说？"

"这意味着，在我们正在说话的当下，已经有人在思忖着是否可以起诉你。如果他们决定那么做，事情可能就会一发不可收拾。"

"该死！"我说。

"确实该死。"卡灵顿习惯等别人骂完人之后再重复一遍。

他说："算你幸运，我欣赏你，也信任你，只除了你说不知道保险金计划的那部分，不过这我也不在意。但是，如果你被抓了，这件事将会对公司造成一些不好的影响。另外，我有个主意。我们需要一个人来处理爱尔兰海滨一块地的销售工作，那里有个客户在计划建一处静养的宅邸。不是大客户，也不是大宅，或许有点儿避税的意思，但一切都非常合法。或许你能处理这个，暂时调动，那里的高尔夫场应该不错。"

"正如你所说，保持距离和争取时间。只要事情能够得以顺利解决，我们就可以着手把你调回来。"

有些事卡灵顿不必说出口。我是英国公民，没有人会因为我涉嫌家暴、逼迫别人自杀，甚至是意图欺诈而被引渡回美国。保险公司会因为不需支付保险金而非常高兴，而普拉格会被指派到另一个案子上。

卡灵顿是个好人，是个和气的人。我接受了他的提议，这有如溺水者的救命绳索，把一个身处失火房子的人救出来。

卡灵顿说："这个职务会立即生效。"他无法正视我，但也没什么关系。

"太棒了。"我说，"谢谢你。真心感谢，真的谢谢你。"

"说一次就足够了。"卡灵顿说。

我知道这是权宜之计，我需要距离和时间。我会先离开，然后会再回来带走尼基。我和他的母亲还是可以用一种文明的方式解决问题。

文明？当我谈起艾米丽、我的妻子、我一直深爱并自以为了解的那个女人时，这个词到底代表了什么？我知道，她现在很可能还没放过我。她还有什么恶毒的计划，要为她所想象中的我做过的那些事而惩罚我？我不禁认为，艾米丽还没打算就此放过我，不让我受够该受的罪，她是不会就此罢休的。

除了等待，别无他法，只能屏息以待。

43_

艾米丽

肖恩乖乖认输了,他发来了一封电子邮件,说他被派往爱尔兰海滨的一个项目,不知道会在那里待多久。这真是一个绝好的机会,他要我向尼基表达他所有的爱。他说等他确定了自己要离开多久,还有什么时候可以回来,他就会与我联系有关尼基的事。这真让人惊讶,我以为他会更加努力抗争的呢。

我不是在抱怨,这正是我想要的,我想不出更好的解决方式了。

这是一个糟糕的夜晚,或许我的内心仍充满恐惧,只是当时没有人告诉我。

这是肖恩搬走后的第一个夜晚,我就已经搬回家住了。我花了一整天的时间,把房子恢复到斯蒂芬妮搬来之前的样子,扔掉她在储藏室里放的那些恶心的茶叶,重新补充我的酒柜,扔掉她大胆从家里带过来并放在我沙发上的绣着"保佑我们快乐的家"的绣十字靠枕。把那些无价的设计摆饰和我个人物品从仓库取了出来。

然后,就只剩我和尼基了,就我们两人。我们吃了一顿美味的晚餐,是我临时凑合做的焗烤芝士通心粉,却烤得刚刚好。尼基开心地跟我聊着天，厨房好温暖。我这阵子活得像一只被猎杀的动物，但现在我终于又变回了人。我冒着一切危险，拼命争取，我赢了。

我知道自己从未这么快乐过。我发誓，这是最后一次，从今以后，尽全力抑制想把生活撕成碎片再撒向空中的冲动。我向自己保证，一定会兑现诺言，再也不胡乱折腾，再也不会对日常琐事感到乏味、烦恼和恐惧，再也不试图编造事实，而是生活在真实中。

尽我所能做到。

第一天晚上，我哄尼基上床后，打算看很久以前就开始看的海史密斯小说的《离家出走者》，我想是我的潜意识促使我从书柜上把这本书拿下来。

或许独自（除了尼基之外）在家读这样一本小说是个错误，我刚刚读到了令人毛骨悚然的段落；死去的女人的父亲复仇心切，跟踪他的女婿，并计划把他杀掉。这位岳父躲在威尼斯阴暗的巷弄中，就像朱莉·克里斯蒂和唐纳德·萨瑟兰合演的那部性感的恐怖电影[1]里令人不寒而栗的红衣侏儒。

我正坐在沙发上看小说，忽然觉得有人在，从树林里盯着我看。或许那是我想象出来的，因为我曾是盯着这座房子的人。可怜的斯蒂芬妮，我把她折磨得不轻。真是浪费精力，她和肖恩都不值得我这么做。

我知道如果有人在外面我会有怎样的感觉。我知道我比斯蒂芬妮和肖恩更能意识到这种情况。我曾是监视者，现在却被监视着。

---

[1] 此处所指的电影为《威尼斯疑魂》，电影中有个侏儒穿着红色雨衣，游走在大街小巷，伺机杀人。——编者注

我听到了一个声音，树林里传来了一阵窸窣声。肖恩在里面，我能感觉得到，我感觉到了他的存在、他的愤怒、他的恶意。他会偷偷进来把尼基带走吗？他必是说服了自己，这是我应受的。

我听到远处传来口哨声，声音越来越大，然后骤然停下，就在附近。

肖恩会吹口哨吗？为什么这音调听起来如此熟悉？或许根本不是肖恩，而是一个陌生人，一个杀手，愤怒的普拉格先生的鬼魂。

我想向外看，但很害怕。我把灯全部关上，看着漆黑无月的黑夜。可我又害怕待在灯光全熄的房子里，所以又把所有的灯打开了。忽然间，我痛恨家里有这么多窗户，为什么我们会觉得需要这么多采光呢？

我本可以把尼基放进车里，然后带他去一个安全的地方。去斯蒂芬妮家，但这样做的代价可能是要求她的陪伴、她的保护。或许我染上了她那疑神疑鬼的毛病，想象着有一个复仇的丈夫。

但要把尼基叫醒再离开太麻烦了……且毫无缘由。我决定吃一片肖恩留下的安眠药。他跟我在一起的时候，从来不需要安眠药。但说句公道话，那时我还没失踪和"死亡"，他也还没让别人搬来取代我的位置，而我也没有用自己编的那套说辞来威胁他。

我在尼基身边躺下来，如果肖恩想带走我的孩子，就会先吵醒我。

就在我即将睡着的时候，想起了斯蒂芬妮说肖恩的药可能让人神经错乱。或许他已经疯了，或许他抓狂了——而他真的就在外面。

或许是我疯了，我吃了这种发疯药。我突然毫无睡意，心脏剧烈跳动。于是又吃了一片药，迷迷糊糊中睡着了，直到第二天早上，尼基叫醒了我。

阳光透过窗户照射进来，我躺在尼基的床上，就这样和衣睡了一夜。

"早上好，妈咪。"尼基说。

我亲吻了他微湿的前额，两个人相互依偎在被子里，真是幸福。

我想让尼基有父亲，我会与肖恩保持联系。但以防万一，我也会同时诉请离婚，争取全部监护权，毕竟这种国际性跨大西洋的法律诉讼会需要很久才能解决。

我不知道斯蒂芬妮希望从我身上得到什么，或许她天真地以为我们现在已经变成了**真正的**闺密了，我们共享资源和孩子，把照顾孩子和洗衣工作共同分担起来。

这种事永远不可能发生，哪怕是与肖恩一起生活，也会比跟她在一起好得多。

我回到丹尼斯·尼龙公司上班，并且争取了**一大笔**加薪，我用这部分提高的薪水雇了全职保姆。我劝说丹尼斯支持一个救助和收容街头儿童的基金会，并且以我妹妹的名字命名。我采取了更加弹性的工作时间表，这样就可以边陪伴尼基边在家工作。我想，有时候必须离开一阵子，才能让别人欣赏自己，尽管这种方法可能会伤到自己，正如我从肖恩身上所发现的那样。

我从来不曾想象我会满足于目前的这种生活，家庭、育儿、工作——没有那种可怕的乏味，那种无法遏止地想制造麻烦的冲动，那种让自己和身边所有人身陷可怕的遭遇。我成功地抑制了那种感觉——那种只有在掌控一切、在空中飞翔或处于危险之中时，我才觉得自己在活着的感觉。或许，我所经历的所有苦难——失去妹妹、与尼基被迫分开——已经给了我教训，也让我学会了一些智慧。但或许也没有，我内心的邪念能停战多久，仍有待观望。就目前看来，一切似乎仍在可控范围内。天知道我能保持多久，未来又将如何？

尼基和迈尔斯仍然是好朋友，但他们不再经常一起玩了。我们的新保姆莎拉负责每天从斯蒂芬妮家接送尼基。

我偶尔会与肖恩联系，计划定个时间，看他什么时候可以飞过来看尼基。但必须等到我感受到他为自己所做的一切——逼我失踪，假装我的死亡，同时造成我双胞胎妹妹的死亡等种种事情，深感歉意为止。

我还没有决定该如何——以及多大程度地——让肖恩为此受到惩罚。但起码，我要让他受我所受过的那些苦。

我喜欢回到丹尼斯·尼龙公司的感觉，公司的每个人似乎都很高兴我在历经了这么多之后还能回到这里。我喜欢回家与尼基一起吃晚饭，或至少是亲自哄他上床睡觉。我喜欢不受干扰，喜欢孤独。

对于事情能有这样的解决方式，我真是再高兴不过了。

45_

斯蒂芬妮的博客

一切都好

各位妈咪好!

只要结局是好的,一切就都是好的。当然,只要我们的孩子都还活着,作为母亲的职责就不能终止——正如我过去写的那些博文,它会持续很久。

我和艾米丽又成了邻居,并且正在竭力把我们的儿子培养成世界上最快乐、最健康的小孩。肖恩出国了,不知道他什么时候(或者说是否会)回来。我想,尽管这一切的细节都与我无关,但(如果)他回来可能会面临一些法律问题。我了解艾米丽,我相信她正在计划着让他为所做的一切付出代价,而且是沉重的代价。

我并没能经常见到艾米丽,她工作非常努力,是一位伟大的母亲。现在,她正在弥补那些失去的时光。但友谊却像月亮一样会有阴晴圆缺,我知道总有一天,我们会再次相聚在她那张舒适的沙发上,如果她还留着那个沙发的话。迈尔斯告诉我,尼基家里有一些新东西,与我们住在那里时完全不一样了。我没有追问他更多的细节。有些事,应该说很多事,是我不愿去思考的。

迈尔斯在学校表现得非常出色,尼基的表现也只是略逊一筹。

我们都经历了太多的事，但小尼基是我最挂念的人，他付出了最大的代价，先是失去了母亲，等母亲回来后，又失去了父亲。他该如何去信任别人呢？

唯一的安慰是，孩子们很坚强。他们勇敢、坚韧且适应力惊人。尼基会熬过去的，他会长大的，他会长成一个更体贴、富有同情心和智慧的成年人，一个更加有趣的人。

总会有那么一天，我们每个人都能重新出发，把这一切抛在身后。我们会懂得如何与秘密共处，重视它们，因为秘密也是我们自己的一部分。

没有妈咪社群的爱和支持，我将无法度过这段充满挑战的日子。

愿上天保佑来自各地的妈咪们，保持坚强，保持美丽。如果你们也有这样的故事，我鼓励你们也把它讲出来跟大家分享。

爱你们的斯蒂芬妮

45_

艾米丽

大约在我搬回自己家一个月后，一辆警车缓缓驶入我家门前的车道，在门前停了下来。

我告诉自己，这没什么大不了的。

两位便衣警察下了车，按响了门铃。

女警察先伸出了手。"我是米妮警探，"她说，"这位是我的同事，福塔斯警探。"

我说："我是艾米丽·尼尔森。"

"是的，我们知道。"米妮警官说。

"你们要进来吗？"我说，没有什么好隐藏的。

他们走了进来，坐在我新买的沙发上，斯蒂芬妮以前经常坐的那个沙发已经被我换掉了。

"我想，我们还没有正式见过面。"福塔斯警探说，"但我们负责你的案子，我们见过你的丈夫——"

"我的准前夫现在身在英国。"

"我知道。"米妮警探说，"这或许不会发生，但有人可能要在某个阶段讯问他一些事……"

我很想知道那是一个什么样的"阶段"，但我抑制住了好奇心。我想我会知道的，只是迟早的问题。

"听着，"我说，"我想说的是……我很抱歉给你们带来这么多麻烦，但这并不完全是我的错。在我离家的这段日子里，我的丈夫和斯蒂芬妮自己紧张起来，所以报了警。但我只是需要一点时间，为我妹妹的去世而哀悼。我**真的**需要离开一阵子，去过一段没有电、没有网络的日子。不幸的是，这正好与我丈夫的那笔保单撞和到了一起，这真是一个天大的误会。"我微笑着说。

"我记得。"福塔斯警探说，"我们讯问了一位名叫斯蒂芬妮的年轻女性，是你的一位朋友，你儿子朋友的妈妈……"

"好记性。"我说，"那就是斯蒂芬妮，我那个的朋友有点神经质，你们懂我说的意思。"

米妮警探笑了。她见过斯蒂芬妮，知道我的话是什么意思。两位警察闷闷地笑着，仿佛不知道他们为什么笑，或该不该笑。

我说："我不想失礼，但我能请问你们为什么来这里吗？"

"只是聊一聊，"福塔斯警探说，"简单谈一谈。前几天，有人在州际公路附近发现了一辆烧毁的汽车残骸，离这里不远。在车里，我们发现了一个男人的尸骨，我们认为那是艾萨克·普拉格先生。在他失踪前几周，这栋房子的电话号码出现在他的电话记录里。所以我们自然将您那次疑似失踪事件与这件事联系起来，就像我刚才所说，你的案子是我们调查的。"

"不可思议！"我说，"真是太巧了！"我不断地献媚着两人，我需要他们相信我。

米妮警探说："汽车残骸里没有留下太多证据，很可能只是一次意外。但也有一些可疑和……奇怪之处，他们在现场发现了一件首饰，但它似乎不太像是普拉格的。"

她递给我一张照片，我知道我看到的将是什么。

我当然知道我弄丢了肖恩母亲的戒指，但因为我已经没有了戴戒指的习惯，所以几天后我才意识到它不见了。可笑的是，我根本没在意，它只属于我妹妹……我不愿去想她拥有它多长时间。在此之前，有一段时间它是属于我的。而在我得到它之前，它是属于肖恩母亲的。现在，每当我想起戒指的时候，都能听得到肖恩母亲那疯狂的呼喊。当在那个难闻的厨房里做饭时，她总是不停抱怨和哀号。

我告诉自己，不要担心在何处丢了那枚戒指，除了把死人的车推进深谷的地方之外，可能的还有很多地方。戒指似乎不大可能丢在深谷，因为我努力让自己（和斯蒂芬妮）相信，这件事根本就没发生过。没有犯罪，也没有后果。

在我们推下他的车后，我一定是摘掉了手套，但我不记得是否那么做过。那一天发生的许多事都记不清了，已很难回忆起什么。我尽量不去想这件事，原本在这之前已经非常成功。

"有趣的是，"米妮警探说，"我的同事有一种异乎寻常的记忆力。所以，当这个照片出现在屏幕上的时候……我的同事就想起尸检报告中有一枚相似的戒指。当他们发现那具尸体的时候，他们以为是你。"

我们都看着福塔斯警探，就像是要看看到底是一个怎样异乎寻常的人才会有那样的心智。但我们所看到的只是一个外表木讷的家伙，额头上有零星粉刺，下巴上有一小撮金色胡子。

他说："就是他们在密歇根发现的那枚戒指，而据我们所知，他们把戒指交给了你丈夫，在案子……"

"我知道你说的是哪枚戒指。"我听到了自己从咬紧的牙缝里说出的话。警探记得他们在几个月以前见到的那枚戒指的照片，这点聪明他们还是有的，但还没聪明到可以提前意识到那具"尸体"就是我那自杀身亡的妹妹，我亲爱的双胞胎妹妹。但现在他们明白了这一切，可惜已经太晚了。福塔斯警探脸上浮现出一抹并不迷人的绯红。

"我们为你痛失亲人感到难过。"米妮警探说。

"没关系。"我说。但事实并非如此，他们知道这一点。

"有趣的是，"福塔斯警探说，"我还记得第一次讯问你丈夫时的情形，还有你的朋友，他们在描述你的特征时，都提到了这枚戒指。"他指着照片。"我们相当确定，就是这枚戒指。"

关键时刻丝毫不能表现出犹豫，不能退缩，更不能支支吾吾。

我说："我和丈夫订婚时，他送给我的。后来，我妹妹偷了它，要拿去换钱买毒品。所以，它才会出现在湖里。"

他们**真的**为我痛失亲人而感到难过吗？我比他们更难过。

我说："我想问您几件事，在您讯问我丈夫时，在……误以为我失踪的那段时间里……您说，您与他和我的朋友斯蒂芬妮……谈过话。"

"是的，斯蒂芬妮。"记忆达人福塔斯说。

"那么，您知道她已经与我的丈夫同居了吗？您知道他们还计划着要结婚吗？您知道他把他母亲的戒指，也就是我的戒指，送给她了

340

吗？他们对此都感觉好极了。他们以为，我丈夫把我的戒指送给了我的闺密，会是我想看到的。您能相信吗？"

"我的天啊。"米妮警探说，她仿佛被我丈夫和我的闺密的背叛行为吓坏了。"我想，你有这个……斯蒂芬妮现在的联系方式。"

"她的电话号码和地址。"我说，"我不用查就可以直接告诉你。如果你需要她与我丈夫的更多信息，我可以把她博客的链接发给你。据我所知，他现在已经抛弃了她，但我对此已经不感兴趣了，这一点你们应该能想象到。"

警察的确可以想象到，他们把每个细节都记录了下来，现在把目标对准斯蒂芬妮。

我想起了扑克冠军，还告诉过我有关"鱼"的另一件事。你知道"鱼"会输掉比赛，但却不确定具体时间。你永远不知道哪只手会抓到"鱼"，让它在地上翻跳喘息。

如果警察不那么草包，不那么笨，他们应该当场以嫌疑人的身份将我逮捕。至少，他们也应该把我叫去警局盘问一番。相反，他们转身离开了——我猜是对斯蒂芬妮更感兴趣。他们只是礼貌地告诉我，不要走太远，而我保证不会。

警察离开后，我静静待了一会儿。做了几次深呼吸，厘清了思路，然后走进尼基的房间，取出了他的一些物品，开始收拾行李。是时候该离开了，终于到了我和尼基一起朝日落或日出而行的时候了。我们会隐姓埋名一段时间，先放松一下，再做打算。

我带上了尼基的护照和自己的两本护照——假护照和真护照——以备不时之需。或许我们会去找肖恩，或许我会继续玩弄他、折磨他。

或许我再度成为猫，然后再找另一个老鼠。

　　我一直在等待着这件事，计划着这件事，为它做了好久的准备。可以说，用我一生的时间准备着这一刻的到来。

　　我从来没这么恐惧不安，这让我觉得自己年轻、兴奋又勇敢。

　　我很开心，我还活着。